城市音符

时云福◎著

安徽师范大学出版社
ANHUI NORMAL UNIVERSITY PRESS
·芜湖·

图书在版编目(CIP)数据

城市音符 / 时云福著 .— 芜湖：安徽师范大学出版社，2021.11
ISBN 978-7-5676-5484-6

Ⅰ. ①城… Ⅱ. ①时… Ⅲ. ①新闻报道 - 作品集 - 中国 - 当代 Ⅳ. ①I253

中国版本图书馆CIP数据核字(2021)第205475号

城市音符 时云福◎著

责任编辑：郭行洲 责任校对：盛 夏
装帧设计：丁奕奕 责任印制：桑国磊
出版发行：安徽师范大学出版社
芜湖市北京东路1号安徽师范大学赭山校区
网 址：http://www.ahnupress.com/
发 行 部：0553-3883578 5910327 5910310(传真)
印 刷：安徽新华印刷股份有限公司
版 次：2021年11月第1版
印 次：2021年11月第1次印刷
规 格：700 mm × 1000 mm 1/16
印 张：20
字 数：256千字
书 号：ISBN 978-7-5676-5484-6
定 价：86.00元

目　录

01

第一乐章

序　曲

序言一

激情时云福

《人民日报》（海外版）原总编辑　詹国枢

复旦新闻系七七级同学中，时云福是给大家留下较深印象的一个。

记得一九七八年春，全国恢复高考后首批大学生入校，复旦新闻系五十多位同学，来自全国各地，虽然见面都很亲切，但是彼此并不认识。即便如此，时云福在全班同学中，也显得相当突出。

其一，一身绿军装。

班上大多数同学，来自地方单位，然而，时云福却来自部队，一脸英气，很是引人注目。那一身绿军装，在我们这些地方百姓的蓝灰黑衣服中，特别耀眼。

其二，一副诗人腔。

时云福喜欢写诗，而且，喜欢朗诵诗歌。班上开联欢会，大家初次认识，还有些放不开，时云福却不然，不但毫不怯场，而且上台就来一诗歌朗诵！声如洪钟，激情满怀，右手向着右上方一挥一指，双眼目视前方，炯炯有神，很能够感染观众！

读大学时，一个班，分成若干小组。一个寝室，七个同学，一住就是四年，所以，同寝室的人特别熟悉。不在一个寝室，则交往不多，没有想到，四年匆匆过去，转眼就已毕业。

毕业以后，小时回到安徽，先后在芜湖日报社和上海城市导报社当记者。他当记者，是干得相当出色的，我在北京，时有耳闻。还曾经在某饭店见面，记得小时与安徽几位企业家一起进京公干，仍是满面春风、意气风发的样子，看上去依然精神得很！

前些天，小时打来电话，说是要出版作品集，请我这老同学为他写序，并将作品集初稿传来。我看了看，不但数量多，而且质量好，更加难能可贵的是，他的作品中，总透出那么一股子朝气，一种难得的激情！人说，文如其人，确实，只消将小时作品仔细读来，他的那种朝气蓬勃、激情满怀的性格，便跃然纸上！

近些年来，我很少给人写序。小时一再要求，我也不便推辞，只说说自己印象和感觉吧！小时自己写有一个自序，题目叫《在激情笔耕中构筑梦想》，这个自序，已经写得很好，如果我再啰唆，画蛇添足，真就有些喧宾夺主，不识时务了！就此打住。

祝小时永远激情满怀，永远保持一颗年轻人的心。

2021.8

詹国枢，1978年至1982年在复旦大学新闻系学习。1982年分配到经济日报社工作，历任记者、主任、高级记者、副总编辑。2006年调任《人民日报》（海外版）总编辑。第十一届全国政协委员、外事委员会委员，享受国务院政府特殊津贴。

序言二

为城市化进程鼓与呼

芜湖市城市房屋综合开发管理处书记　刘平

徽风皖韵荡江城，大江南北绿意浓。在方兴未艾的城市化进程中，参与建设这一伟大工程的人是幸运者，记录这一伟大工程的人同样是幸运者。时云福，一名新闻记者，用充满激情的笔，忠实描绘城市的更新变化，热情讴歌建设者的战斗风采，认真思考诸多现象和问题。时云福所写、所歌、所思的成果，集中展现在这本《城市音符》的新闻作品集子中。

收集在《城市音符》中的新闻作品，虽然不是什么鸿篇巨制，但却是促进城市化进程大潮中的涓涓细流，虽然不可能篇篇珠玑，但也闪耀着些许晶莹的浪花。在六个乐章里，时云福以敏锐的新闻视角、理性的哲学思考，观察世间万象，评说社会现实，塑造城市形象。他采写的新闻，注重真实性、时效性、显著性，有高度、有深度、有温度。他的新闻作品曾多次在全国及地区获奖。

术业有专攻，快乐在其中。时云福于1977年全国恢复高考以安徽省名列前茅的成绩考入复旦大学新闻系，毕业后曾在人民前线报社、新华社安徽分社、芜湖日报社、上海城市导报社从事新闻工作，现任《芜湖建设·芜湖房地产》月刊主编。现实中一些平平常常的事情，时云福常以特有的眼光和睿智，捕捉其中有意义的瞬间，发掘有价值的火花，以小见大，一滴水可以折射出太阳的光辉。

“问渠那得清如许？为有源头活水来。”火热的社会生活，日新月异的时代变迁，都成了时云福激情笔耕的肥沃土壤。他紧贴现实中评判市场彰显责任，独特见解于开阔视野中阐释创新。他的许多新闻作品如《十五的月亮》《辉煌在浦江》《学子魂断新泉河》《真假博士》等都产生了广泛的社会影响。

我认识时云福，是二十多年前在空军某部的军营里。那时，时云福经常深入部队基层采访，并给部队通讯员讲新闻课。他独到的见解，踏实的作风，精彩的作品，都给人留下了深刻印象。后来我转业到地方从事城市建设管理工作，有幸与时云福一起参与了政府部门主办的《芜湖建设·芜湖房地产》月刊的创刊与宣传工作，打造业界权威信息平台，为政府提供决策参考，为企业营造交流平台，为社会做好信息服务，其品质和影响力不断提升。他以《芜湖建设·芜湖房地产》月刊为载体，以敏锐的洞察力，紧贴现实，评判市场，展示企业形象，阐释独特见解，添彩品牌楼盘，彰显城市魅力。在跌宕起伏的市场搏击中，《芜湖建设·芜湖房地产》月刊始终坚持正确的舆论导向，用理性的力量引领时代风尚。在成功举办五届品牌楼盘巡展、多次举办房博会和房地产论坛、创办芜湖房产超市和棚改购房平台等有影响的房地产业活动中，时云福和《芜湖建设·芜湖房地产》月刊都发挥了积极的作用。他参与策划实施的芜湖房地产去库存的典型新闻报道，被人民日报、新华社、中央电视台等国家主流媒体重点推出，产生了良性社会互动，彰显了芜湖宜居之城的魅力。

在与时云福相处的岁月里，他的敬业守纪、质朴憨厚使人难忘，令人尊重。他一直坚持恪守新闻职业道德，在激情笔耕中针砭时弊弘扬正义，在钟情的新闻事业里升华梦想。

好风凭借力，再踏新征程。在时云福新著《城市音符》正式出版之际，谨此表示热烈的祝贺！并祝愿《城市音符》在城市化进程的新时代里奏出更加激越昂扬的美妙旋律！

2021.8

序言三

普通一兵的歌声

——写给时云福的《城市音符》

《芜湖日报》原副总编辑　周祥鸿

一支笔
写出了满腹经纶
一纸风流
亮丽了半个人生
辗转乡村都市
领略花香鸟鸣
你的视野里不仅有高楼栋栋
而且有宜居民生
那一片片风景
蕴含建设者的智慧和艰辛
每个人物，每篇通讯
在你的笔下
形象饱满，栩栩如生
唱响时代主旋律

拨动人们的心弦
你在报纸上驰骋
你在办刊中飞腾
熟悉你的人
深知你的为人和秉性
成为你的知己和知音
喜爱你新闻作品的人
把你当作偶像尊敬
你，从不以复旦高才生自居
你，始终把自己当成普通一兵
你爱唱的《小白杨》
彰显军人的豪情
你，还喜欢中国象棋
人生如棋，棋如人生
每一步你都走得那么精确又平稳
在不停地奔跑中
跑出一个无悔的人生
我庆幸
在人海茫茫之中遇见了你
我欣赏
你爽朗的笑声和爽直的个性
你让生活增添了诗意和激情
一部《城市音符》
每一个音节都在告诉我们
是城市建设的记录者
是城市发展的见证人

时云福——

你与新时代同行

你就是一个优秀的新闻人！

2021.8

序言四

在激情笔耕中构筑梦想

时云福

伴随着我国城市化的伟大进程，建设这一伟大工程的人是幸运者，记录这一伟大工程的人同样是幸运者。作为新闻记者的我，有幸成为这一进程的见证人和记录者，感到无比自豪。

多年的新闻生涯，我用充满激情的笔，在目力所及的范围内，忠实书写城市发展的日新月异，热情讴歌城市建设者的奉献与拼搏，理性思索城市化进程中的诸多现象和问题，写的文章不少，出彩的不多。

最近，新闻同仁、同学、战友及朋友们，建议我把曾发表的文章选出有价值的篇什汇集成册。我想，这是件有意义的事情，出个集子，留作纪念，也挺有趣。2021年3月下旬，复旦大学新闻系同学罗际明、羊慧明来皖采风相聚时，得知我的想法，给予了赞赏和鼓励，这更增添了我的自信心。

于是，我开始搜集发表的文章。过去那一幕幕生动的场景，一个个真实的故事，一桩桩难忘的事件，一幅幅鲜活的画面，犹在眼前。仔细想想，还确实有许多值得回味的故事呢。

复旦新闻系圆我记者梦想

带着苏北大地泥土的芳香，怀揣扬子江水奔腾的梦想。

1975年元旦，高中毕业的我穿上了绿军装，从苏北农村来到江南鱼米之乡芜湖。军营里锤炼意志陶冶思想，演兵场摸爬滚打磨靓钢枪。在部队，由于我喜欢写些小文章作点小诗，首长经常让我出出黑板报，办办宣传栏，写写宣传标语，战友们调侃地称呼我为土记者，我以笑应答，当时心里乐滋滋的。要是真能当上一名记者多好啊，这是我的向往。

机遇来了。1977年全国恢复高考，我报了名，经部队首长批准，我参加了1977年12月举行的全省统一高考。我斗胆填报了复旦大学新闻系。天佑我也，喜讯传来，梦想成真。1978年元月底，首长找我谈话，拿出复旦大学的录取通知书，庄重宣布：战士时云福被复旦大学录取了！消息在军营迅速传开，回想当时战友们纷纷前来祝贺分享快乐的情景，真是终生难忘！

1978年3月初，我走进了复旦大学新闻系的课堂，开始了四年的求学历程。日月光华，旦复旦兮。一代又一代复旦新闻人不忘初心，牢记使命，铁肩担道义，妙手著文章。新闻理论的武装，助我走上了新闻工作的生涯，圆了我记者梦想。

火热生活中发掘新闻价值

世界气象万千，生活五彩缤纷。世上之事，皆有征兆；万物之长，起于细微。月晕明风期，晚霞晓日晴。身边发生的件件新事异物，都可能是新思想新发现的萌芽。

社会生活中不是缺少新闻，而是缺少发现。美好的事情要靠提升传递，才有价值。

新闻是新近发生的变动的有价值的事实的报道，也就是说新闻报道要有真实性、时效性，且要有价值，才能产生美，给人以裨益。

今天的新闻就是明天的历史。从这个意义上说，每件正在发生的新闻事件都是历史的碎片，新闻报道则是时代的纪实，发现和采掘它需要独到的视野和慧眼。20世纪90年代我在芜湖日报社工作时采写过一篇新闻，现在回想起来还有点意思。一天中午，我路过长江和青弋江交汇处的芜湖中山桥，只见此处青弋江两侧大堤加固改造工地上，彩旗招展，大干快上。一艘艘小泊船装上削坡的渣土开到长江中倾倒，有的则在岸边直接将渣土倾入青弋江中。城市车水马龙，热闹如常。没有人感觉有什么异常。我思忖，这种行为不是违反国家有关水利与航道管理方面的法律法规了吗？应当给予曝光制止。我当即用呼机呼来报社同事摄影记者陈立希，当陈记者刚打开相机准备拍照时，几个彪形大汉围上来，说如果摄影就砸了照相机！我们采访只好暂停。几分钟后，我们租了一条小船，将小船的窗帘拉上，只留个小缝以便拍照，小船驶到江中进行跟踪抓拍，将违法向江中倾倒渣土的场景从不同角度拍摄下来！整整拍完一筒胶卷。铁证如山！我立即写了新闻《青弋江出入口段渐成瓶颈　航管部门呼吁：救救青弋江航道》，配上现场照片，并配发评论《岂能一倒了之》，总编当场审批排版，翌日见报。见报当日，市委市政府领导亲自过问，并表扬记者为芜湖人民做了一件大好事，责成主管部门严查处理，迅速整改。是日中午记者又来到中山桥，只见现场乱倒渣土的现象没有了，施工人员正在搭架子，将削坡的渣土运走，同时挖掘机也在清运江中的淤泥。没想到这篇报道还真的起了大作用！

1998年我被调入上海城市导报社，每天穿行在大上海，我发现上海市区机动车停放供需矛盾突出，马路停车现象严重，公建配建停车场不足，政出多门缺乏权威，直接影响城市交通功能的发挥，于是我深入采访理性分析，写出了《加强静态交通管理刻不容缓》，既报道了存在的问题和严重后果，又提出了解决问题的建设性意见。此新闻在《城市导报》头版头条发表，上海媒体纷纷转发，引起了市政府及主管部门的重视，对解决城市弊端完善城市交通功能起到了推动作用。

1999年夏季，我在皖南采访时，发现一桩怪事，总投资6.7亿元人民币、全长61千米的宣城至广德高速公路，由于过路费偏高，导致高速路上车辆稀少，与之平行的宣城至广德老路上则车水马龙。我采访后发表“记者建议”：调低通行费，科学进行道路建设管理。此事报道后，受到有关部门的重视，产生了良好的社会效应。

2002年，一次在合肥采访，我发现该市每年都大张旗鼓开展的“为民办十大实事”活动形式停止了，于是前往合肥市委市政府探个缘由，原来他们取消的只是形式，不热衷于声势和规模，而把为民办实事当作分内职责抓实抓好。我立即写了《本是分内职责，不必虚张声势》400多字的新闻，发表在《城市导报》头版头条上，反响热烈。这篇稿件还被评为华东经济报刊好新闻二等奖。

每一次采访，都是一段经历。每一篇报道，都有一个故事。回想这些年采写的文章，虽说大多是平常的事情，也有些对社会起到了一定的积极作用，心里有一种充实感、快乐感。

激情满怀中讴歌时代精神

一个民族不能没有英雄，一个时代不能没有先锋。

自然界的春天循环往复，人类社会的春天奋斗常新。在社会发展的进程中，需要积极向上的力量去推动。我以为，记者的责任就是要弘扬这种力量，用舆论引导人们往实里干，干出一番新天地；向亮处走，走出一片艳阳天。

每每采访到先进模范的事迹，都使我心潮澎湃。20世纪末，我在上海滩采访，那些来自全国各地的建设大军在大上海各个工程工地上的战斗风采，深深震撼着我的心灵，我用一个多月的时间，走访了几十个具有代表性的建设工程队，来自各省份几十支建筑队伍的科学创新、实干拼搏的精神令我激动不已。我写出了长篇通讯《辉煌在浦江——外地进沪建设大军风采录》，见报后反响热烈。许多企业把这篇文章贴在工地宣传栏里，组织阅读鼓劲。

1990年2月12日的一次采访，也挺有趣。这一天，我到芜湖洗涤剂厂了解生产经营情况，厂长邀我参加他们正在举行的供销人员家属座谈会，现场那热烈融洽的氛围感动着我，我立即与厂宣传科长戴森荣碰了一下，当场采写了一篇《十五的月亮——芜湖洗涤剂厂供销人员内助家属座谈会侧记》（以下简称《十五的月亮》），发表在翌日的《芜湖日报》头版头条。见报当天上午，市委秘书送来了一份市委办公室关于这篇文章的批示文件。文件内容是市委书记金庭柏在当天《芜湖日报》上亲笔批文，表扬头版头条《十五的月亮》这篇报道。大意是：这篇稿子写得好，对供销人员家属的关心和慰问，对供销工作的重视，是促销工作和发展生产的关键一环，工厂领导抓得准，这个头条抓得好，记者报道写得好，应把这个经验推广开来，把各项工作搞上去，对记者要嘉奖，要多写这样的好的新闻报道。这份批示文件一来，总编立即把我找来，连声夸奖，称放在头版头条放对了。后来周祥鸿副总编专门写了一篇文章《一件新闻往事的记忆》谈及此事，被传为新闻佳话。《十五的月亮》这篇报道还获得当年全国地市报好新闻奖呢！

2008年开始，芜湖市政府相关部门邀请我参与芜湖市住建局和芜湖市房地产协会主办的《芜湖建设·芜湖房地产》月刊及芜湖房协网、芜湖房地产公众号的组稿采编工作。面对方兴未艾的城市化进程和震荡起伏的房地产市场，我依托自己多年从事新闻工作的积累和历练，在市场热的时候吹凉风，在市场冷的时候鼓信心，写出了一系列引导市场回归理性的文章。2014至2015年市场趋冷，房地产去库存出现瓶颈，我主动提出并参与了芜湖市房产超市的策划运作实施，结果成效显著，国家住建部把芜湖的做法和经验向全国推介，新华社、人民日报、中央电视台等主流媒体于2016年都进行了重点宣传介绍。通过这件事，我想，只要能通过自己的思考和文章为业界解决一些现实问题，对社会发展有益，新闻就有价值。我们办的《芜湖建设·芜湖房地产》月刊被评为中国房地产优秀期刊，我也被评为优秀主编。

我想，新闻工作者只要有激情有追求，就一定能够在平平淡淡的生活中，在日新月异的变化中，书写出时代发展的美好篇章。

洞察现实以体现记者担当

真正力透纸背、洞穿世事、直指人心的，是为文者的思想张力和理性魅力。新闻之美是一种思想之美，也是一种哲学之美。哲学是对物质运动规律、人类社会发展规律等的认识和总结，是关于世界观、人生观、价值观的学问。新闻作品是记者思想认识的集中体现。

在唱响主旋律的同时，我认为，作为一名有良知和有职业理想的记者，应以极大的热情去激浊扬清、匡扶正义。2001年2月4日，我和《城市导报》国内部主任吴立德前往安徽省阜阳市采访观光的小飞机坠落事件。一到阜阳，就获悉了另外一个轰动事件，阜阳颍州区西湖镇汤庄村村民亓明森之子亓培玉（同济大学研究生）遭四个歹徒追打落水致死，案件惊动了公安部和省政府。我们第一时间抵达现场，投入了对这一案件的采访。当时雨雪交加，道路泥泞。我们立即进行分工，我负责文字采写，吴立德负责摄影。当地四个歹徒属于狠人头，派人干扰阻止我们采访拍照，有的还叫嚣要砸记者相机。我们急中生智，找来几个有正义感的群众，陪护我们的采访行动。邪不压正！我们用最快速度完成采访，租了当地一辆出租车赶回旅馆时，已是夜晚10点多，我立即铺开稿纸，吴立德冲洗照片。凌晨时分，我们带着《学子魂断新泉河》的文稿和照片，乘上了回报社的大巴。报社预留了一个版面，汪长纬总编辑亲自撰写评论:《岂容恶霸横行!》这篇报道以最快速度在突出版面推出，并被10多家媒体转载，起到了重要的导向作用。

2002年5月16日至19日，中国（芜湖）国际茶叶博览会在芜湖举行，然而全市出租车集体罢运给云集芜湖的宾客带来尴尬，也使江城城市形象受到影响。关于罢运原因有多种说法，对此如何准确报道，不仅有利于澄清事实真相，发挥舆论监督作用，也是对公民知情权的尊重。由于多种原因，地方媒体没有介入报道。这也为我采写独家新闻提供了契机。我当即采写了《芜湖出租车罢运探究》，对事件成因作了深层次剖析，表达了当地政府的声音，同时也打消了一些出租车公司和司机的顾虑，促进了问题的解决。这一新闻报道受到方方面面的认可与好评。

2004年，安徽一起高校名誉侵权案轰动全国，我及时跟踪采访，运用大量翔实资料，将事实真相与法院庭审结果告知读者，严厉谴责了捏造事实、混淆视听、丑化他人人格的“文革”遗风！我采写《真假博士——安徽审理一起高校名誉侵权案纪实》在《城市导报》刊登后，很快被《法制日报》《法制文萃报》等媒体转载，产生了广泛影响。

2021年3月，芜湖市大桥镇龙山花园户主夏永庆、韦宗芳来到《芜湖建设·芜湖房地产》月刊编辑部，反映2009年买的房子至今未能过户，请求帮助。我立即与有关方面协调沟通，用心用情多方协调，并跟踪采访，很快解决了问题。4月8日，他们给编辑部送来一面锦旗：铁肩担道义，妙手著文章。

值得回味的事情很多，我想，只要有新闻职业操守，有正义感，有同情心，有担当精神，就无愧于记者的神圣使命和光荣称号。

思想雨露上滋生新闻之花

啰啰唆唆写了不少，回味了许多往事，心情放松了许多。虽说文无定法，但新闻是枯燥无味还是引人入胜，是空洞无物还是见解独到，不难分出优劣高下。这背后，既有遣词造句、修饰打磨等为文之术的差别，更有格局视野、思维理念等为文之道的不同。作文如做人，一定要符合公序良俗，在喜怒哀乐、是非对错、美丑善恶等方面展现鲜明态度。一篇好的新闻，就是要用最简洁的语言、最通俗的方式把新近发生的真实的事情传递给读者，一定要立场明确、态度清晰、观点持正。

中新社在写作上有16字箴言：长话短说，官话民说，硬话软说，空话不说。这个箴言值得仔细品味。

熟读唐诗三百首，不会作诗也会吟。我以为此言有道理，写新闻也是如此。除了学新闻理论，打好文字功底，扩大知识层面，还要多读范文，多学新闻名家的作品。我就喜欢读穆青、范敬宜、艾丰、詹国枢等人的新闻作品。

“文以载道”，只有让思想之根深扎实践沃土，充分吸收阳光雨露和大地沃土营养，才能绽放出美妙动人的新闻之花。

行文至此，言归正传。应该为我即将汇集成册的新闻作品集起个书名了！我想就叫《城市音符》吧！

城市音符，一串音符而已。但愿这个音符是悠扬的，是跃动的，是美好的。

2021.8

02

第二乐章

舒　缓

成长芜湖宜居城

青山绿水江南景，成长芜湖宜居城。

在芜湖转型发展新常态下，大力提升城市功能品质，打造城市升级版，让芜湖“山水相宜”的城市风貌、“精致繁华”的城市特色进一步彰显，城市承载力、集聚力、竞争力、影响力全面提升，无疑是我们的正确发展路径。

近年来，芜湖市城市建设日新月异，在扩展新区建设的同时，一直将城市中心区的城市更新改造作为城市建设的重点，市区主要道路改造、街景小巷整治、棚户区改造、园林绿化建设……这些都大大改变了城市形象，使杂乱陈旧的城市环境变得精致美丽。

芜湖这种将城市更新成长作为城市重要发展战略、魅力四射的城市，吸引着更多优秀企业和外来人口入驻，财政收入由此增加并有更多的资金投入城市建设中，良性互动促发展，城市因此变得更加美丽。

城市成长是一种将城市中已经不适应现代化城市社会生活的地区作必要的、有计划的改建活动，以全新的城市功能替换功能性衰败的物质空间，使之重新发展和繁荣。其中需要解决的核心问题是通过城市结构与功能不断地调节相适，增强城市整体机能，使城市充满生机活力。

城市更新的本质就是通过盘活城市低效存量建设用地和危破旧房等资源，将城市建设发展成果共享给市民群众。要坚持以人民为中心的发展思想，把民生作为城市更新工作的指南针，按照人人参与、人人尽力、人人享有的要求，在城市更新中提高基本公共服务效率和优质化、均等化水平，促进市民群众共享城市发展成果。

坚持创新、协调、绿色、开放、共享五大发展理念，要进一步加强城市更新促进低效存量用地高效利用、推动产业转型升级、保护城市历史文脉、促进城市可持续发展的作用和功能，把城市更新打造成为民生工程、民心工程、发展工程。

成长芜湖宜居城，凝心聚力踏新程。

向着美好明天，我们昂首向前。

2020.1

开拓进取向阳春

——《芜湖建设·芜湖房地产》月刊创刊十二周年抒情

惠风和畅，绿意江城。

在《芜湖建设·芜湖房地产》月刊创刊十二周年之际，我们由衷感谢社会各界朋友们的支持与关心！

由芜湖市住房和城乡建设局、芜湖市房地产业协会主办的《芜湖建设·芜湖房地产》月刊走过了十二载征程，不忘初心，开拓前行，不断提升。

曾有难忘的时刻，让人铭记在心。面对世界金融危机的侵袭，市场跌宕起伏亟须鼓舞信心，2008年11月，经芜湖市主管部门批准，《芜湖建设·芜湖房地产》月刊应运而生。我们立足平稳健康发展的基调，为房地产业市场的回暖助威提振。

曾有梦想的初心，激人奋然前行。《芜湖建设·芜湖房地产》月刊着眼打造业界权威信息平台，为政府提供决策参考，为企业营造交流平台，为社会做好信息服务，以正确舆论导向叩响时代最强音。

曾有深厚的积淀，使人启迪鼓劲。《芜湖建设·芜湖房地产》月刊紧贴现实，评判市场，彰显责任。企业形象在展示中广为提升，独特见解于开阔视野中阐释创新。添彩品牌楼盘塑造城市魅力，无限活力溢满宜居之城美好家园。

曾有精彩的情景，让人难以忘怀。市场冷的时候不断吹起热风，市场热的环境倡导回归理性。十二年来，在成功举办五届品牌楼盘巡展，多次举办房博会、房产论坛，创办芜湖房产超市、棚改购房平台等有影响的活动中，《芜湖建设·芜湖房地产》月刊都发挥了积极的作用。芜湖房协网的开通并逐步升级与《芜湖建设·芜湖房地产》月刊融合升华相得益彰。2017年开始，芜湖市住房和城乡建设委员会整合资源形成合力，成立了《芜湖建设》和《芜湖房地产》月刊联合编辑部，进一步提升了刊物的权威性和导向效应。2020年面对新冠病毒疫情的影响，我们立足现实，以积极向上的舆论引导抗击疫情与复工复产，着力营造良好市场环境。

曾有可贵的荣誉，催人珍惜奋进。2011、2014、2015年，《芜湖建设·芜湖房地产》月刊分别被评为中国房地产优秀期刊。2016年，《芜湖建设·芜湖房地产》月刊参与策划运作的芜湖房地产去库存的典型报道被《人民日报》、新华社、中央电视台等主流媒体重点推出，产生了良性社会互动。丰硕收获来自辛勤耕耘。

人们无不赞叹宇宙的浩瀚，人们无不惊叹原子的精巧，但是它们都难胜人类的智能。在信息爆炸的新时代，互联网的无限魅力改变着人们的生活言行。在当前的情势下，传统媒体与现代媒体的融合创新，为各行各业的发展插上了智慧的引擎。2018年12月，芜湖房地产微信公众号的上线与《芜湖建设·芜湖房地产》月刊相互融合，相应信息发布量大为提升。

好风凭借力，再踏新新程。让我们沐浴新时代的阳光，向着美好的明天，且行且吟，开拓进取向阳春。

2020.12

让理性之光沐浴市场

时光里，春色荡漾，绿意盎然。

立足定位稳市场，住有所居圆梦想。坚持房子是用来住的、不是用来炒的定位，加快建立多主体供给、多渠道保障、租购并举的住房制度，让全体人民住有所居。这一定位为房地产市场平稳健康发展指明了方向。

理性之光沐浴市场。在震荡起伏的房地产市场中，理性应对，规范透明，务实稳健，才能实现多赢。

就芜湖城市而言，正因为因城施策，立足现实，采取了一系列举措，坚持稳地价、稳房价、稳预期，让理性之光沐浴市场，确保了房地产发展处于相对平稳健康的状态。

稳中求进，坚韧不拔才能远行。修近为行远，筑低可攀高。成事都有循序渐进的过程，必须夯实基础，踏实笃行，善作善成，久久为功。要加快建立健全多主体供应、多渠道保障、租购并举的住房制度，满足住房困难群体和“新市民”的基本住房需求。要按照价格合理、供求平衡、保障多元、风险可控、预期平稳等要求，因地制宜、精准施策，大力支持自住需求，遏制投资投机需求。要合理调控土地供应规模和时序，统筹考虑芜湖人口规模、产业分布、空间布局等要素，保持商品住房用地供应充足。要完善房地产市场监测体系，强化监管和执法能力建设，加强舆论引导，推动市场更加平稳健康发展。要严格落实地方政府主体责任，建立调控工作的评价、考核和问责机制，提高对房地产市场的系统化、规范化管理水平。

稳中求进，敢于担当，彰显责任，特别是在社会发展要求越来越制度化规范化的背景下，尤为重要。就开发商而言，除了谋求赢利发展，更要担当社会责任，言必信，信必果，打造品牌楼盘，提升居住品质，社会经济效益同步发展，而不能缺失道义，欺骗客户，唯利是图。必须尊重市场经济规律，在法律法规的框架下行事。相关政府部门要提升理性的力量，充分发挥市场在资源配置中的决定性作用，努力解决深层次的矛盾问题，调动上上下下方方面面的积极性。

在幻想的天空漫游，不如在现实的土地上行走。芜湖城市化发展的实践，为江城增添了澎湃动力。经过市场的洗礼，芜湖房地产市场将步入新一轮发展佳境。

2021.4

城市意识：创新超越显个性

日月经天，江河行地。告别了古代，送别了近代，拥抱着现代。每一个时代都牵缠着过匆的历史，每一段历史都依恋着昨日的精灵，每一刻现在又不同于逝去的时刻。现代就是这样一个以现代文明方式为主体，尽揽着人类以往所有的文明史迹和文明精灵的文明境界。

城市作为人类文明进步的载体，人类意识的觉醒和进步无不折射出城市诞生与发展的轨迹。古代意识屈服于大自然，视大自然为神灵而顶礼膜拜；近代意识欲征服大自然，促进了文明的升华。城市变化的日新月异就是意识进步的结晶。

温故而知新。历史上，浩瀚的生存空间曾经利用人们的愚昧，开过“天圆地方”似的大玩笑，给予以哥伦布发现新大陆似的大奖赏。城市发展的历程，伴随着的是智慧的竞争与合作。创新意识、变革意识和超越意识的集聚，必然使城市富于弃旧性、前瞻性和未来眼光。

浏览一些优秀城市，无不发现是现代意识给城市带来的变化。上海作为国际性大都市，以广纳百川的胸怀、超前的观念，塑造出现代城市色彩斑斓的形象，深圳、珠海、大连、温州等城市也都以独特的城市意识打造着个性鲜明的城市品牌。就拿长江之畔的全国四大米市之首的芜湖城市来说，近年来城市意识的觉醒赋予了城市品质的升华，芜湖城市标志的鸠兹广场是市政府让出办公楼、让空间绿地于民的结晶，本来出让地块可以产生上亿乃至更多的直接经济效益，市政府却以现代的城市意识斥巨资建独具特色的休闲广场，决策者们立足大局为民办了一件大好事。加之此前建成的中山路步行街，此后建成的雕塑公园等，可谓是亮点迭出，好戏连台，体现出现代城市意识的光彩。

现代城市意识要求我们立足现实，脚踏实地，而不是空踩幻云，云遮雾罩。惟有如此，才能使自己的城市显现出独特的个性。

2019.1

城市细节：细微之处见精神

世上之事，都有征兆；万物之长，起于细微。月晕明风期，晚霞晓日晴。我们认识事物往往是从具体情节，点滴细微之处来把握的。

城市细节，顾名思义，是指城市的细小、不引人注意的地方。《现代汉语词典》的解释，细节是细小的环节或情节，因其细小常被忽略。按《辞海》解释，细节，即琐细的事情。一个完整的环境由许多琐碎的物象组成。一个城市也是由许多具体的细节构成，生动的细节可以反映城市的特征和风貌，并成为一道靓丽的风景线；不良的细节则往往将城市个性淹没，模糊主体。

生活的哲理告诉我们，人体细胞的健康决定着人的生命活力，万涓细流的汇合形成了江河湖海的壮观，莺飞草长的环境营造出自然景观的和谐，芸芸众生的合力带来国家民族的兴旺。对每个城市来说，尽管地域差异、环境不同，惟有用自己独特的城市细节方可显示出其个性特质，在色彩缤纷的城市之林中独树一帜。

浏览一些先进城市，它们无不是以新颖别致的城市细节提升城市的品位。在上海浦东，有东方明珠、金茂大厦等建筑之恢宏；也有道路之宽阔，布局之气派；更有绿意之荡漾，雕塑之精致。深圳、大连、青岛等城市也精心构筑自己的城市细节，显示其城市风采。

芜湖城市最近开展的“我为城建进一言”城市细节建设活动，其目的是发动市民群众就城市细微之处提意见，对管理机构和部门提建议，以塑造城市形象、改善投资环境、强化“公仆”意识和服务观念，更好地为城市发展和广大市民服务。应该说，近些年芜湖城市亮点迭出，好戏连台。但也应看到，改善不良城市细节需要一个循序渐进的过程。比如城市道路交叉口应该是城市的精彩之处，但在有些地方高低不平，五花八门，缺乏整体感；有的道路经过拓宽改造，残存建筑物没及时处理，原有电线杆、铁塔竖在路上，既影响安全，也影响观瞻；闹市区户外广告，商家招牌，道路标志不规范，杂乱无章，乱涂乱画屡禁不止；一些人出入直穿绿化带，许多绿篱被践踏得面目全非……以上种种，不仅会降低城市品位，削弱芜湖山清水秀的美感，玷污市容市貌，恶化投资环境，对每个热爱家乡的市民也都是情感伤害。因此，围绕城市细节开展更新完善，于城市发展无疑是一件大好事。

注重城市细节，涉及方方面面，千家万户。城市发展，人人有责。把城市规划、建设、管理好，与加快城市化工业化进程的目标是一致的，与提高管理服务水平也是相辅相成的。只要我们人人以大局为重，心往一处想，劲往一处使，就能创造出一个个鲜活生动的城市细节，营造出一片片优美怡人的人居环境，信心百倍地走向更加美好的未来。

2019.2

城市共生：相辅相成总相宜

是谁开拓了大陆的绿色王国？是谁迎来了千姿百态的植物世界？原来是人们称之为地衣的松萝。松萝不仅能够在岩石上繁殖，把坚硬的岩石转化成松软的土壤，它还勇于在凄风苦雨的洗礼下进击，在冰霜雪霰的袭击下奋勇。松萝顽强的生命力，在于它是一种很独特的生物共生体——“菌藻联合部队”。它由真菌的菌丝组成外围，内部包裹着陆生的藻类，真菌能为藻类提供营养原料，藻类却能把原料变为真菌也能吸收的有机食物，它们相互取长补短，团结合作，于是赢得了旺盛的生命力和战斗力，形成了锲而不舍的品格。

自然界的奇妙给我们城市发展以深刻的启迪：善于从“共生”中获得荣誉和新生，是智者的选择。只有扎根在蕴含着巨大创造力的群体之中，只有善于同各具特色的城市真诚合作，才能最大限度地发挥自身的智能优势，加速自身的前进步伐。

历史文明和文化的沉淀，孕育了一个个色彩鲜明而又风格各异的城市群落。城市工作者依据各自的特点和实际，着力设计塑造着不同的城市形象。但由于地域的差异、水平的不同、政策的调控，城市的发展也存在着悬殊。总设计师邓小平在中国的南海边画了一个圈，迅速崛起了一座现代化的城市——深圳，紧接着沿海城市的对外开放，珠海、宁波等一批城市竞相争辉。20世纪90年代初，上海浦东的开发引发了中国更高层次更广领域的城市发展，一时间，全国呼应浦东，迎接辐射，城市间出现了比、学、赶、帮、超的生动局面。现实中的“长三角”“都市圈”，更是城市快速发展的新景观。

虽然城市间优势各异，但却可以相互衬托，相辅相成。发达城市吸引了欠发达地区的劳动力和资源，欠发达城市从发达城市汲取先进的理念、技术，促进自身的提升。笔者在安徽以及苏南一些城市采访中，无不感受到这些城市正是在迎接辐射中发展起来的。比如素有“皖之中坚、长江巨埠”美誉的江城芜湖，处于沿海向内陆梯度推进的交汇点上，近年来靠迎接辐射强化了自身，靠塑造城市形象吸引了大批投资者前来兴业，取人之长，补己之短，使城市出现了良性的发展势头。

共生才能共荣，这是多么富于诗情的境界。当今，历史的推进，要求凝聚智能优势、激发创新意识。城市在共生中发展，在共荣中辉煌。

2019.3

城市色彩：清水芙蓉和谐美

灰墙、灰瓦和绿树构成了古老北京城市色彩的基调，透出古都浑厚、朴实、宁静的文化底蕴，也衬托出紫禁城金碧辉煌的气派。青岛老城的红瓦朱色外墙、碧海、蓝天，也充分显示出这座美丽滨海城市的风采。碧波荡漾的镜湖、绿色如屏的赭山映衬下的青砖红瓦，显现出江城芜湖这座滨江城市的特色。

城市色彩就是这样一个与环境相融、统一和谐的景象，从城市设计的角度看，每个城市都应有自己的个性特征。上海、深圳的高楼和道路构成新的城市空间形态，具有强烈的现代色彩，具有视觉冲击力；厦门以碧蓝色的大海为背景，带有装饰性的建筑色彩，三角梅点缀在大街小巷，显示城市的特殊魅力。

城市发展的不平衡也伴随着不和谐。应该看到，一些城市对色彩缺乏认真研究，竞相模仿，相互攀比，追求豪华，导致自身色彩混乱无序，反而失去特色。高级建筑师布正伟提出清除城市色彩视觉污染的措施。他指出，面对城市色彩问题，要从现代环境艺术理论方面去提高，强化城市建设的务实精神，从视觉心理卫生的高度去抵制那些色泽恶劣的屋顶琉璃瓦、室内外墙瓷砖、幕墙玻璃、广场铺装等材料的生产和使用，大张旗鼓地整治杂乱无章的大小广告和字标，还城市建筑原形、原色为清雅，不能让烟灰、沙尘夺去城市的色彩。

“清水出芙蓉，天然去雕饰。”城市色彩的美感建立在和谐的环境秩序之上，体现于多彩多姿的变化之中。城市建设是一个非常复杂的系统工程，城市色彩诉说着城市的历史和今天的文化韵味，升华着城市精神。城市色彩是历史文化沉淀的过程，不能人为地规定在一个城市涂一种颜色，弄得整个街道像劣质的布景，缺乏历史的真实性。而立交桥等建筑物化妆似的刷上各种涂料也没什么必要，应以混凝土本色显现力量感，画蛇添足则是城市色彩的大忌。

城市美，美在自然，美在得体。城市色彩的和谐为城市注入无比的生机与活力。

2019.5

城市“风险”：防患未然应从容

从“蹒跚学步”到“能走会唱”，人类经历了漫长的岁月。今天，世界面貌的一系列深刻嬗变，城市化进程的加快，正在把现代文明进化的速率提高到前所未有的水平。

然而，随之而来的“风险”警钟也已敲响。有研究城市的专业工作者列举了城市化进程中最突出的六大社会安全问题：贫富分化加剧，众多人口的生命安全和社会尊严安全受到威胁；社会治安状况恶化；食品质量降低，人们的健康安全受到威胁；生态恶化及灾害应对机制落后；危机预警和监控机制欠缺，行政执法监控出现漏洞，以及危机处理操作不当而导致的人为社会安全危机。

面对城市化进程中的“风险”，必须积极应对，政府应该承担更大的责任，政府为民办事，群众为政府分忧，社会形成良好的互动机制。

一些地方，一味地强调城市膨胀，搞政绩工程，城市人口大规模集中，而基础设施跟不上，城市管理也不相适应。这样无疑埋下城市问题和危机的隐患，如果不有效应对，必然制约着城市化进程。

城市化进程是一个大趋势，也是一个系统工程。只要我们紧密结合当地发展实际，因地制宜、有效地控制“风险”，防患于未然，就一定能创造出城市化进程中百花竞艳的生动局面。

2019.6

警惕经营城市“四大误区”

经营城市已经在许多城市所大量实践，也取得了一些经验，但如果偏离正确的轨道，就会产生巨大的副作用。这是中国城市科学研究会原秘书长顾文选曾经发表的观点。

顾文选说，相对于计划经济时期政府有多少钱办多少事的体制而言，提出经营城市理念无疑是一大进步。的确，经营城市对加快城市建设步伐，改变城市面貌，提高城市品牌和竞争力、吸引力都有促进作用。但是，目前一些地方的城市经营也出现了一些值得警惕的苗头，主要表现在以下四个方面。

不适当扩大经营理念

一些城市或地方把经营的理念不适当地扩大到一些纯公益性事业或政府必须负责的领域，导致公众利益或国家长远利益受损。譬如各类国有景区景点、城市的开放公园绿地以及休闲广场都是公益事业，应该主要由政府来责办。但一些城市为了眼前利益，在经营的口号下，在公园绿地内或设卡收费，或设立各种营业场所，甚至大兴土木建楼堂馆所。更有甚者，个别地方把属于国家的风景资源作价出卖。

片面强调经营收益

把经营性收益目标放在首位，影响甚至牺牲城市居民的生活环境。无论是土地转让、房地产开发或其他城市公共设施使用权、专营权转让，都是通过招标向业主或市场主体转让、增值，取得收益。一些业主取得使用经营权后，千方百计降低成本，提高土地或设施的开发强度。由于业主常以是否有最大效益来决定其行为，这对城市景观的协调，对城市的环境质量及居民的生活舒适度往往带来负面影响。令人担忧的是，业主追求效益的偏好在经营城市的过程中受到刺激和鼓励，会造成项目与项目、项目与环境、项目与城市的整体协调性大大下降，造成居住环境质量和居民生活舒适度下降。

经营方式大同小异

城市经营常造成城市面貌趋同，破坏了城市独特的文化与景观特色。由于城市经营通常由多个市场主体同时大规模进行，经营者也力求在短时间内改变面貌，“一年一小变，三年一大变”。愿望虽好，但由于是同一模式下在同一时期内进行的，项目的经营方式也大同小异，这就易造成“千城一面”现象。

经营作风华而不实

尤其值得警惕的是城市经营还易助长一些城市经营者华而不实的作风。在急于求成、负债经营思想的驱使下，不断修改规划，盲目扩大城市规模。

经营城市犹如一把双刃剑，它既有利于城市转换机制，与市场接轨，加快发展，营造新的现代化城市，又有可能损害城市的长远与全局利益，破坏城市传统风貌，在一定条件下还会造成城市未来的巨大财务危机。

2019.7

互联网在地产业的魅力

人类在谋求生存发展的进程中，创造着无数奇迹。互联网的诞生与创新，改变着人的生活方式。

在互联互通、共享共治的今天，互联网作为一种“高维媒介”，演绎了令人炫目的奇观。比如在知识生产领域，过去的知识生产像不列颠百科全书，是一种精英文化的生产模式，现在被互联网打破并超越了。互联网作为人类文明进步的重要成果，已成为驱动创新、促进经济社会发展、惠及全人类的重要力量。互联网将世界变成了“地球村”，使国际社会日益形成相互依赖的命运共同体。同时，互联网的迅速发展也给国家主权、安全和可持续发展带来了新的挑战。积极稳妥地应对这些挑战，是国际社会共同的责任。从信息社会世界峰会2003年日内瓦原则宣言、2005年突尼斯议程，到联合国信息安全政府专家组会议，国际社会对互联网发展和治理的共识不断扩大、合作不断加深。

当微博、微信、客户端、5G、云计算、电商等为广人们接受和运用时，互联网的连通性、共在性特色彰显，创造了崭新便捷的生活。

互联网已广泛渗透社会各个领域及生活的方方面面。就拿激烈竞争的房地产市场来说，已由高速增长向常态发展回归，利用互联网，积极寻嬗变，谋求新突破，实现再增长，不失为一种佳选。

以互联网思维转型的万科，首先牵手全国18城108楼盘，成为电商史上融入互联网的房地产开发商。保利地产与电商巨头京东合作，方兴地产与淘宝房产联网，我市万科、绿地、伟星等房地产开发企业也纷纷与电商合作，皆取得佳绩。芜湖房产超市、棚改购房平台的创新之举，实行线上选房，集中看房，线下签约，一体化服务，让市民、企业与政府共融于市场。这些无疑都是运用互联网的成功范例。

线下线上联动，理论实践相结合，能够融入这种模式的一定是标准品。产品因为品牌、型号确定，到哪里买都一样，所以网购的低成本优势自然提升了核心竞争力。房地产要参与“互联网+”，不是简单的叠加，而应抓住“以客户为中心”这个主题，以客户为中心的体验，让产品从差异化走向极致化，再统一企业与互联网产业机会的识别标准，谙熟线上与线下的转化方法，才能完成“互联网+房地产”的转化。

当互联网无缝链接并嵌入生活时，人类社会联系将更紧密，世界也更精彩。

乘风互联网，就会绽放出澎湃的激情，焕发多重的创造力量。

乘风互联网，必然升华起生活的旋律，渐入美好的梦想佳境。

2017.12

伟星在芜湖发展的启示

家喻户晓的“住在芜湖，住在伟星”广告语，成为芜湖的一张城市名片，“伟星房产，责任地产”的形象为广大市场所认可，伟星靠市场创新和辉煌业绩成为江城房地产业界的一面旗帜。

伟星在芜湖的发展给人们诸多启示。

——前瞻眼光。芜湖诸多优势、良好环境和发展潜力吸引了伟星。伟星在深入调研权衡之后果断决策，大手笔高起点激情投入芜湖大建设，从而一步一个脚印取得了骄人的业绩。

——先进理念。当年的开发，往往忽略环境建设与设计创新，而伟星却独辟蹊径，以较高价位拍得香樟花园地块，提出“大樟树下，健康人家”的理念。加大建筑设计、环境绿化、物业管理等方面的投入，一股新风领业界打造宜居环境之先。在后来的芜湖香格里拉花园、平湖秋月、左岸生活等品牌小区建设中，这一理念又进一步得以提升，加之品牌伙伴的引入、多赢战略的实施，产生的社会经济效益有目共睹。

——顺应市场。尊重市场规律，理性顺应市场，是伟星取得成功的又一经验。调控的洗礼、市场的震荡，是开发企业共同面对的课题，伟星人用娴熟的姿态适应着市场、顺应着市场。面对宏观调控，他们通过提高产品质量、服务质量，以及不断创新营销手段，巧妙地转“危”为“机”。当2008年底金融危机来袭时，他们率先推出“团购”营销模式，让利消费者；当土地市场遇冷时，加满“油”的伟星果断出手拿地，未雨绸缪。不计较眼前得失，注重长远效益，令同行刮目。

——责任意识。伟星以行动实践着“社会责任”的承诺。在凤凰城项目之外建设出大片的滨湖公园；在平湖秋月，放弃可做商业的临街地块，建设了入口花园；在左岸生活一个小区，主动配合相关部门妥善解决了居民供水……为消费者服务，为社会多做公益慈善，伟星人不断用行动践行承诺。

有理由相信，通过调控的洗礼，房地产市场必将进入一轮发展佳境，开发企业也将在未来发展中大显身手。安徽伟星置业副总经理陶杰在接受笔者采访时说，伟星的目标：植根芜湖，领跑安徽，伟星将在改善人居环境、提高百姓生活品质上做出更大的贡献。这也是企业不可推卸的市场责任和社会责任。

2021.1

融创拥抱芜湖芯

浩浩长江，奔流向东。作为活力无限长三角城市芜湖，吹响了沿江发展的号角。芜湖的城市革新三部曲“撤县设区/市”“长三角峰会”“轻轨通车及商合杭通车”在2020年将迎来发酵的高峰。以时间的名义，融创芜湖重要项目“融创公元2020”，向这座城市发出一场关于未来之旅的美丽邀请。

在秋高气爽丹桂飘香的美好时节，《芜湖建设·芜湖房地产》杂志2019年9月号推出特别报道“公元2020：以时间的名义，拥抱芜湖芯未来作品”，介绍了芜湖融创新元置业有限公司在芜湖投资项目融江府的情况，给人耳目一新之感。

沿着长江，芜湖崛起的CBD（主要商务活动地区）天际线，正成为城市的都会封面。商务中心的价值丰溢，优越配套的价值覆盖，天际线日益渐满，让城市高净值人群开始对芯居住拥有了新的向往。

“融创公元2020”本身是对CLD（中央生活区）的最佳诠释，项目配套有中央生活区内唯一的中央艺术商街，商街承载着生活与繁华，实现更当代、更都会式的居住，而它又是串联着老芜钢工业遗址公园和城市轻轨站的干道，直面元亩塘湿地公园。在CLD（中央生活区）土地日益稀缺的当下，“融创公元2020”所启幕的城市更新的宜居作品，逾显难以复制。

好风凭借新势力，奋斗之中筑新梦。繁华精致的城市建设气势恢宏，人杰地灵的皖江明珠引人入胜，转型升级的铿锵步伐踏地有声，增量提质的丰富内涵充满憧憬。有理由相信，融创拥抱芜湖芯，公元2020融江府必将为芜湖这座滨江山水魅力之城增光添彩，引领新的时代风尚。

2019.9

为“新里城·理想家”点赞

在激烈的市场竞争中，优胜劣汰，适者生存。

《芜湖建设·芜湖房地产》月刊2019年8月号特别推出芜湖卓瑞地产有限公司总经理梁金华的专访《追求卓越　专注品质》及名盘巡礼《“新里城·理想家”　问鼎芜湖楼市半年度销售面积TOP1》。2019年上半年，“新里城·理想家”以当红不让之势成交商品房面积84339平方米，获得芜湖市半年度网签面积销售冠军，以实力书写理想家新的销售传奇。这是全城期待的盛典，这是国匠实力的验证，这是客户满满的信赖。

“新里城·理想家”作为区域品质的引领者，深谙当代城市精英圈层居住需求，遵循卓瑞全生命周期居住系统的苛刻标准，匠心打造轻轨旁睦邻社区，以成长型户型、多空间设计、全龄优享社区等匠心营造，给江城人民带来无与伦比的尊崇体验。正如卓瑞地产总经理梁金华所说，卓瑞地产作为深谙芜湖的开发商，2016年深耕芜湖，始终稳扎稳打，不断探索这片土地沉淀的人文内涵，与芜湖人一起见证了这座城市的蜕茧化蝶，更是积极参与并极大地推动了芜湖房地产市场的发展与变革。奇瑞BOBO城、赭麓公馆、龙湖湾、龙凤佳苑、凤鸣湖公寓、新里城等，卓瑞地产用一个个响当当的产品兑现了对芜湖的承诺，切实帮助数万业主实现幸福安居。

徽风皖韵，旋律悠悠，人杰地灵，尽显风流。高雅品牌楼盘把靓丽风景打造，幸福美好生活靠奋斗拼搏铸就。“房子是用来住的、不是用来炒的”，理性的光芒引导人们前进的节奏。在幻想缥缈的天空中漫游，不如在现实的土地上行走。善作善成方可久久为功，理想境界需要不懈追求。卓瑞地产用踏实的行动昭示了品牌房企的魅力，“新里城·理想家”以品质在宜居的百花园中竞秀。

“新里城·理想家”，为你点赞！卓瑞地产，祝你再展新姿！

2019.8

万科的引领效应

秋高气爽，惠风和畅。当盲目跟风的情绪趋于缓和，当一度炙热的楼市逐步降温，理性之光缓缓沐浴着人们期待的心房。

坚持“房子是用来住的、不是用来炒的”定位，加快建立多主体供给、多渠道保障、租购并举的住房制度，让全体人民住有所居。这是党的十九大提出的房地产业未来发展定位，对房地产市场平稳健康发展指明了方向。

市场需要定位，更需要引领。《芜湖建设·芜湖房地产》月刊2019年10月号推出了万科的专题报道，介绍了万科在芜湖的运作亮点，万科用实践诠释了坚持“房子是用来住的、不是用来炒的”定位，行业的引领效应显而易见。

定位于城市配套服务商，万科坚持“为普通人盖好房子，盖有人用的房子”，坚持“与城市同步发展、与客户同步发展”的两条主线。公司核心业务包括住宅开发和物业服务。近年来，在巩固核心业务优势的基础上，围绕城市配套服务商的定位，积极拓展业务版图，进入商业地产、物流地产、长租公寓、冰雪运动、养老、教育等行业。泊寓为万科集团旗下长租公寓品牌，智能化管理，伙伴式服务，是温暖的城市青年的家。“泊”意指远航或远航归来停泊靠岸的船只，希望每一个城市奋斗者，在辛苦过后，有这样一个温暖的港湾可以停泊。长租公寓作为集团发展重点之一。无论是新的邻里模式，还是全新的居住体验，万科正在通过长租公寓项目传递着新的生活方式，并着力打造富有青春气息的全新产业，为城市新进入者提供质量可靠、高性价比的中长期租住体验。同时配合人才公寓政策，重点聚焦新增人口，为城市留住年轻人才。无疑，万科的标杆旗帜格外艳丽。

不忘初心，以人为本，集思广益，敢于担当。就房地产开发商而言，除了谋求赢利发展，更要牢记创造高品质商住产品的社会责任，打造品牌楼盘，提升居住品质，社会效益优先发展，实现社会多赢战略。万科的经验值得学习。

好风凭借力，助我踏新程。让我们迎着新时代的朝阳，鼓满风帆，努力向前。

2019.10

信达地产：品牌的力量

五月江城无限景，宜居品牌最怡情。

《芜湖建设·芜湖房地产》月刊2020年5月号特别推出信达地产芜湖公司执行董事钱春虹女士的专访《央企品牌开启美好宜居时代》和名盘巡礼《价值1亿的宁静　为芜湖而来》，展现了信达地产以初心赋匠行、汇聚业界尖端智慧、精工锻造百年典范、重塑美好宜居时代的品牌形象。

作为财政部直属的万亿金融央企，信达地产自2013年进驻芜湖以来，秉承让江城人民“住得更好”的企业理念，以更了解芜湖人需求的本土开发团队，兑现央企的责任与担当。深耕芜湖七载，坚持以精品说话，先后开发了信达大厦、信达·荷塘月色、信达·蓝湖郡、信达·外滩府，以及控股的信达万科海上传奇和保利信达熙悦府等项目，实现了骄人的业绩。作为楼市发展的参与者、城市建设的见证者，信达在“城市之心”匠造了翡丽世家。从2018年首开到加推再罄，再到2019年开盘热销和2020新品加推，翡丽世家以一路高歌的当红姿态，成为芜湖品质生活首选。翡丽世家所踞的政务板块，拥有得天独厚的自然资源，是芜湖其他区域难以比拟的。匹配以别墅为主的产品，将私密和享受最大化，让更多爱运动、懂享受的人在这里开启美好生活。2020年，再创新品——翡丽世家小隐，以一线临湖湿地叠墅面市。有关城市生活的梦想，翡丽世家小隐给芜湖一个全新的答案，彰显对城市、对土地、对居者深深的热爱。

你方唱罢我登场，风生水起和声扬。时下芜湖房地产市场，群雄逐鹿，品牌璀璨，百舸争流，一派生机。

品牌的力量，对于品牌企业来说，是法宝，是市场，是效益，是前景。睿智的企业家无不深谙此理。信达地产芜湖公司执行董事钱春虹说得好，一个成熟的房地产市场，必然会带给居者层次丰富、有价值的产品，品牌的价值提升了城市气质和吸引力，让我们家园更加美好，开启更加美好的未来。

品牌形象塑造是一门系统艺术，不可舍本逐末、缘木求鱼，也不能过度拔高、虚构形象。品牌形象塑造是一项长期而艰巨的任务，它不是哪一个人或哪一个具体行动就可以完成的，它需要按照一定的原则，通过一定的路径，全方位地精心塑造。

品牌的力量在于良好的口碑和诚信的内涵。

品牌的传播高屋建瓴、运筹帷幄，方可取悦人心、决胜千里。

览芜湖楼市，品牌争艳，动力澎湃。有理由相信，城市的发展，经济的活跃，人气的集聚，必将良性互动促跨越，促进房地产市场步入新一轮发展佳境。

2020.5

新兴发展：央企的魅力

新兴发展（芜湖）有限公司，是大型千亿军工央企、世界500强企业“新兴际华集团”旗下四大专业化全资子公司之一，是集资产管理、资本运营和生产经营于一体的大型国有独资公司，先后在国内一线城市进行地产开发，如北京财富中心、广州中华广场、上海大紫金城、武汉中御公馆等项目，在国内具有一定影响力。芜湖中御公馆是新兴发展倾力打造的43万平方米京派国风大宅，融住宅、商业、办公、学校为一体的新型都市社区。无论是超标准的小学硬件配置打造芜湖“宜学”新高地，还是自建千万级天桥、约7.2万平方米超大商业体量，抑或是自持金牌物业提供全流程的物业服务，为客户入住后提供长期的服务保障，无不展示着新兴发展为赋能江城人居而来的决心，自房产面世以来，便受到社会各界的青睐。

新兴发展（芜湖）有限公司执行董事、总经理姜玉峰说，现在是一个地产+时代，新兴发展不仅是开发商，更是综合运营商。中御公馆的开发理念是，不仅提供产品，还要提供服务、提供生活方式，让家园更加美好，开启更加美好的明天。在房地产市场博弈加剧的环境中，必须尊重市场经济规律，在法律法规的框架下行事。要充分发挥市场在资源配置中的决定性作用，努力解决深层次的矛盾。调动上上下下方方面面的积极性，创造房地产市场良好的发展氛围。

新兴发展，始终肩负为国建业、努力践行的央企责任，将建筑的每一处细节“曝光”，用实力和真诚，展示品质人居的真谛，恪守对客户的千钧承诺。央企品质，彰显魅力。新兴发展引领宜居时代，必将为江城芜湖的房地产市场注入新的活力。

2020.9

芜湖城建激情投入芜湖大建设

赭峰绽新翠，镜湖扬碧水。鸠顶泽瑞荡春风，古塔溢彩沐朝晖。“半城山半城水”的悠扬旋律，奏响芜湖这座魅力之城的新时代进行曲。

在这座历史悠久的滨江山水园林城市中，跃动着一支勇于创新、能打硬仗、敢作敢为的生力军——芜湖城市建设集团有限公司。他们用睿智和汗水，为“长江巨埠、皖之中坚”增光添彩，以实力和作为，让“皖江明珠、创新之城”彰显新姿。

为顺应芜湖市政建设新常态，2015年1月21日，芜湖市城市建设集团有限公司挂牌成立。这是按市政府的部署和要求，由原芜湖市市政工程管理处管养分离体制改革组建的国有独资集团，隶属于市国资委，基层党委建制。市住房和城乡建设委员会原副主任朱志福怀着对市政事业的热爱与追求，担任了芜湖城市建设集团有限公司首任董事长，带领新的团队，继续为美丽芜湖建设作出新贡献。随着城市化进程的发展，交通基础设施、环境卫生设施、地下管网、综合管廊等城市基础设施将日趋成熟，运营维护这些基础设施将存在较大的市场空间，芜湖城建集团致力于成为城市基础设施的综合运营服务商。《芜湖建设 · 芜湖房地产》月刊2019年11月号特别推介芜湖城建集团1807号地块观湖居项目设计方案有关情况，展示的正是芜湖城建集团激情投入江城大建设的一个侧面。

芜湖城建集团以“干一个工程，成一个精品，打一张名片”为目标，进一步开拓市场，树立城建集团的品牌形象，不断提高社会影响力，将城建集团打造成全省乃至全国范围内的“城市基础设施的综合运营服务商”。

潮平岸阔帆正劲，乘势开拓谱新篇。随着城市经济提升与城市建设的良性互动，芜湖城市化发展的实践，为江城增添了澎湃动力。有理由相信，在习近平新时代中国特色社会主义思想指引下，芜湖城建集团必将大显身手，在这个精彩的大舞台上，奏响新时代的乐章，创造新的辉煌，为打造宜业、宜居、宜游、宜创、宜学、宜养“六宜之城”新芜湖作出新的更大贡献。

2019.11

江城掀起“港龙”风

这股风，是绿色的风，是怡人的风。

风从何处来，港龙中国！

江城掀起“港龙”风，芜湖建设添新军。

《芜湖建设·芜湖房地产》月刊2021年5月号特别推出专题报道《立芜湖城市标杆　掀市场“港龙”旋风——专访港龙中国安徽区域芜湖片区公司总经理张军》。《“港龙·湖山映”——三山政芯湖畔，构建理想人居图景》，介绍了港龙中国进驻芜湖谋发展的情况，给人耳目一新之感！

2020年以来，港龙中国前瞻性地在芜湖市湾沚区连续拿下两块土地，打造湾沚区热销的“港龙·时代天骄”一期、二期，再到后来三山区，趁热打铁打造“港龙·湖山映”。港龙迅速在芜湖跻身主流影响力房企行列，成为芜湖房地产行业的城市标杆，掀起了整个市场“港龙”旋风。

作为港龙中国首个百亿级大区组织定位，港龙安徽区域公司拟规划三年内实现土地储值不低于五百亿元、年均销售额超百亿元的战略经营目标，发展为安徽市场深耕型的龙头房企，实现百强房企规模。而芜湖作为目前安徽港龙的重中之重，自然肩负重任。

2020年6月，港龙中国洞悉城市发展方向，与芜湖结缘，以品牌地企的品质，力求让这座城市未来理想人居锦上添花。

大江浩浩向东，正是扬帆之时。祝愿港龙中国在滨江山水之城芜湖这片热土上，大展宏图，驾驭理想之舟，驶向更加美好的未来！

2021.5

03

第三乐章

轻　快

广东建工集团建功江城芜湖

20多个春秋过去了，广东省建筑工程集团有限公司安徽分公司总经理杨广林率领的这支“国企”铁军，默默无闻地在芜湖建设市场屡建奇功，创造了一个个江城建筑史上的奇迹：芜湖市花园酒店工程、芜湖市第一人民医院门诊综合楼工程、芜湖市海事局业务楼工程、安徽中烟“十五技改”重点项目芜湖卷烟厂联合工房工程、芜湖日报社新闻大楼工程、芜湖市数字电视网络中心工程、芜湖市中级人民法院工程、中国银监会芜湖银监分局办公楼装饰工程、芜湖地方税务局综合大楼、芜湖市都宝花园住宅楼工程、安徽中烟工业有限责任公司“都宝”卷烟生产线技术改造项目、芜湖市雨耕山酒文化创意产业园毕加索广场工程、弋矶山医院全科医生临床培养基地建设项目等，一大批具有时代和地区标志性意义的建筑精品在江城拔地而起，尽心尽力地描绘了芜湖建设的宏伟蓝图。在芜湖期间，他们缴纳国家和地方各项税收1.35亿元，安置和解决了当地成千上万农民工在家乡就业。

走近这支“国企”铁军队伍，笔者看到他们的领军人物杨广林作为项目经理承建的项目荣获国家、省、市级30多个奖项，其担任项目经理承建的安徽中烟工业有限责任公司“都宝”卷烟生产线技术改造项目荣获国家建筑工程最高奖鲁班奖，连续9年被评为“全国建筑业企业优秀项目经理”，连续5届被评为“全国建筑业企业优秀建造师”，连续11年被评为“广东省建筑业企业优秀项目经理”，连续7年被评为“安徽省优秀项目经理”，连续10年被评为“广东建工集团优秀项目经理”，连续11年被评为“广东建工集团先进个人”；2010年10月获得第五届全国建设工程优秀项目管理成果一等奖；2014年9月获得第九届全国建设工程优秀项目管理成果二等奖；2010年10月获得第九届中国国际杰出项目经理，作为广东省的唯一代表亲赴土耳其参加国际颁奖；2015年6月被授予“2014年度鲁班奖工程项目经理特别荣誉”称号。

目前，杨广林率领的这支“国企”铁军，正在湾沚区六郎镇乡村振兴产学研基地一期房屋建筑工程的工地上奋战，他们在该工程建设资金缺口较大的情况下，及时垫付农民工工资，该工程现已获评2019年度“芜湖市建筑安全生产标准化工地”“安徽省建筑安全生产标准化工地”，2020年10月获得“全国AAA级安全文明标准化工地”和“市级质量标准化示范工地”荣誉称号。

杨广林作为国家一级注册建造师、高级工程师，早年毕业于解放军工程兵学院，20多年来，一直从事建筑工程一线施工管理工作，历任技术员、技术负责人、总工程师、项目经理、分公司总经理等职。杨广林在他的建筑生涯里，始终坚持党性，牢记入党誓言，积极发挥共产党员先锋模范作用。“细节决定成败”和“老老实实做人、踏踏实实做事”都是他立志的口头禅。十几年前，他率先通过推创“精细化管理”打造企业品牌，把“精细化管理”贯穿于全员、全过程、全方位，建立专业化、精细化、信息化、数据化的科学管理程序，努力向着更高、更强、更大的目标发展。

熟悉杨广林的都知道，他非常看重企业品牌，有强烈的社会责任感和职业道德，以“向人民负责、向历史负责”的态度，长期奋战在第一线。抓热点、难点问题，攻克技术难关，拨出大量专项资金，投入到质量安全、创品牌的项目上，打造让业主满意、让总部放心、让自己安心的精品工程。他不仅注重工程项目前期技术策划，更注重施工经验总结，把工程质量和安全放在首位。这些年来，他多次在全市建筑业大会上发言交流经验；撰写多篇技术论文，在《芜湖日报》及相关刊物上发表；先后接受广东《南方都市报》和芜湖电视台人物专访。他担任项目经理在芜承建项目获得的鲁班奖、全国装饰奖市优“鸠兹杯”、省优“黄山杯”、省级装饰奖、省级安全文明标准化示范工地等奖项不计其数，他在芜承建项目还多次被芜湖市住建委评为“外地进芜企业先进集体和优秀项目部”。

2021.9

高蕴投资：事业的高度源于底蕴的厚度

高蕴投资成立于2015年7月，核心业务模式是通过金融与实业的紧密结合，以股权形式深入企业、服务企业、助力企业。

当前的中国正在经历快速的行业更迭，各种浪潮此起彼伏。高蕴投资作为浪潮中的先锋，其秉承的企业价值不是简单的春播秋收，而是首先把最优的目标推得更远，坚持价值定位，敢于舍弃，在通盘比较了众多领域的投资特点后，将自己的投资赛道放在深谙其价值体系和“护城河”的食品与地产服务领域。创立至今，高蕴投资累计管理的资产规模突破百亿，部分项目已经退出，其投资理念和经营方式得到了业内以及投资人的一致好评。

在战略布局上，高蕴投资的团队拥有敏锐的商业嗅觉和独特的判断能力。他们坚持价值发现和精品投资的理念，通过分析企业需求和行业发展趋势，在充分研究的基础上发现真正的机会，做到了稳妥性和爆发性的完美结合，从而投资了一批高价值、高回报的产业和企业。

基于这种投资理念，高蕴投资先后为中国人寿三亚海棠湾养老地产项目、安徽阜阳华纺房地产开发有限公司、安徽芜湖信亚云谷软件园投资有限公司、北京宝蓝物业服务股份有限公司等地产新势力和项目打造融资方案，还帮助央企中建投资资本管理有限公司联合收购河南众品食品股份有限公司，联合九鼎资本投资辽宁北旺农牧股份有限公司等食品公司，助力其成为消费行业新的领军企业。

短短几年时间，高蕴投资已经形成以地产和食品行业为大本营，以大健康养老医疗、产业园区等为增长点的良性发展格局，是中国表现最亮眼的投资公司之一。由他们操盘的一系列投资项目业绩卓著、成长力强劲，对行业产生了深刻影响。可以说，高蕴投资的每一个案例都是投资行业的成功典范，成为行业内其他公司争相学习的对象。

与一般私募基金管理者粗放式的管理不同，高蕴投资的管理团队真正地将行业研究、技术引领、风控体制和机制创新做到了有机统一，并开创性地推出了金融界少有的主动管理服务，针对初创型企业、成长型企业和稳定型企业的不同特点，为处于不同阶段的企业提供战略设计和运营服务，并帮助它们打通产业链上下游，为企业提供资本运营、上市并购、战略规划、公司治理等全方位的增值服务。

这不仅解决了中小企业融资难的问题，还帮助中小企业解决了经营管理上的难题，实现投资机构、有限合伙人与被投资企业的多方共赢。通过这种方式，他们先后帮助中国风险投资教父之称的信中利资本集团收购上市公司深圳惠程，帮助中国最大的咨询公司和君集团收购上市公司乾照光电。这开启了中国金融投资产业定制化服务和全方位管理的先河。

坚定“金融+实业”的运营方式

云谷科技园项目位于安徽省芜湖市弋江区，占地面积约9.8万平方米，总建筑面积15.4万平方米。物业形态为别墅、商务写字楼、公寓以及配套商业。高蕴投资入驻项目的两年里，该项目2019—2020年连续两年荣膺芜湖市办公类项目销售面积和销售金额的双料冠军。

高蕴投资坚持“金融+实业”的运营方式，同时得以实现对企业的深度指导，并为其制定长远的发展规划。

助力产业新高地　开启产业新篇章

高蕴投资牵手芜湖市鸠江区政府，打造了“鸠江区·人力资本产业园”项目。该项目总建筑面积约5万平方米，分两期规划实施，建设鸠江区人力资本产业园，以打造省级人力资本产业园为目标，旨在打造“工匠的摇篮”“职业技术培训特色小镇”。

同时成立“鸠江区·招商投资促进平台”，与鸠江区人力资本产业园形成“园中园”运营模式，力争把最好的政策和服务给予入园企业，为企业长远发展解决后顾之忧，在企业的发展道路上助一臂之力。

2021.2

孙村镇：因地制宜谋发展　良性互动筑新镇

在方兴未艾的城市化进程中，特色小镇无疑是一道靓丽的风景。如何探索特色小镇建设之路？阳春四月，风和日丽。我们随住房和城乡建设部村镇建设司调研组的同志来到安徽省芜湖市孙村镇。

身临其境，喜闻乐见，无不从孙村镇立足自我、因地制宜、因镇施策、创新发展的行动中得到些许有益的启迪。

孙村，皖南滨江小镇，辖于全国四大米市之首的芜湖市，位于芜湖市区西南40千米。与铜陵市钟鸣镇相接。辖19个社区，4个村委会，面积153平方千米，常住人口约7万人。集镇建成区面积6.5平方千米，人口4.2万人，是全国文明村镇、全国重点镇、全国环境优美乡镇。2017年又被评为第二批国家特色小镇。

孙村镇历史悠久。1998年5月在孙村镇长垅村癞痢山发掘的欧亚大陆早期哺乳类动物化石和打制、磨制石器及骨制品样本，距今已有近240万年，该发现地被称“繁昌人字洞遗址”。2005年该遗址被国务院公布为全国重点文物保护单位。

孙村镇区位优越，地处皖江城市带承接产业示范区和合芜埠自主创新实验区双核城市芜湖市，北望长江，地扼皖南。宁安高铁、G 50沪渝高速穿境而过，并设有出入站口。距京福高铁和铜宣高速入口各20分钟车程。

孙村镇经济活跃。境内有一个省级经济开发区——芜湖孙村经济开发区。全镇拥有各类法人代表企业750余家，其中规模企业123家，已形成轻纺服装，装备制造、新材料三大支柱产业。2018年全镇总产值180亿元，财政收入6.7亿元，居民人均年可支配收入23500元。

规划先行　管控落实

孙村镇特色小镇规划紧紧围绕精品服装生产和销售这一特色，发挥产业集群优势，充分挖掘服装文化和具有典型意义的地方民俗文化，整合镇域内特色景观资源，打造产业鲜明、文化内涵丰富、产城融合的新型城镇。

根据《繁昌县总体规划（2010—2030）》，孙村镇区列入繁昌县中心城区，由孙村组团和高铁组团构成，孙村组团定位为中心城区西翼，具有人文、景观、地域特色的综合功能片区，是繁昌县重要的轻工业和旅游业基地。

为发挥规划引领作用，实现多规合一，镇政府委托北京建工建筑设计研究院编制了《特色小镇概念规划》和城市设计、产业发展及机制体制等三个专题研究。规划明确核心层、紧密层和辐射层三层级。核心层规划约1平方千米，主要打造“六个一”工程——服装展览展示中心、服装创意工坊、名品商业街、游客接待中心（小镇客厅）、人字洞公园、星级酒店。委托中国文化遗产研究院编制了《安徽省繁昌县人字洞遗址保护规划》，委托北京万商天勤律师事务所编制《特色服饰时尚小镇PPP项目实施方案》，并通过专家评审，确定了产城融合、城乡一体化发展模式，明确了特色服饰和旅游产业定位，拟打造华东地区乃至全国较有影响的服装产业基地。

为加强对特色小镇的规划建设管控，繁昌县政府成立了县政府分管负责同志为组长，由县住房城乡建设局牵头，发改委、自然资源规划局、财政局、文化旅游体育局、投资促进中心等共同参与的县特色小镇建设领导组。镇政府成立了以镇长主抓，规划、国土、城建、财政和开发区等部门共同参与的建设组。

在具体建设管控中，对建筑及风貌、空间和范围、文化和生态等三方面着重关注。

建设范围以核心区为主体，本着节约用地、控制规模的原则，严格按规划执行。保留原有城镇风貌，体现乡村特色。

集镇区保持原有街巷肌理、疏密有致，对老城区内胡同、街巷等老建筑进行维护保存，增加休闲、绿化空间，配套城镇公共服务功能，完善基础设施建设。

辐射层以东翼江南慢谷、马仁奇峰观光带和西翼人字洞遗址、长寺美丽乡村度假区两条主线，串联美丽乡村建设点，整合沿线旅游资源，打造特色文化主题和芜湖市近郊生态休闲旅游圈，着重加强对传统文化保护、历史文化遗产保护和活化非物质文化遗产。

因地制宜　特色兴镇

特色小镇成功申报后，孙村镇2017—2018年服装类企业由206家提升至223家，产业工人达2.3万人。特色产业总产值由21.58亿元提升至23.93亿元，增长了近11个百分点。以中天纺织项目为龙头的一批重点服装企业落户孙村镇，以马仁奇峰为龙头的旅游服务业呈爆发式增长。

一、在特色兴镇的项目推进中，繁昌县因地制宜，因镇施策，狠抓落实。

首先紧紧抓住服装特色产业这个“牛鼻子”，做大做强精品服装产业。依托省级经济开发区政策和产业优势，着力提升服装设计、研发、私人订制及互联网+模式，实现上下游一体化发展战略，积极向上游产业延伸，继续拓展中下游产业发展。

近年来，县委县政府以孙村服装产业集中区为基础，完善编制了《繁昌县纺织服装产业发展规划》。镇党委政府建设了特色服饰文化展示馆、栖凤阁汉服展厅等相关服装文化展示项目，镇内服装产业领域向小众化、特色化延伸，生产的棒球服饰、瑜伽服饰等运动系列以及汉服系列品牌，产销两旺，前景广阔。

以“人字洞遗址文化”为切入点，整合周边闲置土地、资源，建设遗址文化公园、人字洞陈列馆、专家林等；利用关停的芜湖市红花山水泥有限公司近百亩土地，建设亲子体验广场、民俗创意坊、工业遗址展示、特色餐饮等休闲文化设施，目前项目在招商中。

特色小镇建设以马仁奇峰4A级旅游景区为依托，景区功能得到提升，中分村红色旅游和传统村落保护性开发得到进一步发展，马仁奇峰游客呈爆发式增长。下一步拟以中分村为中心打造田园综合体，形成完整的繁昌县江南慢谷休闲旅游带。

二、在孙村镇特色小镇项目建设中，繁昌县注重特色小镇和美丽乡村融合发展，振兴乡村经济。

充分利用2017年省级美丽乡村驻镇区建设项目资金，稳步推进集镇区基础设施和公共服务设施建设。镇区环境通过“两整治一加强”得到了较大的改善，建成镇区污水管网，覆盖面积达3平方千米，建成龙华南路，改造提升了政通路、沿河路、西环路和龙华路。建设了瑞丰小区附属工程，改造提升了人字洞公园、大戏院、住宅小区和城中村，铺设了青棠河休闲栈道，极大地改善镇区人居环境。

美丽乡村筑特色，一村一主题打造美丽乡村特色村落。在孙村镇特色小镇建设中，注重村落文化保护，挖掘一村一主题，使美丽乡村具有鲜明的地域特色。

探索创新　良性互动

孙村镇在特色小镇建设中，非常注重探索创新，与社会良性互动。在实际操作中，孙村镇整合现有资源，拓宽融资渠道，鼓励政府、企业、社会多元化投入，共同参与特色小镇建设，走出了一条五联动五创新的发展之路。

一、校企联动，走产业升级创新之路。

孙村镇开发区先后与东华大学、安徽工程大学、浙江工业信息化研究院等国内机构进行合作，提升孙村服装设计研发水平。与安徽省投资集团合作成立服装产业集群创新发展研究中心，同浙江物产中大云商有限公司合作建设集服装订单集成、供应链服务、智能工厂建设一体化项目等，提升产业集聚，促进产业发展。

组织成立孙村镇服装协会，积极打造电商平台。通过抱团取暖，规范行业管理，打造孙村镇服装品牌。大力推广栖凤阁汉服成功经验，引导现有企业通过电商平台进行产品研发销售。

二、县镇村三级联动，走机制创新之路。

S321为孙村镇主要对外交通，县政府投入2.5亿元将原S321由双向两车道拓宽至双向四车道、六车道，大大改善特色小镇对外交通。利用县农村道路畅通工程项目，扩宽改造通村道路。由原村村通3.5米扩宽到4.5米。

镇财政投入近2000万元对S321镇区段进行立面提升改造，美化靓化城镇风貌。同时利用省级美丽乡村驻镇区建设项目，投入1800万元实现城区“两整治一加强”，改善集镇环境。

村、社区实行城中村改造，利用整合资金和“一事一议”财政奖补资金，开展池塘清淤、沟渠建设、村庄排水、休闲广场等村庄设施建设。

三、政府、市场主体联动，走多渠道融资创新之路。

县委书记专题会研究了孙村国家级特色小镇投融资建设模式及策划方案，对项目拟采用PPP模式筹措资金，在项目入财政部项目库后通过公开招标确定中标单位。政府与中标单位共同出资组建孙村特色小镇建设SPV（Special Purpose Vehicle）项目公司（政府出资20%，中标单位80%），孙村特色小镇建设SPV项目公司成立后，由项目公司开展融资进行投资建设。目前已委托合肥工业大学对项目可行性研究报告及北京市万商天勤律师事务所对项目PPP模式实施方案、物有所值评价报告、财政承受能力论证报告等进行编制。

对集镇垃圾收集、输运、无害化处理市场化运作由湖南仁仁洁国际清洁科技集团股份有限公司中标。政府购买社会服务，资金来源为地方财政资金，实现镇域内垃圾日产日清，镇域范围内“户集、村收、镇运、市县处”的无害化运营模式。

农贸市场市场化运作又是一成功案例。农贸市场位于龙华南路东侧，项目总投资8400万元，规划总用地面积为2.04公顷，约合30.61亩。整个孙村农贸综合市场的主要功能划分为农贸市场区及综合市场区两大区块。目前工程已完成70%，拟定2020年交付使用。

四、三产机制创新，走一、二、三产联动发展之路。

1.二产与三产联动。

孙村镇整合二产闲置资产，改造升级为三产。特色小镇盘活原红花山水泥厂闲置厂房、水泥罐，搞体验式旅游，将其设计成集亲子农场、健身场、民宿宾馆与人字洞遗址公园打包开发，目前项目正在招商推介中。

2. 一产与三产联动。

结合美丽乡村建设，将公共服务向长寺美丽乡村延伸，打造设施共享、文化共享机制，推动产业加旅游。利用村民废弃房舍，成功与县春谷旅游公司对接，打造高档民宿旅游项目，并获得较好成效。

3. 村校联动创新，高校助力特色小镇建设。

梅冲村美丽乡村利用废弃学校，引进高校参与美丽乡村建设，打造“十里梅冲、山水画廊”，2017年梅冲村成功与安徽师范大学对接，设立大学生实习基地和画家采风工作室。2018年4月，安徽师范大学和芜湖市皖江书画院与孙村镇政府首次合作，在梅冲村举办“书画艺术节”，参赛作品达数百种。安徽师范大学美术学院利用节假日开展创作写生活动，并定期举办作品展。目前该项活动有望向全镇延伸。

五、文化联动。

县政府每年举办大型文体活动和会演，将孙村特色小镇列为主要节目参与单位，宣传推广地方传统文化。镇政府充分挖掘地方特色文化，开展各类文化传承活动，正月十五猜灯谜，清明节开展省级非遗祭祖活动，五一传统篮球赛，端午开展非遗龙舟竞渡活动，七月开展歌颂祖国文艺汇演，重阳开展敬老登山活动，春节开展舞龙等民俗活动。村、社区组织开展送戏下乡、广场舞比赛等活动，丰富了村居民日常文化生活。

狠抓实施　色彩纷呈

一打纲领不如一个切实的行动，孙村人深谙此理。他们通过一个个项目建设，承载特色小镇建设的具体内涵，也承载着强镇富民的孙村发展之梦，靠狠抓特色小镇建设的实施，托出一串串靓丽的珍珠。

一是抓产业发展项目引领，一批适合镇情的骨干项目落地生根。

安徽中天纺织科技股份有限公司总投资12亿元新建军用装备及民用功能服装材料生产研发基地、印染中心集中供热热电联产项目、集中污水处理设施为一体的军民融合示范产业园项目。由此，繁昌县瑞达服饰有限公司项目顺利推进，阻燃隔音、隔热材料及1消音减振系列产品项目得以落实，芜湖市润阳服装有限责任公司化纤生产流水线落地，年产1000万条高档印花制品项目建成投产。

二是推进基础设施、公共服务设施建设，使特色小镇硬环境大大改善。

为响应长江流域环境提标战略、呼应特色小镇建设，县委县政府决定对第二污水处理厂污水排放标准从一级B提升至一级A，将污水处理能力提升到每日3万吨，工程预计投资7000万元，目前规划方案正在编制中。镇政府同时投资1600万元，将集镇区全部污水纳入管网收集系统，污水管网长度达到39千米。

龙华南路交通建设项目于2017年实施，2018年建成通车，资金来源为地方财政资金，总投资约3000万元，道路长度约2千米，30米宽。

三是推进宜居小区住宅项目建设。

孙村镇产业新城保障性住房建设工程项目位于孙村镇集镇区东

北侧，总用地面积54700.8平方米，总建筑面积88000平方米，总投资为1.32亿元。同时配套基础设施建设项目，总投资约1580万元、主要建设小区入口道路、高压线及配电房工程、物业房及社区用房、消防及安保、小区生态停车场和亮化等工程。

龙华豪庭建设项目位于孙村镇集镇区南部龙华南路西侧，总用地面积26086.36平方米，规划户数259户，由佳和房地产开发公司投资开发建设。

为提升孙村镇整体建筑水平与城镇面貌，选取S321镇区段作为特色小镇面貌提升的示范段，通过梳理本底、改善环境、提升品质，逐步将孙村打造成内涵与品质、实力与面貌均相匹配的全国特色小镇。

四是弘扬传承特色文化。

2018年12月29日上午，中国繁昌服装产业集群与时尚霓裳小镇创新发展论坛举行，服装产业集群创新发展研究中心揭牌并正式落户特色小镇孙村镇。该中心的成立是侧重于研究产业集群形态对孙村镇服装行业企业发展的影响，并致力于构建供应链管理平台，引入各类融资工具，帮助中小企业塑造品牌、做大做强，并探索时尚霓裳特色小镇的商业模式，为孙村特色小镇的发展提供助力。

2018年10月18日，人字洞与早期人类演化及环境背景暨安徽繁昌人字洞遗址发现20周年国际学术研讨会在繁昌县举办。中科院院士邱占祥及60余位国内外专家、学者，就深化人字洞遗址研究与保护等相关学术问题展开研讨、交流。研讨会上，中外专家围绕发掘和探讨人字洞与早期人类演化及环境背景等课题，展开学术交流研讨，进一步挖掘人字洞遗址的科学价值。

在中分族人聚居地，留下了棺墓种类多达6种：有石穴一棺墓、父子祔墓、婆媳合墓、兄弟合墓、夫妇同墓、嫡亲共山等，是中国封建社会典型墓葬文化遗存，不可多得。而其完整的祀祖仪式更是中国民间祭祀文化中“活态”标本，徐姓祭祖分为“除夕祭”和“做清明”两种活态。清明祭更是融入了该村对新四军先烈墓的祭奠，充满了敬祖、爱国、德训的新内涵，具有一定的现实意义。

九连麒麟灯会是繁昌县孙村镇九连村的传统民俗活动，至今已有300多年的历史。目前，九连麒麟灯会已经申报列入上级非物质文化遗产名录。2018年2月17日，繁昌县孙村镇九连村卧龙墩举办“我们的节日——瑞犬迎春　恭贺新禧”民俗文化展示活动。云牌队、花篮队、锣鼓队等传统文化民俗轮番上演，丰富多彩的节目吸引了众多村民前来观看和参与。

2017年4月在孙村镇人字洞广场举办“守望民俗·幸福繁昌”大型文艺汇演，孙村本土非物质文化遗产竞相亮相，内容有歌舞类、服饰表演类、传统文化展示类等，观众达数万人。

此外，孙村镇社区村庄经常举办舞龙灯、龙舟赛、跑旱船、广场舞等各种民俗活动，弘扬民俗文化，丰富城乡文化。

如今，漫步孙村镇大街小巷、乡村田畴，阵阵清风扑面而来。我们感受到的不仅仅是特色建筑错落有致，而且是社会秩序井井有条、自然环境舒适怡人、经济建设势头强劲。孙村人焕然一新的精神风貌、爱岗敬业的不懈追求、文化底蕴的集聚弘扬、文明建设的崭新姿态，更给人昂扬奋进的有益启迪。

有理由相信，经济的发展，人气的集聚，务实的行动，不懈的努力，孙村特色小镇建设必将进入新的发展佳境。

2019.10

上海岩土工程勘察设计研究院：构筑大都市的基石

朋友，当你看到那气势恢宏的杨浦、南浦、徐浦大桥，那直矗云天的金茂大厦、东方明珠广播电视塔，蜿蜒舒展的地下铁道……你一定会惊叹设计的精美与建筑的豪华，可你是否知道这一篇篇凝固乐章的序曲和前奏？

万丈高楼平地起，每一幢建筑物都离不开大地的撑托。试想，如果没有对地下岩土状况的勘察，没有对地下物体的探测，没有对软土地基的处理，没有对工程点位的测量，没有对地下结构的设计，高楼大厦岂不成为空中楼阁？!

工程建设，勘察先行，来不得半点马虎。上海岩土工程勘察设计研究院的干部职工，以他们的聪明才智和辛勤劳动、四十载耕耘、四十载奉献，使凝固乐章的序曲更加雄浑、前奏更显有力，奋发铸就了今日的辉煌，齐心构筑起大都市新上海的基石。

辉煌的历程

上海岩土工程勘察设计研究院（以下简称“上勘院”）建于1958年，现有职工500余人，其中国家勘察大师1名，教授级高工8

名，高级工程师60多名，工程师100多名，有10名高级技术人员获国务院颁发的政府特殊津贴。他们主要承担各类工程勘察、建筑设计、地基基础与基坑围护设计施工、地基抗震、环境土水工程评价、岩土工程咨询、监测和建设监理。设有岩土工程勘察、设计、施工、监测及技术发展中心、水文地质与环境评价、工程测量、物探与测试、建设工程总承包、工程咨询与建设监理以及计算机应用等专业部门，在实践中探索出了一条以科技为先导，勘察为先行，岩土工程为依托，上下发展，走技术密集型的综合性的企业发展之路。

上勘院围绕总体发展目标，积极转换经营机制，充分发挥企业优势，牢固树立市场观念和品牌观念，在竞争激烈的勘察设计市场赢得信誉和发展，先后完成了一大批国家和上海市的重大工程勘察，主要有内环线高架、地铁一号线、杨浦大桥、南浦大桥、徐浦大桥、浦东国际机场等市政工程，东方明珠广播电视塔、金茂大厦，上海环球金融中心等高层建筑物，宝钢、金山石化、浦东煤气、大众汽车厂等大型工业建筑，上海博物馆、大剧院等公共建筑，还有浦东新区规划勘察等。

上勘院通过ISO9001国际质量管理体系认证，以严格的质量保证体系、坚持不懈的科学研究和不断发展的技术手段，向国家提交了7000余份勘察设计成果，取得了明显的社会效益、环境效益和经济效益。参编了10余部技术规范、规程，先后与美国、日本、俄罗斯、香港等10多个国家和地区的岩土工程公司、院、所开展了业务交往交流与技术劳务合作。

活力的源泉

“是改革激发了活力，是改革带来了机遇，是改革促进了发展。”上海岩土工程勘察设计研究院党委书记、院长张富根深有感触地说。随着改革开放的逐步深入和社会主义市场经济体制的逐步确立，上勘院的改革与发展，经历了由政府统包的事业单位到20世纪80年代开始实行事业单位企业化管理，从自我经营、自负盈亏、自我约束、自我发展的技术经济承包制，到1994年开始转企建制这样的一个过程。如今，上勘院解放思想，结合实际，立足市场，紧紧抓住“四个转变”——观念的转变、机制的转变、专业的转变和管理的转变，改革充满了活力。

转变观念是改革的首要环节，上勘院把转变广大职工特别是领导干部的思想观念问题摆到了战略的高度来认识。通过中心组学习、中层会议、季度党员大会，通过《勘察通讯》、宣传画栏，通过深入基层、深入工地，做好宣传发动，为改革创造良好的思想舆论氛围，广大职工逐步走出传统的老框架，开始以新的眼光和思维对待改革和发展。

好的机制可以给企业带来生机与活力，上勘院通过建立内部市场，实现生产要素重组，按照市场法则运行，遵循价值规律，有偿使用、有偿服务，逐步走向外部市场，从而形成经济的新的运行机制。通过设立财务部和内部银行，建立内部资金市场；通过实行管理劳务两分离，建立内部劳务市场；通过设立人才交流中心，建立内部人力资源市场；通过组建勘察装备公司，建立内部物资市场；通过成立保安队和生活服务公司，建立内部后勤保卫市场。这些为实现要素剥离与优化、加强管理、规范操作、增加效益、转企建制打下良好的基础。此外还实施了新的工作机制，在劳动人事制度上推行全员聘用合同制，在干部制度上逐步建立起“上岗靠竞争，使用看实绩，奖惩凭贡献”的活的机制。这些都推动了各项工作有序进行。

以岩土工程为依托，实现专业转变。上勘院在保持勘察测量等传统专业优势的前提下，大力拓展发展领域。在专业设置上，一方面强调院的专业技术整体性，另一方面实行部门生产专业化；在专业拓展上，大力拓展技术含量高、附加值高的专业，如岩土工程设计、咨询、监测、监理等，并努力往上部结构发展，形成新的经济增长点；在科技兴院上，建立适应市场经济发展的科技运行机制，推进科技经营一体化。专业优势的集聚，既保证了全院的综合力量，又发挥了各部门的内在潜能，为集中力量完成大、难、精工程提供了保证。以苦练内功为根本，实现管理转变。针对日益显露的管理薄弱的弊端，院领导提出了“苦练内功”的口号，确立“管理出效益”的观念，努力理顺关系，以抓好生产经营中的人、财、物管理为中心，分清院处两级责权，理顺两级管理，解决业务结构矛盾。财务部，设立内部银行，采取权责发生制，试行“三同步”与监督内部工效挂钩的实施，取得了一定的成效；生产经营部，立足于理顺院处两级生产经营管理权限，大力推行项目管理，规范工作程序，形成一整套的工作制度；人事处，在干部制度改革的基础上，推行全员聘用合同制、平等竞争、优胜劣汰的新机制；机关实行“小机关，大服务”，基层以控制成本、多创利润为中心，均收到良好效果；强化制度建设、规范工作程序、推行计算机网络管理，开始形成一套全院综合管理的制度体系，ISO9001国际质量管理体系认证的通过，使管理水平跃上新台阶。

踏实的脚步

也许是和泥土打交道，和千千万万个数据打交道，上勘院的人特别朴实严谨，他们缜密的科学态度、任劳任怨的工作作风和甘为人梯的精神，谱写了一曲曲激越昂扬的奉献之歌。

由上海对外贸易中心筹建、美国SOM公司设计、上海建筑设计研究院担任顾问设计、美国Wood ward岩土工程公司提出勘察要求的大楼，高423米、地上88层的“亚洲第一高楼”金茂大厦，这样一幢超高层建筑物，是上海滩乃至海内外勘察设计单位的争夺目标。上勘院凭借在海外良好的声誉和完备的标书，一举夺得该工程的地质勘查任务。他们配备了强劲的阵容：工程负责人朱滋清（高工）、审核人顾国荣（高工）、审定人莫群欢（高工）、钻探李曙光等精兵强将。

在上海这样的软土地区，要建造如此超高超重的建筑绝非易事。知难而上，朱滋清精心准备了《金茂大厦工程地质勘查纲要》，并坐镇现场指导施工。经20多个日日夜夜的拼搏，深137米的钻探孔拿下来了，4个深度超过100米的钻探孔拿下来了，3个70—80米深的静探孔也拿下来了，并取得了数千个可靠的标贯、降水、土体弹性波速及固结强度指标。但是严峻的问题摆在他们面前：美方提出要进行旁压试验。旁压试验在教科书上的国内技术规范中注明最大测试深度一般要求为20—30米，在上海最深为30米，而88层的旁压测试要求达120米。上勘院一无精良设备、二无超深测试之先例，在商讨过程中，美方提出若上勘院有困难则由他们请香港某岩土工程公司承担。

“香港人能试，为什么我们不能？”上勘院的几位高工经过认真研究，决定攻下难关。顾国荣、赵小云两位高工随即赶赴溧阳一家全国唯一生产旁压试验设备的厂家，买回了最好的一台设备，但压力只有25千克/立方厘米，只能钻进30米左右，要形成一个直径9厘米深度120米的孔，其难度可想而知。他们仔细研究了自转式钻头和预转式钻头各自的优缺点，对设备进行改良，于是"用自转式钻头进行预转式试验"方案形成了。

他们一边钻进测试，一边总结改进。经过前后近一个月的探索性试验，135米深度的旁压试验成功了，首创了全国纪录。随后，100米、127米、85米3个深孔的旁压试验也完成了，进展十分顺利，每个孔钻只用了一个星期。

美国人不放心，除了每天要求传真工作进展报告，还专门派人两次赴实地检查情况。也难怪美国同行不放心，因为即使在美国，超过120米深孔的旁压试验也无先例。当4个深孔的旁压试验报告及时地送交他们手里时，他们不得不折服了，"Very very good！"外国专家啧啧称赞。

上勘院成功了，一份详尽的金茂大厦工程地质勘查报告完成了，它在技术难度上创下了几个新纪录。其中工程钻探最深达137米，静探采用了最先进的荷兰式三桥钻头，特别是旁压试验最深达135米，勘探水平国际领先，而且开创了我国深层旁压试验工作新领域。

1991年10月，杨浦大桥建设指挥部总指挥朱志豪高度赞扬上勘院工程测量处是一支能征善战的队伍，这是唯一一支参与杨浦大桥全过程建设的队伍，他们承担了大桥全程各个环节点位的检测和修正，确保各段工序控制在确定的误差范围内，从而保证了各施工标段的衔接与总拼装。他们为杨浦大桥提供了192份技术成果报告，完成了8万多个数据，且无一差错。正是这一份份精确的技术报告，在空中架起了一座无形的大桥，从而使图纸上的大桥在空中变成现实。紧接着，他们又开始赴徐浦大桥工地创造新的辉煌。

不管是大型标志性建筑，还是一般小型工程，对上勘院来说，都倾注了同样的热情，留下了无悔的印迹。

上勘院走过了40年的历程，其间几多风雨，几多坎坷，但上勘人脚步坚定踏实，勇往直前！

几多耕耘，几多收获，上勘院在完成的成果中，有60多项工程获国家和部市级嘉奖，其中获国家级（金、银、铜）7项，有7项科研成果获国家级、部、市级奖励。1991年，上勘院被建设部评为全国城市勘测先进单位，1992年被建设部评为全国工程勘察先进单位，1993年被评为全国勘察设计单位综合实力百强之一，历年名列全国勘察设计单位综合指标前100名。

他们把荣誉和掌声化作前进的动力和鼓点：讲求质量、推崇服务是他们的宗旨；严谨求实、甘为人梯是他们的精神；舍我其谁、知难而上是他们的风格；沉默是金、无私奉献是他们的品质。

上勘院正信心百倍地走向未来，去创造更加精彩的诗篇！

（1998年10月《城市导报》）

雅园装饰：绿色发展　创新未来

绿色是自然的，也是诗意的。

绿色，赋予了城市灵魂，也升华着生活韵律。在激烈的市场竞争中，雅园装饰以其绿色的品牌、高雅的品质、优质的服务、良好的信誉，诠释着“绿色·宜居·幸福”的含义，受到江城百姓的青睐。

植根芜湖　创业雅园

创办运营雅园装饰的，是一位有着优雅梦想的青年张俊杰。他2003年大学毕业后应聘在一家建材公司做销售，被派到芜湖开拓市场。芜湖这座滨江山水、宜居宜业之城吸引了他，并使他深度接触芜湖的装饰，随着对装饰了解的深入，他感觉装饰行业存在诸多的问题，比如恶意的低价竞争、恶意的增项加价、严重的偷工减料换料现象、售后服务不到位等，凭着他的专长和对装饰业的热爱，他认为如果能热心解决人们关心的装饰方面热点问题，肯定能有所成就，于是他果断决策转行做起了装饰业务。

2009年3月，芜湖雅园装饰工程有限公司正式成立。这是一家集室内外装饰工程设计、施工，以及装饰材料销售为一体的综合性企业。作为芜湖市家装协会会员单位，具有多年从事装修业经验，拥有大批专业管理和施工人才，经过12年多的奋斗发展，现有各类管理及施工人员120人，现为“芜湖装饰协会会员”“芜湖市服务诚信示范单位”，先后被评为芜湖市装饰行业“先进企业”“消费者满意装饰公司”“315推荐装饰企业”“芜湖名牌企业”“芜湖消费者放心单位”。

张俊杰和他的团队以打造优秀装饰品牌为目标，不断探索和引进新的施工工艺和管理方法，逐步建立起完善而严谨的现代企业管理制度；公司以诚信立足社会，力求为每一位客户提供最优质、完善的服务，先后服务了数千户的家装和工程客户，并以一流的设计方案、精湛的施工工艺、严格的现场管理，以及完善的服务和品质保证赢得了业主的好评，提高了品牌知名度。

顺应市场　风生水起

市场跌宕起伏，机遇青睐智者。

谈及雅园装饰的发展历程，张俊杰很有兴致地如数家珍：2009年3月，雅园装饰公司成立，立志做口碑最好的装饰品牌。2009年4—5月，和别人合租一间办公室；2009年6月，公司有了自己的办公室；2009年4月受唐骏启发，创造独特的经营理念，即工费不赚一分钱、材料不赚一分钱、赚施工管理费、赚设计费，这一全新的经营模式受到了客户广泛认可和欢迎；2009年国庆，邀请广大客户观看《建国大业》电影，开创家装业全新服务模式；2009年底，为让客户过一个安全祥和的春节，发起客户大回访活动，开芜湖装饰行业主动回访先河；2010年初，行业首提“预算=决算”概念，受到客户广泛赞誉，并引起同行纷纷效仿追随；2010年5月，联合芜湖电视台、芜湖市民心声公众号，成功举办了“第一届雅园装饰杯乒乓球友谊赛”，创新了服务模式并取得了良好的社会效益；2010年圣诞节雅园正式加入“365地产家居网”大家庭，良好的口碑加上超好传播效果，首场活动现场签单25户，创造芜湖家装行业奇迹；2011年7月，雅园整合一线材料品牌，整体搬迁至城南高端写字楼泰鑫大厦；2011年雅园荣获“365金牌口碑”单位；2012年，雅园荣获莫干山地板、多乐士油漆芜湖区销量双冠王；2013年，雅园再次荣获莫干山地板、多乐士油漆芜湖区销量双冠王；2013年4月，联合《大江晚报》举办“2013芜湖春季家装文化节”活动，连续7天跟踪报道，取得了良好的社会效益；2013年端午，雅园组织200名客户参加户外漂流活动，获客户高度认同；2014年，雅园全年营业额创历史新高，年底开展客户回馈活动；2015年，雅园一直在自己的道路上坚持，在市场不景气的情况下，逆势翻番，组织了200多客户进行宁国南极漂流，成功举办雅园杯羽毛球赛，丰富多彩的活动塑造了品牌形象，升华了影响和口碑；2016年5月份，公司又乔迁于城南临江5A写字楼——金鹰世界中心A栋20楼。雅园以时尚的设计、精湛的施工以及完善的售后服务，获得了来自行业和协会的各项嘉奖，赢得了消费者的信赖和社会各界的肯定。

风生水起时，花香蝶自来。2009年至今，雅园累计施工数千余户，无一纠纷。12年后的今天，雅园已经稳稳站在行业第二梯队的领先位置！12年来，雅园针对老客户累计开展了50多场大型回馈活动，获得客户一致好评。

诚信至上　志在高远

雅园为什么能在竞争激烈的装饰行业异军突起，迅速壮大？这都源于雅园经营之道和五大优势。

雅园从成立之初，就确立了“以诚待人、以心换心”的诚信经营理念。雅园一直相信你对别人怎么样，别人就会对你怎么样！公司凭着这一理念集聚了一批优秀员工。对待员工和材料商，公司始终坚持不拖欠工人一分钱，不拖欠材料商一分钱，打造了一支优秀精干的员工队伍，集聚了良好的行业人脉资源。对待客户，雅园要求员工都学会换位思考，从客户角度考虑问题，认真做好每一件事，从细节入手，以质量求胜。凭借这一理念，雅园和很多客户成了朋友，公司百分之九十五以上的老客户都介绍过新客户！如电厂圈合计40余户、华电圈合计30余户、联大圈合计28余户、教育局合计30余户、公安局合计40余户……也正因为有老朋友的认可、传播，雅园才有这么好的发展。也正因如此，雅园一直心怀感恩，永远不忘那些曾经帮助过雅园、鼓励过雅园、支持过雅园、鞭策过雅园的朋友们！

在12年多的发展历程中，雅园不断锐意创新，逐渐形成了公司品牌的五大优势。一是工程不转包：坚持自主管理工地，自进施工材料，宁可少签单，也绝不转包工程；二是“预算=决算”：雅园是芜湖首家做出“预算=决算”承诺的装饰企业，推动了芜湖市家装行业诚信经营的进程；三是高端环保材料：保证全部专卖店进货，确保施工材料好和真，是芜湖市首家全面使用莫干山E0级产品、多乐士金装5合1净味、5合1无添加的装饰企业，连续几年获得莫干山板材和多乐士高端漆芜湖区销量双冠军，评为芜湖金牌口碑获得者单位和芜湖风云品牌获得者单位；四是口碑好：坚持报价不增项、质量要求高、材料用得好、后续服务跟得上，客户无一纠纷、无一投诉；五是专业做家装：目标集聚，不做工装，专注家装，客户零风险。雅园理念的每一次起飞，都为江城的装饰行业带来变革，为规范当地装修市场起着不可估量的作用。如今雅园已建立了完整的设计施工、工程报价以及客户服务系统，标志着雅园装饰开始真正致力于品牌化、规模化、规范化和服务化经营。

业无止境，勇攀高峰。雅园装饰秉承以客户满意为中心，以品牌形象为先导，以优秀人才为基础，以精湛设计为龙头，以优等质量为保证的经营和服务理念，通过技术创新、系统整合，提升了公司的设计实力、材料及工程管理水平、施工工艺以及各项监管能力、售后服务和完整家居服务质量，一直引领芜湖家装行业的时尚和潮流。

客户的满意是永远的追求，雅园装饰将在未来继续巩固和不断提升企业核心竞争力，续写辉煌，不断为消费者创造新的惊喜。雅园装饰秉承“一次装修，永远的朋友”的服务理念，承诺“质量第一，客户至上”，把每一位业主的家都当成自己的家来装修，严格执行国家施工标准，引领行业品质典范。

谈及下一步发展思路，张俊杰信心满怀。他认为，芜湖300多万人口的城市，装饰公司有1000多家，这是非常不正常的，因为门槛比较低竞争残酷，每年都有大量的公司开设，也有大量的公司倒闭，以2020、2021年为例，芜湖每年至少有100家以上的装饰公司或建材企业倒闭，这给整个行业及广大消费者带来深深的刺痛。现在行业发展马太效应越来越明显，强者恒强，弱者败走麦城，但无论多强谁都不敢泄劲，谁都不敢大意。2019年以来，精装修市场持续平淡，行业竞争更加激烈。面对如此状况，雅园积极拥抱改变，根据雅园的极致口碑优势，结合互联网口碑扩散极致效应，雅园将全面转型，进一步地降低成本，进一步提高服务，进一步开拓创新，于是，雅园装饰转型成为“雅园智能家居”，并投资山东贝赛科技公司、安徽火蓝数据有限公司等，利用数据技术优势，为传统家居行业赋能。

在未来的发展道路上，雅园将一如既往以设计为先导，以诚信为准则，以质量为核心，以服务创品牌，始终坚持诚实守信的品牌建设道路，视质量为企业的生命，兢兢业业服务每一位业主，全力推动中国绿色人居进程！

有理由相信，雅园将乘风互联网，驾驭美丽的梦想之舟，驶向更加美好的未来！

2021.6

“中建500米”项目誓师会

军歌嘹亮，誓言铿锵。为喜庆党的百年诞辰，2021年6月28日，由芜湖中建地产有限公司、芜湖市弋江区南瑞街道、中建七局二公司联合主办的“红色传承　同心向党”建党100周年庆典活动，在中建500米领寓营销体验中心隆重举行。

这是一个庆典会，也是一个誓师会。庆典活动在一片锣鼓声中开启，中建七局地产集团河南公司运营总监马琦致辞，弋江区委常委汤军发表讲话，中建七局二公司总经理陈海波发表讲话，中建七局二公司原党委副书记李良明代表讲话，二公司老兵合唱团和区政府领导、中建七局领导一起上台重温入党誓词，将活动推向高潮。为了确保中建大厦保质保量如期竣工交付，庆典活动中举行了授旗仪式，中建七局二公司、中建七局建装公司承诺确保“9·30”竣工，芜湖中建地产有限公司承诺确保“12·31”竣工交付。

中建七局第二建筑有限公司有一支光荣过硬的队伍，公司1952年成立，隶属渤海工程局，1966年整编为基建工程兵21支队202团参加三线建设，1976年赴唐山抗震救灾及灾后重建工作，1983年响应“百万大裁军”在安徽芜湖集体转业，2008年公司总部搬迁至安徽省会合肥，2009年随中国建筑整体上市，2014年芜湖“中建500米”项目破土动工，2018年公司搬迁至合肥板桥里，2021年公司入驻江苏昆山。

根据芜湖城市发展规划，城东和城南将是城区扩张的主方向，在跨江综合发展的指引下，以大工山路跨江隧道作为连接的核心，因此芜湖城南板块的发展潜力毋庸置疑。

“中建500米”项目位于芜湖城南板块，项目地处奥体中心、会展中心双核心交汇点，7条公交线路穿梭而过；紧邻轨道交通1号线红花山路站（建设中中），可快速通达新时代商业街、步行街等城市核心区域；近距离皖江第一隧道（建设中）连接江北新区；近距离芜湖重要综合交通枢纽（芜湖南站、汽车客运南站、芜湖南站公交枢纽、轨道交通1号线弋江站），畅达长三角。项目所处位置正是芜湖未来城市发展核心枢纽区域，也是未来城南的核心。

“中建500米”项目由中建地产开发，其母公司是中国建筑股份有限公司、中央直管的国有骨干企业、世界500强企业。“中建500米”项目作为中建地产进军芜湖的首个项目，继承了中建地产丰富的开发建筑经验。

项目由东、西地块组成，住宅、商街、写字楼三类物业形态相距500米分立布局，使得商务、生活两大中心相对独立而又相互呼应。

西地块中建500米领寓连同东西块“中建500米”弋江街道，双盘联合，打造500米生活圈，项目周边大型生活社区环绕，常驻客群近10万人。500米范围，各类城市配套尽皆享用：向北500米内，城市绿肺奥体公园；向南500米内，三级甲等医院芜湖中医院、芜湖宜居国际博览中心、安徽师范大学、安徽师范大学附属小学；向西500米内，中医药高专、芜湖十二中、欧尚超市；向东500米内，五里农贸菜市场、南关小学。区域源源不断稳定注入人气，人们足不出户乐享芜湖。

中建500米领寓是一栋总高25层，建筑高度超百米的地标式高层建筑，拥有360度无遮挡全玻璃幕墙观景设计，可瞰长江、青弋江两大江景，临九华路芜湖城市主轴，俯瞰宜居国际博览中心与奥体公园。绝佳盛景，无限未来。

采用中央核心筒设计，中部配置六部高速垂直电梯，保障每户优享高速出行，同时户户皆观景，视野无死角；宽阔走道，自然采光，自然通风，杜绝传统公寓压抑光线与浑浊密闭的空间，让楼宇的每一处皆享自然关怀。

芜湖中建地产有限公司总经理芮伍林、执行总经理杨华在接受笔者采访时表示，芜湖“中建500米”项目将以一流的设计、一流的质量、一流的品质、一流的环境，向江城人民交上满意的答卷！

2021.7

市政府让出办公楼
芜湖市中心广场呼之欲出

长江之畔、赭山镜湖环抱下的芜湖市人民政府办公楼即将夷为平地，代之而起的将是以人为本、体现文化休闲功能的市中心广场。这是芜湖市政府继中山路步行街改造建设成功后造福于民的又一力作。

芜湖市中心广场建设指挥部负责人介绍说，本着以人为本、为民造福的指导思想，芜湖市人民政府让出位于黄金地段的市政府办公楼，建设市中心广场，能够缓解城市中心区域建筑物过密和人口过于集中的压力，改善城市中心区域的生态环境，体现城市中心区域拥有赭山镜湖山水相宜的特点，让市民共享这一美好空间。

为此，芜湖市邀请有关专家进行研讨。专家们认为，芜湖有着悠久的历史和灿烂的文化，在中国革命史上，从芜湖走出去的李克农、王稼祥等都体现了芜湖的光荣。经过多次考察比较，最终选择了上海市政设计研究院等5家单位参加芜湖市中心广场的设计方案投标。目前，芜湖市政府搬迁和市中心广场建设的各项工作正按计划顺利推进。

（2000年《城市导报》）

城南改造重点招商项目静悄悄打下第一桩

不举行剪彩仪式，更没有铺张排场。2002年7月28日上午，芜湖城南旧城改造的重点招商引资项目临水生态庭院“高新·水木年华”在隆隆的机器声中悄悄打下第一桩，率先破土动工。这一务实行动受到社会各界和市民的好评。“高新·水木年华”是2001年8月由具有丰富开发经验和实力的杭州高新房地产开发有限公司以1260万元的竞拍价取得的地块。

“高新·水木年华”临水生态庭院位于中山南路油厂位置，占地13亩，建筑面积4.5万平方米，由3幢品味高尚、风格现代的高层建筑与沿街精品商铺围合成一个“市中心临水生态庭院”，绿化率30%以上，中心花园设计别具一格，地下车库直接通楼层电梯，高档电梯一梯二户，智能化小区管理，宽带网引进住户，并配置会所、老年活动中心、儿童游乐园等现代生活设施。建成后的“高新·水木年华”，将是芜湖市中心极其现代、洋气的21世纪城市精英社区。

在“高新·水木年华”项目运作中，杭州高新房地产开发有限公司总经理王增荣本着“以人为本，务实求新”的理念，改变了人们习以为常的开工典礼、剪彩奠基等做法，把精力、财力投入精心设计、追求品位、讲究质量、让利于民之中。该项目选择了浙江省城乡规划设计研究院担任建筑设计，浙江省长城建设集团担任工程施工，建设者表示要把该项目建成一流精英社区。预计“高新·水木年华”将2003年6月结顶，2003年年底竣工交付使用。

（2002年7月《芜湖日报》）

编辑点评：

“静悄悄”中兴大业

许久未去城南，上个星期沿新改线拓宽的中山南路，经利民西路、花津南路直抵高新技术开发区，一路望去，绿树掩映，新楼幢幢，工地连片，生机勃勃，着实感受到“给你一个惊喜”。

之所以“惊喜”，缘于这一巨变似乎是在“静悄悄”的状态下完成的，整个过程未见多少张扬，只留下求真务实的轨迹。正因为如此，在编发《城南改造重点招商项目静悄悄打下第一桩》时，便有一种感应和共鸣。

时下，讲求排场、浮华攀比甚为风行，凡开工竣工必搞剪彩仪式，请一大班礼仪小姐、鼓乐队，再邀一大班头头脑脑“光临”，说几句无关痛痒的“吉利话”，领一份“略表心意”的纪念品，曲终人散，烟云过眼。且不论此种形式于“实事”究竟何补，仅各项花销“羊毛出在羊身上”，受损的最终还是消费者。

我们正在努力将芜湖建成投资兴业的热土。作为城南旧城改造重点招商项目，“高新·水木年华”将开工仪式搞得热闹一些，似乎也是营造“热土”的题中之义。而他们却另辟蹊径，“静悄悄”打下第一根桩。这种“静悄悄”其实正是投资者对“热土”的充分认同——不图形式，不讲排场，减少成本（包括行政成本），讲求效率。同时，也表明我们的投资环境正在日益完善——投资者无须在处理公共关系上耗神费力，大可以一门心思兴业发展。

随着“热土”越来越热，“静悄悄”破土动工的一幢幢大厦将带给我们更多的惊喜。

勇兴印刷：筑梦江城

日前，在徽风皖韵的鸠兹古镇，芜湖市举办了2020年非物质文化遗产中国戏曲演展活动，来自全省和市县区的京剧、黄梅剧、越剧、庐剧的专业戏剧演员和业余戏剧爱好者、票友欢聚一堂，相互交流学习。你方唱罢我登场，欢声笑语，现场气氛热烈，热闹非凡……在古镇戏曲的大舞台上，我们看到了一个熟悉的身影，他，中等个，帅气的小生装扮，一双浓眉大眼炯炯有神，活泼俏皮的表演，带着清新浓郁乡土气息的黄梅正腔，悦耳好听，《夫妻观灯》这首经典曲目，赢得了全场票友和观众朋友们的阵阵掌声和叫好声，演唱者就是顾高勇。

顾高勇是芜湖市苏商会的常务理事，中共党员，现任芜湖市勇兴印刷有限责任公司总经理。

顾高勇总经理，1968年出生，他的童年和少年是在江苏盐城度过的，初中毕业后，在盐城楼王乡镇企业工作。1992年，随父亲来到芜湖创业。顾总说："创业的过程是艰辛的，但创造美好生活是让人快乐的事。"来到这座陌生的城市，人生地不熟，一切从零开始，那时他的梦想就是要在这座美丽的江城创办一个自己的企业，拥有一套自己的住房，成为这座城市的居民，在这里过上幸福的生活……

顾高勇善于捕捉市场商机，做事踏实，吃苦耐劳。他和父亲一起对芜湖市及周边的市场做了详细的调研分析，决定办一个胶辊厂，并兼营印刷行业的配套服务。方向和目标明确后，首先要解决的是投资资金问题，巧妇难为无米之炊，他凭借自己的勇气和自信，筹集资金几十万元，租赁厂房、招兵买马，科技攻关，很快生产出了胶辊。为了拓展市场，在很短的时间内他跑遍了芜湖市区及周边上千家单位，向客户耐心介绍自家的产品和业务，一次登门不行，就两次、三次……大家被这个憨厚诚实的小伙子的执着精神所打动，纷纷与他签订了订货合同。创业经历的困难和波折，都是财富，不经历风雨，哪能见彩虹。客户为本、诚信至上、质量第一、热情服务的经营理念，为公司赢得了更多的客户和订单，生意做得越来越红火！

1998年，他在芜湖市正式注册勇兴印刷有限责任公司，主营彩色印刷、广告制作、兼营印刷胶辊及磨刀业务，为党政机关、企事业单位、城市建设管理部门提供印刷宣传服务。

芜湖这座美丽的江城，成了他的第二故乡，在这片洒满金色阳光、充满勃勃生机的土地上，他洒下了辛勤的劳动汗水，留下了一串串坚实的脚印。他是一个有爱心的人，更具有新时代企业家的胸怀，他说："一家人富了不算富，要让更多的人富起来。"他回到江苏盐城，把家乡的兄弟姐妹们都带到芜湖，帮助他们一起致富。他每年春节都会回到老家，带上礼品现金慰问村里的老人、残疾人和贫困家庭，送去温暖和爱心。

2012年，顾高勇加入了芜湖苏商会，商会以团结、奉献、创新、发展为理念，凝聚乡情，整合资源，自愿互助，共同发展，为芜湖市的经济发展做出贡献。顾总积极带头参加苏商会开展的各项公益事业和献爱心活动，如支援江苏阜宁特大龙卷风灾后重建、支援芜湖抗洪救灾、“千企帮千村”扶贫攻坚、拥军优属和向贫困大学生献爱心等。

2020年经历百年不遇的新冠肺炎疫情，他的企业停工停产，没有经济收入，在这样的困境中，他自掏腰包给企业每一位职工发工资，待遇一分不少，他还捐款5000元驰援武汉人民。

顾高勇爱好广泛，生活情趣高雅，文化底蕴深厚，多才多艺。他小时候在父亲的指导下学会了乐器笛子和唢呐，村里谁家有红白喜事都会上门请他去吹奏；他还是一个好厨师，能烹饪一桌美味佳肴，宴请亲朋好友；他还有一手娴熟的理发技术，经常为邻里和父老乡亲们免费理发，受到大家的一致称赞。他特别酷爱唱歌和戏曲，辛勤劳作一天的家乡父老乡亲，吃过晚饭后聚在一起，都爱听他唱一曲家乡的淮剧。他从小的梦想就是今后能登上更大的舞台，把家乡的戏曲唱给更多的人听。

创业后，江城又成了他第二故乡，与黄梅结缘，他爱上了黄梅戏，对一个有着浓重江苏盐城口音的人来说，要唱好黄梅戏的难度是非常大的。功夫不负有心人，他的黄梅戏的演唱表演功底有了很大的进步，他还能反串角色，男扮女装，扮相清纯秀美，樱桃小嘴，忽闪的大眼睛脉脉含情，唱腔甜美，表演到位，观众朋友们根本就认不清那个在舞台上唱花旦的美丽女子，他精湛的表演得到了戏曲专家和老师们的一致认可。2017、2018年，他参加了芜湖市百姓春晚选拔赛，经过一轮轮的比拼评选，最终登上了芜湖电视台百姓春晚大舞台。

他牵头把近百名的戏曲爱好者组织起来，成立芜湖市江声黄梅艺术团，并担任团长。艺术团秉承热心公益、乐于奉献的情怀，以丰富群众的文化生活、提升市民对中国戏曲的欣赏水平为理念，学好戏唱好戏，弘扬中华优秀传统文化，把芜湖市的黄梅戏曲老艺人请进团里教学指导，提高大家的演唱表演技能。近年来艺术团排练了几十部黄梅戏曲的经典曲目，顾总带领艺术团的演员们积极参加芜湖市和各县区举办的中国戏曲演唱会，每逢春节、元宵节、端午、中秋、国庆、五一、七一、八一等重大节日，艺术团都会举办戏曲专场文艺演出。在开展文化惠民活动中，他们送文艺、送戏曲进街道，进社区，进校园，进乡镇，进敬老院，艺术团演员们的精彩表演，得到了社会各界和广大观众及戏迷朋友们的欢迎和赞扬！

2021.5

南京南房建设工程检测有限公司芜湖分公司激情投入江城大建设

绿色发展，品牌至上。南京南房建设工程检测有限公司芜湖分公司，坚持工程质量第一、用户第一、服务第一、信誉第一的宗旨，激情投入江城大建设。

南京南房建设工程检测有限公司芜湖分公司位于芜湖市镜湖区“镜街99”金鼎2211，总投资400万元人民币。公司现有七套静载检测设备钢梁：其中一套可以承接3000吨左右单桩静载试验，两套可以做到1000吨左右静载试验，三套可以做300—700吨静载试验架，一套100—200吨左右静载试验架。还有两套专做水泥搅拌桩及复合地基设备，低应变检测仪一台，超声波检测仪一套，高应变检测仪一套，灌注桩成孔质量检测仪一套，桩基垂直度检测仪一套，轻便触探检测仪一套，重力触探检测仪一套，静载检测仪五套，汽车吊两台。公司检测设备完善配套，能满足任何规模建设工程桩基检测的需求。公司现有员工16人，其中具有中高级以上工程技术人员6人。公司制定了一整套严密的质量管理体系，配备了先进齐全的检测设备，并用科学实用的技术手段监控检测过程中的每一个环节，以确保工程质量检测的数据真实性和可靠性。

南京南房建设工程检测有限公司芜湖分公司自2018年成立以

来，为芜湖市城市建设及重点工程提供优质检测服务，先后参与建设了大龙湾污水处理厂、朱家桥污水处理厂提标增质改造工程及三期扩建工程、伟星珑胤台工程及芜湖院子小学工程等。

该公司始终秉承“诚实守信、规范经营、质量第一、服务至上”的经营宗旨，重视技术培训、业务拓展。每完成一个工程项目就总结提升，优化新的方案。为激发企业活力，采取相应工作激励机制。南京南房建设工程检测有限公司芜湖分公司总经理陈峰表示，继续贯彻“求实、创新、不断做强做精”的经营方针，为江城建设和发展作出新的贡献。

2021.5

以品牌拓展市场　以信誉谋求发展

在芜湖公租房市场运营中，芜湖博格信息科技有限公司激情参与，以品牌拓展市场，以信誉谋求发展，赢得了社会各界的高度赞誉。

作为芜湖经济技术开发区招商项目，芜湖博格信息科技有限公司成立于2017年3月。芜湖博格信息科技有限公司总经理刘艺带领他的团队，以雄厚的实力、专业的人才、优质的服务，很快就在芜湖开创一片新天地，获得了芜湖博格·侨青汇众空间项目3000多平方米103个工位的运营，紧接着又运营了288间套1.44万平方米博格公寓项目。目前这两个项目正在高质量运营中。

最近，芜湖博格信息科技有限公司以品牌的影响力又中标了8246套52.38万平方米“秀水江南”公租房项目，由芜湖现在公租房运营管理有限公司运营，产生了良好的社会效应。秀水江南小区，是芜湖经济技术开发区宜居公司倾巨资打造的公租房小区，该项目作为公共租赁住房，具有规划合理、配套完善、交通方便、环境宜居、户型合理、租售并举等优势。为广大居民提供可租赁适当房源，这不仅可以引导鼓励居民租房，减轻中低收入群体购买住房的经济压力，同时可服务经济技术开发区企业，解决政府难以解决的相关问题。通过项目再创业，激发小区活力，提升小区物业配套服务水平，打造芜湖市领先的智慧型公租房社区。

安徽现在生产力促进中心有限公司作为政府第三方受托单位，响应国家租售并举的相关政策，成立了一家专业的公租房运营管理公司——芜湖现在公租房运营管理有限公司，向秀水江南小区提供专业的运营管理服务。整个小区除向社会提供大量公租房房源，同时规划了青年人才公寓、养老公寓、人力资源产业园、双创中心等产业群体。小区内配套商业、菜场、超市、幼儿园、诊所、药店、餐饮等，可满足居民购物、生活、医疗等各种需求。

2020.8

荣怡混凝土为江城绿色发展建设增光彩

绿色发展，品牌至上。芜湖市荣怡混凝土有限公司坚持“品质第一、用户第一、服务第一”的宗旨，为江城绿色发展建设增光彩。

芜湖市荣怡混凝土有限公司位于三山区321省道旁，占地面积42亩，总投资4000万元人民币。公司现有两条全自动混凝土生产流水线，年产量50多万立方米商品混凝土，配套设备有5台汽车泵、25辆搅拌车，为防止因停电而影响生产特自备了发电机，精良的生产设备和完善的配套设施完全能满足任何规模建设工程混凝土的需求。公司现有员工126人，其中具有中高级以上工程技术人员15人，初级职称11人。公司制定了一整套严密的质量管理体系，配备了先进齐全的检测设备，并用科学实用的技术手段监控生产过程中的每一个环节，以确保产品质量。

芜湖市荣怡混凝土有限公司自2006年建成投产以来，为芜湖市城市建设及重点工程提供优质的商品混凝土服务，先后参与建设了长江路漳河大桥、峨溪口大桥、集瑞联合动力股份有限公司一期厂房工程、玉柴联合动力股份有限公司一期厂房工程、繁昌县政务中心办公大楼、三山区政府办公大楼、三山区格力电器厂房工程、芜湖三山新兴铸管厂房工程、芜湖华电厂房工程、恒安纸业芜湖分公司厂房及办公楼工程、芜湖碧桂园凤凰大酒店工程、龙湖安置小区1—3期工程、保定安置小区1—3期安置小区工程、孙滩安置小区工程、芜湖市三山水厂（一期）工程、三山区保定排涝站等水利工程、三山伟星金域国际一期二期工程、三山融创玉兰公馆、杨子学院工程、枫丹壹号等一大批重点工程和民生保障工程，受到业主和社会的广泛好评。

该公司始终秉承“诚实守信、规范经营、质量第一、服务至上”的经营理念，在今后的发展中继续贯彻“求实、创新，不断做强做精”的经营方针，为江城建设和发展增光彩。

2020.5

徐贵山：绿色使者

山清水秀宜居城，芜湖劲吹绿色风。

2018年5月26日，安徽省印刷包装物资规范环保治理交流会在芜湖市文化创意产业园二楼多媒体会议厅举行。来自全省各市的300多名企业代表参加了交流会。会上荡起了一股绿色风，掀起绿色风的是应邀参加交流会的泰兴市广力机械制造厂总经理徐贵山，参会代表无不啧啧称赞他为绿色使者。

会后大家前往芜湖安徽勇祥印务包装有限公司厂区参加“新环保设备演示会”。与会人员对泰兴市广力机械制造厂生产的印刷废水“零排放”处理环保设备的神奇功效大加赞赏。

泰兴市广力机械制造厂总经理徐贵山亲临会场对新环保设备使用情况作了详细介绍。泰兴市广力机械制造厂、泰兴市超力环保机械厂原是专业生产印前设备的厂家。三十多年来，一直为全国各地印刷企业服务，在行业中一直得到大家的好评。这几年国家对环保的重视和要求越来越高，印刷企业的废水、废气治理已刻不容缓。多年来泰兴广力、超力环保为了提高企业经济效益，对产品进行转型升级，生产了胶印机，润版液过滤循环使用设备，冲版水物化过滤循环使用设备，水性油墨废水、冲版废水、洗车水、UV油墨废水、PS版油墨废水、水溶性胶水等废水统一集中处理设备，经过废水统一集中处理的水质达到国家一级标准，做到“零排放”中性回用，受到行业赞同和环保部门的认可。泰兴广力、超力环保将博取众家之长，汇聚众人之力，不断创新技术，不断更新理念，以阳光的心态汇聚杰出的人才，为环保事业奉献广力、超力、杰出的产品。

为了直观形象地展示设备性能、污水处理效能、环保理念和应用，徐贵山总经理亲自向环保局、安监局领导及印刷企业来宾展示了水性油墨、冲版废水、印刷废水物处理回用和零排放一体机工作流程。徐总介绍，深度处理后的循环水优于国家一级饮用水质标准。随后接过一瓶自己厂家设备刚处理过后的污水，一饮而尽，展示了广力机械的环保处理实力与产品信心。同时，徐贵山提高嗓门大声宣布，客户使用广力机械的环保产品，如出现问题或环保部门检测不通过，厂里负全责。

广力机械专业从事印前设备和绿色环保印刷配套设备的生产与制造，拥有丰富的生产技术制造经验，产品质量可靠，售后满意度高。产品遍布全国各地，并出口东南亚、非洲、南美等地，深受海内外印刷企业用户好评。芜湖与安徽各地已有数十个厂家使用广力机械环保产品，演示会现场又有几家企业选购了他们的产品。

绿色使者——徐贵山，为你鼓掌，祝绿色之树常青。

2018.5

徐春甲：宝刀不老绽新彩

楚河汉界炮声隆，车轮滚滚战马鸣；竞赛场上任驰骋，宝刀不老入佳境。在2017年10月21日至22日举行的第五届芜湖市统战系统“高速御府杯”同心运动会赛场上，中国象棋比赛竞争尤为激烈，曾多次获得省市级中国象棋冠军的68岁老将徐春甲的高超棋艺格外引人注目。

徐春甲是原芜湖市缝纫机厂职工，自幼酷爱下棋，师承胡荣华、柳大华等大师，对棋坛的精彩布局与杀法谙熟于心并灵活运用，年轻时就风生水起，很少遇到对手，人们给他取了个“灯罩子”“罩子”的外号，意思是他的棋艺把对手罩住了，很难赢他。1976年1月芜湖市举办了第一届中国象棋比赛，徐春甲就勇夺冠军；同年4月参加全省比赛获第6名，这次比赛有获得全国象棋赛亚军的蒋志梁等大师都参与了竞技。1979、1982年徐春甲又两次获得芜湖市象棋冠军。1989年获安徽省职工象棋赛冠军，并为芜湖市队获团体冠军立下了大功。1995年在芜湖市“168”杯象棋名人邀请赛中再次夺冠。徐春甲多次与全国象棋大师对阵，经常逼和对方。后来徐春甲到外地工作很少参加大赛了，但他的棋艺仍保持着青春活力。

徐春甲为人和气，乐于助人，特别在棋界总是毫无保留地向年轻人传授棋艺。笔者作为徐春甲的象棋徒弟，他经常手把手地教我在下棋中悟出道道。在师傅的指导下，笔者作为象棋爱好者，棋艺也有所进步。在2017年第五届芜湖市统战系统“高速御府杯”同心运动会象棋赛中，笔者有幸获得“亚军”。在20世纪90年代的一次“扬子新闻杯”长江中下游十城市象棋赛中，还获得过冠军呢。

在此，笔者向师傅道一声“谢谢”，祝徐老师宝刀不老，再展辉煌。

2017.9

陈尚珠：幸福是奋斗出来的

2021年的芜湖电视台春晚演播大厅，灯光璀璨，高朋满座，这里正在举行春节联欢晚会，第一个环节就是表彰芜湖市各行各业涌现出的先进人物：劳动模范、中国好人、安徽好人、芜湖好人、五一劳动奖章获得者……我们听到了一个熟悉的名字，看到芜湖市顶绩传媒有限公司董事长陈尚珠身披“安徽好人”红色绶带，精神抖擞健步走上舞台，向大家挥手致意，大厅内响起了雷鸣般的掌声，气氛热烈！

“安徽好人”是安徽由省文明办发起的全省性的评选活动，芜湖市顶绩传媒有限公司董事长陈尚珠经公众和专家评议推荐入选2020年“安徽好人”。

五月的江城阳光灿烂，我们沿着芜湖市九华山路一直向南，来到北门闸市区，在来凤市场的右边，显示大频上醒目的标题字幕，引领我们走进了芜湖顶绩传媒有限公司。首先吸引我们眼球的是，进门右边的荣誉榜：芜湖《大江晚报》专访报道文章图片、镜湖区巾帼建功奖、镜湖区三八红旗集体、最美镜湖人、文明家庭、优秀会员企业等金光闪闪的奖杯、奖牌、证书，令我们敬佩赞叹！

宽敞明亮的办公大厅，公司员工都在电脑旁认真地工作，董事长陈尚珠也在忙碌着，见我们来了，立即放下手里的活，热情地接待我们。她中等个，身材苗条，留着一头蓬松的短发，瓜子脸，皮肤白皙，眉清目秀，有着灿烂的笑容，一身职业着装，更显气质优雅干练。从她的眼神中能看出，她是一个自信、自立、自强的女企业家。

我们喝着茶，聊着天，气氛轻松愉快……

芜湖市顶绩传媒有限公司在芜湖市的知名度非常高，董事长陈尚珠也是芜湖的名人了。她对我们说："20世纪90年代初，我辞去了央企的工作，下海创业也是被逼出来的，我有今天的幸福生活，也是奋斗出来的！"

陈尚珠原是芜湖长江轮船公司职工，1992年，她丈夫因车祸致残，生活的担子都压在她身上。为了养家糊口，她承包了快艇部，除了交单位承包费外，还要给单位20名职工发工资，那时她家里很穷，两万元承包风险金都是东拼西凑借来的，而且此前她只做过生活采购商店经理，并没有经营快艇生意的经验，对她来说，当时的压力真不小，但她是一个不服输、能吃苦、肯动脑筋的人。她带领职工转变观念，以独特的经营理念，把快艇生意做得红红火火。后来，她又开过大众舞厅，经营过足疗店和酒店……她凭借自我挑战的性格和企业家的敏锐，一次次捕捉商机，一次次跨界创业成功。2014年，她成立了芜湖市顶绩文化传媒有限公司，坚持企业发展创新的理念，业务不断拓展，公司从单一制作条幅标语发展为企业形象策划、室内外展板标牌宣传栏设计制作与安装、视频监控、灯光音响工程安装、各种展览布展、大型会议服务等为一体的文化传媒企业。公司客户从企业拓展到党政机关、学校、部队和宁安高铁、深圳地铁七号线、皖赣铁路、合福铁路、宁西铁路、芜湖轨道交通等国家重点工程项目部，年主营业务收入从最初的10万元增加到了265.24万元。

陈尚珠不但具有观察市场、捕捉商机的眼光，更有新时代企业家的胸怀，在创业的道路上不忘自己和企业的社会责任，始终热心于社会事业。公司先后优先招聘20多名下岗职工，并想方设法为女员工创造良好的工作条件和环境，积极鼓励支持公司员工建功立业，先后帮助十多名员工走上自主创业之路，实现了他们自己的人生梦想，为政府分担了就业压力。在企业管理中，注重企业文化建设，积极倡导员工关注社会事业，参与公益活动，履行社会职责，努力践行社会主义核心价值观，积极培养和树立新时代中国特色社会主义员工新形象。其本人先后兼任镜湖区区政协委员、工商联副会长、女企业家协会会员、海外联谊会副会长，认真履行社会职务，积极参政议政，热心参与各种社会活动，多次承办市区妇联与企业家协会等人民团体和社会组织组织的社会公益活动。

陈尚珠是一个有爱心、热心社会公益活动的人，她和公司连续多年组织员工积极参与市、区政府有关部门及街道社区等组织的一系列社会公益事业和各种献爱心活动。她先后到方村敬老院慰问孤寡老人，主动接济职业技术学院贫困大学生完成学业，带头参与支援江苏阜宁特大龙卷风灾后重建，支持芜湖抗洪救灾、“千企帮千村”扶贫攻坚、拥军优属和向贫困大学生献爱心等系列公益活动。多年来，她累计向社会捐资捐物50余万元。她的热情和付出也得到了社会各界的好评，她和公司多次受到各级政府、有关部门和社会组织的表彰，1999年她被评为全市“下岗不落志，巾帼创新业”先进个人，2002年荣获全市私营企业歌手大赛特别奖，2015年荣获芜湖苏商会优秀会员、优秀会员企业称号，2018年荣获镜湖区“最美镜湖人”称号、公司荣获镜湖区“三八红旗集体”称号。

陈尚珠说，我是千千万万个私营企业经营者中普通的一员，做着平凡的事，党和政府却给了我这么多的荣誉，这也是对我们私营企业守法经营、诚信经营、奉献社会的认可和鼓励！我们会不忘初心，牢记使命，永远奋进在新时代中国特色社会主义前进的道路上！

2021.6

安徽苏立：专注清洁热能　让生活更温暖

安徽苏立科技股份有限公司建设在芜湖、扎根在芜湖、服务在芜湖、奉献在芜湖，在芜湖这块热土上不断发展的同时，也从未忘记感恩，每当社会需要时，苏立人总能在第一时间以饱满的姿态履行他的社会责任。

安徽苏立科技股份有限公司坐落于江城芜湖鸠江经济开发区，是一家专业从事民用和工业用电加热元件及系统、健康小家电、清洁热能装备等的研发、制造、销售、服务于一体的高新技术企业。公司以“专注清洁热能，让生活更温暖”为使命，潜心致力于电加热生产技术。近年来在省市区各级领导的关怀和支持下，苏立科技正呈现飞速发展的势头。

在企业高速发展的同时，他们并没有忘记作为一个企业应该履行的社会责任和义务。2020年一场突如其来的新冠肺炎疫情的发生，改变了人们的生活，也注定了今年春节的不平凡。疫情牵动着每一个人的心，无数的抗“疫”英雄奋战在第一线。疫情当前，人人有责！苏立科技的高管们在大年初二就以电话会议的形式确定了“健康家电援防控”的疫情援助主题，将援助疫情防控作为重点任务。

2020年1月26日，苏立的高管团队主动联系政府有关部门，自发开展募捐活动，首次即募捐6万元转入募捐账户。随后结合新冠肺炎病毒在56℃环境下无法存活的特性，公司大力研发和试生产的一款“智能消毒干衣柜”，对衣物不仅具有干衣功能，更具有双重消毒（高温及臭氧杀菌）作用。2020年2月20日，经过全员奋战，终于将10台消毒干衣柜捐赠至鸠江区政府，由其代为统一安排给需要的医护人员。2020年2月25日，再次捐赠20台消毒干衣柜，其中15台分别用于弋矶山医院、芜湖市第二人民医院、芜湖市第三人民医院，供各大医院消毒使用，另外5台直接由芜湖市政府安排运至武汉防疫一线供消毒使用。在疫情面前，苏立人拥有勇于拼搏、不惧危难的胸怀，站在了抗击疫情的第一线，为疫情抗击战贡献出强大的助力。

疫情得到控制后，苏立科技在市场萎靡的情景下，迅速将健康家电的经营理念进行全面的贯彻，先后推出超声波消毒机、护理干衣盒、私人护理机等多款健康家电产品，得到市场广泛好评。

然而2020年的夏天，位于长江沿岸的芜湖却在抗击疫情后，又一次迎来了“洪魔”的肆虐。2020年7月，受长江上游来水和区间降水影响，芜湖地区长江水位持续上升，高峰时期距离历史最高水位仅差0.35米，抗洪任务迫在眉睫。公司董事长孔炜先生在公司内部明确指出务必全力配合市防汛抗旱指挥部工作，设立专人对接抗洪工作，紧急抽调物资及人员，于7月13日将第一批捐赠物资送达沈巷镇政府。一同前往捐赠的公司高管在慰问时，了解到抗洪战士们每天的战斗服在第一天清洗后，第二天无法及时晾干就穿上直接奔赴抗洪一线，当即再次决定，向驻防部队立即捐赠智能衣物护理机，确保抗洪战士们每天都可以穿上干爽的衣服。自2020年7月13日至23日十天时间内，苏立人分五批次向奋战在抗洪一线的人民子弟兵、抗洪民兵、灾区人民分别捐赠了价值二十余万元的干衣机、智能衣物护理机等。特别是了解到抗洪物资如帐篷、折叠床等堤坝巡防必备品紧缺，公司内部更是通过从外地子公司采购并快递至芜湖，在第一时间送至抗洪官兵身边。

2021.7

新泉工程机械：构筑健康精品　共创和谐家园

随着工程机械市场的迅猛发展，工程机械租赁行业也取得了长足的进步。为给广大工程机械租赁客户提供更加专业、更加方便快捷的沟通平台，安徽新泉工程机械租赁有限公司靠品质与服务赢得信誉，秉承“构筑健康精品、共创和谐家园”的绿色理念，认真贯彻落实芜湖市建筑工程建设管理处《关于进一步加强建筑起重机械监督管理的通知》，构筑健康精品，共创和谐家园。这一做法受到主管部门的肯定和客户的好评。

安徽新泉工程机械租赁有限公司总经理姚兰云带领多名优秀机械工程师、电器工程师、管理策划营销人员，打造了近百名服务人员团队和专业维修队伍，招之即来，来之能战，保证了工程机械正常运作与安全施工。

安徽新泉工程机械租赁有限公司引进宁波市欣昱豪建设机械有限责任公司生产的SC变频系列升降机及QT系列自升式塔式起重机。SC系列升降机，首先是采用新型节能减速机，与同类型普通升降机运行相比，能节能40%；其次根据工程建筑物的高度速度可调控，最高安全提升速度为96米/分钟。QT系列自升式塔式起重机回转机构采用变频无级调速技术，安全平稳。吊钩具有自动调节功能，并设置了防断轴装置，可编程及变频无极调整电气系统，大大降低意外风险。

安徽新泉工程机械租赁有限公司始终把安全质量放在首位，坚持持证上岗，禁止人员及机械带病作业，制定并实施台台机械定期检查的制度。

安徽新泉工程机械租赁有限公司秉承“与时俱进、互利共赢”的发展理念，相继参与了碧桂园、市城建集团项目、伟星金悦府、祥生府、新华联、华仑港湾、翰林公馆、玉兰公馆、奇瑞项目、新乐府、利辛莱弗广等工程的建设，为城市建设与房地产开发项目增光添彩，为构筑健康精品、共创和谐家园贡献力量。

2021.1

《芜湖市房地产开发企业土地增值税相关法律法规汇编》编印始末

土地增值税是国家运用税收杠杆引导房地产经营方向，规范房地产交易秩序，合理调节土地增值收益分配，维护国家权益，促进房地产开发的健康发展而开征的一个重要税种。它与房地产开发息息相关，是房地产开发企业需要重点关注的税种。由于土地增值税相关法律法规及规范性文件较多，既有全国性文件，又有省市性文件，既有有效性文件，又有失效性文件，这容易造成实际操作过程中产生难以厘清、把握不准、适应不当等各种问题。

从1994年1月1日起在全国范围开征土地增值税以来，至今已逾26年。为规范征收，适应房地产开发、转让各环节诸多问题，在国务院1993年发布的《中华人民共和国土地增值税暂行条例》、财政部1995年颁布的《中华人民共和国土地增值税暂行条例实施细则》基础上，财政部、国家税务总局随后陆续出台了诸如《关于土地增值税一些具体问题的通知》等相关规定，安徽省税务局于2017年制定并发布了《安徽省土地增值税清算管理办法》，芜湖市税务局根据相关法律法规对土地增值税预征率、核定征收、成本分摊等问题进行了明确、细化并发布相关通知、公告。将这些法律法规进行合并、汇编，对我市房地产开发企业掌握土地增值税政策具有积极指导意义。

为便于房地产开发企业对土地增值税相关法律法规有系统性、清晰性认识，芜湖市房地产业协会于2020年4月组织亚太鹏盛财税集团芜湖分部联合编印了《芜湖市房地产开发企业土地增值税相关法律法规汇编》。亚太鹏盛财税集团是一家总部位于深圳的全国性大型财税集团，2019年布局芜湖，芜湖分部现有员工近30人，其中注册会计师11人，注册税务师12人，中级以上会计职称16人。

《芜湖市房地产开发企业土地增值税相关法律法规汇编》编录了18项现行主要土地增值税相关法律法规，包括全国性、安徽省、芜湖市主要土地增值税相关文件，为我市房地产开发企业了解、学习土地增值税相关规定带来了便捷，为合法、合规、合理计缴土地增值税提供了法律依据和保障。

《芜湖市房地产开发企业土地增值税相关法律法规汇编》对引导房地产开发企业依法办事，促进房地产市场平稳健康发展起到积极作用，产生很好的社会效应。

2020.8

主持公道，为民解忧

——一起房产纠纷调解纪实

2021年4月8日，芜湖市龙山花园户主夏某某、韦某某怀着激动的心情，分别给市开发处、《芜湖建设·芜湖房地产》编辑部和芜湖市房地产物业纠纷人民调解中心送来三面锦旗。

锦旗上分别写着："主持公道　为民解忧"，"铁肩担道义　妙手著文章"，"用心用情公正宣法　引导退让成功言和"，衷心感谢为他们成功调解一起房产纠纷，圆了他们的安居梦。事情是这样的，芜湖龙山花园户主夏某某、韦某某2009年4月24日购买了芜湖某房屋，因多种原因长时间未能过户，当时买卖协议规定，卖方无条件将房产过户到买方名下，后因卖方提出要买方补偿6万元才过户给买方，买方难以接受，一直未能解决过户问题。

市开发处负责同志非常重视，立即安排专人问清原委，并与市房地产物业纠纷人民调解中心对接，共同调解。《芜湖建设·芜湖房地产》编辑部记者全程见证与报道，经用心用情公正宣法，很快引导成功言和，并很快办理了房产过户手续，4月15日买方高兴地拿到了产权证。

2021.5

小小商铺构筑江之梦

芜湖市瑞丰商博城A区7幢101商铺，每天都顾客盈门，气氛热烈。店主是芜湖苏商会会员吴玉珍，她靠厚道加实干、服务与信誉，在小小商铺里构筑江之梦，在为客户、为市民、为社会服务中升华人生价值，实现人生梦想。

吴玉珍创建的芜湖市江之梦食品贸易有限公司成立于2017年2月，注册资金100万元，公司主营的是市民百姓日常需要的糖果、酒、农副产品、调料、保温材料、五金交电、家用电器等。她以市场需求为导向，以顾客满意为宗旨，以产品质量为保证，不断更新产品品种和内容，提高服务质量。特别在市民青睐的喜糖、土鸡蛋等产品上精选优质产品，赢得客户赞许。吴玉珍根据顾客的需求，经常深入皖南山区及厂家，精选性价比高的货真价实的高特优产品，添彩人们的美好生活。

吴玉珍心地善良，热爱公益事业。用自己的绵薄之力奉献社会，常常为周边的困难群众送衣食等用品。一位孤寡老大妈称赞她是个好闺女。每逢苏商会会员活动，她都拿出糖果点心之类免费供大家品尝。今年三八国际劳动妇女节，商会举办了庆祝建党百年文艺汇演活动，她用轮椅推着年逾花甲的母亲来到现场，送来美好的祝福，表达自己的爱党之情。

小小商铺，吴玉珍在平平常常的奋斗中，构筑美丽的江之梦。

2021.7

新新物业走出一条规模化发展新路

在建党百年华诞之际，镜湖区新新物业管理有限责任公司再传喜讯：为进一步响应国家政策，重组整合国有企业，推进国企改革，促进国有企业做强做优做大，充分发挥国有资产在社会发展中的重要作用，新新物业管理有限公司在原有物业管理服务的基础上，主动进军城市建设，组建芜湖市新新科技发展有限公司，进一步拓展社会化服务领域，涉及城市建设、园林绿化、城市泊车等领域，走出一条规模化发展新路子。

管理规范有序　业务拓展迅速

采访中，芜湖市新新物业管理有限责任公司创始人章启文总经理饶有兴趣地告诉记者，芜湖市新新物业管理有限责任公司成立于2005年4月，系芜湖市镜湖区国资委下属企业，是一家有着三级资质，专门从事物业管理及其相关配套服务的企业，主要为区内特色景区和居民住宅小区提供景区美化维护和物业管理服务。16年来，公司始终坚持的经营理念是通过优质高效、热情周到的服务，努力做到服务对象户户都满意、人人有笑脸。目前公司办公地点设在芜湖市紫苑小区16栋2单元101室。

公司管理规范有序，有着多年丰富的物业管理经验，现在在管的住宅小区项目有新都花园、保兴港、弋江新生活、在水一方、天香苑、花园新村、天湖花园、端家园、滨江山庄、来龙里等十个住宅小区以及镜湖区市民服务中心和镜湖区城市管理局两栋办公大楼，服务过万户的业主。2017年初，又接手镜湖区凤凰美食街这一特色街区，先后成立9个物业服务处。在多年的管理运作中，公司不断总结经验，提升经营理念，具备对多类型多层次物业项目的管理能力。为加强党的领导、维护员工合法权益，公司先后建立党支部和工会组织。党支部通过开展生动活泼的党建活动，在企业管理服务中积极发挥引领作用，分别被街道党工委和镜湖区委评为“先进基层党组织”；因对天香苑小区的出色管理和优质服务，公司荣获“红色物业”称号。

还让人称道不已的是，公司善于总结管理服务经验，强化工作机制建设，不断提升经营理念和服务质量，建立考核机制、风险金机制、责任制机制、安全防范机制、员工双向选择机制、管理层竞争上岗机制、经费支出合议机制、年度经费使用包干机制等，为公司的健康发展提供有效的制度保障；坚持在全体员工中实行“多干多得、少干少得、不干不得”的奖励措施，每年对工作勤奋敬业、工作成绩显著、深受服务对象赞誉的员工，进行精神和物质奖励，奖勤罚懒在全公司形成气候，这极大地调动了大家的积极性。

文明贴心服务　赢得业主好评

新新物业公司为了更好地服务业主，提升员工素质，常年开展文明礼貌服务活动，赢得广大业主的一致好评。

新新物业管理下的安置小区，老年人居多，特别是独居的老人不小心磕碰，就会行动不便，导致生活自理困难。在3月初得知来龙里小区2栋2801室一住户为孤寡老人，因在家摔倒导致腿部受伤无人照料，物业紧急成立帮扶小组，每天帮老人送三餐，隔段时间帮助老人整理家务，老人十分感动。因为事迹感人，芜湖电视台1890栏目前来采访，采访中老人连声表扬物业的优质服务工作。来龙里物业处此后在全小区范围内，开展了微笑服务一对一帮扶活动，博得业主一片称赞。

在水一方小区物业开展了一对一为孤寡老人帮扶活动，在得知一行动不便老人最想在天热前理一次发，物业联系志愿者主动上门为老人理发，并且保安保洁师傅帮忙打扫房间、洗衣做饭，让老人感到很暖心。老人没想到，一句闲话，物业却记在心中帮老人解了燃眉之急。

天香苑物业处对12栋2单元302室残疾老人进行一帮一活动，做到随喊随到，并时常上门探望。这位老人为租户，且一人居住，因为身体问题已经无法自理，天香苑物业处得知此消息后，便紧急成立一对一帮扶小组，坚持每天探望老人两次，随时掌握老人身体健康状况。帮扶小组会定期在上午安排保洁为她家清扫卫生、晾晒衣被，保安易贵民同志每天帮助老人将其一日餐食准备好，帮助她改善伙食。这些令老人十分感动。

开拓新的领域　添彩宜居之城

如今，新成立的新新科技发展公司以新新物业管理公司为依托，相继成立市政工程分公司和绿化工程分公司，全面进入城市建设服务行列。

2021年3月初，新新科技发展公司绿化工程分公司闪亮登场，开始接手镜湖区区境市政绿化的管理重任。公司随即集中力量进行突击整治，先后投入760多人次，仅用45天时间，对总面积达18万平方米的桥头堡公园、长江公园、绿地湿地公园、板城埠等处的灌木绿篱、腐败树木、丛生杂草进行清除、修复、补栽，共清运绿化垃圾55卡车、建筑垃圾7卡车。经过新新绿化员工的汗水和智慧付出，原先的荒芜、杂乱、衰败景象发生了喜人蝶变，一个个干净整洁的新景区呈现在江城市民的眼前。

桥头堡公园景区位于鸠江区港一路附近，总面积达3.3万余平方米。因铁路维修施工，导致园区绿化草坪上到处都是碎石，给绿化草坪修剪工作带来很大困难。绿化员工们没有向困难屈服，他们全体动手、人人参战，将绿化草坪里的碎石一一捡拾清理出来，集中清运，共计清运碎石等各类建筑垃圾达7卡车之多，为随后的绿化整治工作扫除了障碍。

十六年的风风雨雨，十六年的努力奋进，秉承公司服务发展理念和企业文化精神，新新物业管理公司由小到大、稳步前行，建立了一个团结齐心、勤奋履职、管理有方的优秀管理层团队，带出一支细心管理、热情服务、吃苦耐劳、能打胜仗的员工队伍。未来，全公司上下乘“十四五规划”的东风，育新机、开新局，促进公司有新发展、上新台阶。

2021.7

04

第四乐章

奋　进

信亚云谷为产业地产崛起不懈努力

在方兴未艾的芜湖房地产市场中，安徽信亚云谷软件园投资有限公司投资建设的芜湖云谷，以高端品质赢得了江城人民的青睐，也展示了产业地产崛起的品牌形象。

为进一步了解安徽信亚云谷软件园投资有限公司开发建设的芜湖云谷项目建设运作情况，笔者2018年3月上旬专程来到芜湖云谷项目现场，采访了安徽信亚云谷软件园投资有限公司总经理罗涛。

罗涛，这个1980年出生的年轻人，毕业于南京建筑工程学院（现南京工业大学），在江苏、北京、安徽等地从事工程建设、房地产开发、资本运作等方面的实践，有着丰富的行业经验。

说起产业地产，机智敏锐的罗涛总经理颇有兴致，谈兴很浓，娓娓道来。

罗总说，近年来，随着经济社会发展，产业园逐渐被各级政府重视，已经成为各地区域经济发展的重要助推器。各式各样的产业园区，包括文化创意产业园、高新技术开发区、互联网科技园等如雨后春笋般涌现出来，建筑形态包括工厂式、写字楼、花园别墅等多种样式，并具备丰富的交通、休闲娱乐等配套设施，多集中在京津冀、长三角、珠三角等区域。

产业地产的核心在于以产业为依托，以地产为载体，实现土地的整体开发和运营。这种经营模式结合我国新型城镇化建设的总体思路，很好地将“地产、产业、城市”三者有机结合，进而形成三者相互促进的商业模式，并且成为产业新城建设的核心逻辑。其价值链由此横跨一、二、三级市场，包括产业规划、城市规划、土地一、二级开发和后期运营服务。这种大跨度的开发模式，直接决定了产业地产开发周期更长、专业跨度更大，也就直接导致产业地产的门槛更高的现实。

产业地产项目价值链跨度大，盈利模式丰富，叠加效益巨大。然而，这种高额利润正是在前期大量投入的基础上形成的。前期策划、土地整理、基础设施建设等周期长，所以项目开发资金压力巨大。

随着中国城市化进程的发展，城市中心区用地愈发紧张，办公楼租金日渐昂贵，与此同时，城郊地区基础设施建设逐步改善，为产业地产的发展提供基础的平台。

政府政策的支持加上自身的努力，产业地产这块楼市新势力发展势头迅猛。产业地产从缺席到快速发展，是行业自我调整、回归正途的健康模式，未来住宅市场将趋于平稳，产业地产或将成为城市建设的新引擎。

关于安徽信亚云谷软件园投资有限公司芜湖云谷项目情况，罗总告诉记者，安徽信亚云谷软件园投资有限公司是国内花园别墅商务园区专业运营开发商，曾经成功开发运营过江苏镇江软件科技产业园、江苏淮阴软件科技产业园、昆山信息港、浙大网新淮安科技园、丰县现代农业产业园、新沂蜜桃特色小镇等一系列项目。引进国内外知名企业有360、百度、中科院、铁通、58同城、泛亚、合展跨境电商、SNE以色列产业转移中心等。2014年安徽信亚云谷软件园投资有限公司来到芜湖，项目于2014年11月25日成功摘牌开发建设，总占地148亩，约9.8万平方米，总建筑面积约15.5万平方米。项目以产业园形式进行开发、运营、销售。产业园区作为国家区域经济发展的龙头，主要以对外开放、招商引资、管理创新为主要载体，是发展高新技术产业、促进产业集聚、解决就业问题的重要平台，主要为互联网公司、跨境电商提供办公物业服务，同时为商务精英配套一系列休闲、生活、商业设施。整个项目坐落在元亩塘南岸，临水而建，位于芜湖市弋江区发展的核心板块——元亩塘板块，分为三个系列：科技苑、私享院和云溪墅。在项目的运营方面，芜湖信亚云谷项目创造了新的商业模式，避免了原有产业园业态存在的问题，并且具备一定的可复制性和持续性特点。

谈及对芜湖的投资环境及未来发展，罗总提高了语调。芜湖是国家实施“中部崛起”战略的皖江龙头城市，居华东中心位置，承东启西，连南接北，居中靠东，临江近海，与国内最具活力的长三角地区地域相融、文化相通。依据芜湖的地理位置，发展潜力巨大。芜湖有许多产业优势，政府通过电商等平台与世界广为对接，整合资源，提升效益，实现多赢。在这个大舞台上肯定会大有作为，对此罗总充满信心，表示公司将精耕细作再拓产业升级，扎根芜湖努力奋斗，在这个伟大的新时代里，为产业地产崛起不懈努力，谋求新的发展，作出新的贡献。

2018.3

芜湖林安激情融入全球供应链

物华天宝，货畅其流。在方兴未艾的城市化进程中，作为长三角城市群中重要成员，皖江开发开放龙头城市芜湖，如何在新时代里有新作为？作为在这澎湃发展中的企业和企业家，怎样抓住契机，把握机遇，勇往向前呢？

春意盎然，万象更新。笔者2021年4月中旬专程采访了芜湖林安商贸物流园有限公司总经理王成，窥斑见豹中给予我们有益的启迪。

林安（芜湖）智慧供应链小镇位于芜湖市湾沚区，南湖路以北，新芜大道以西，永和路以南，占地327.43亩，861重点工程，总建筑面积约26万平方米。区域内有德力西、飞科、安徽信息工程学院、北航芜湖通航创新园、安徽航空职业技术学院暨中公教育华东区域职业培训基地、国际航空器“一站式”综合服务中心、中电科钻石飞机制造有限公司、5G创新园、京东全球超级货运航空港等创新创业引擎、爱果乐健康智慧家居产业园等知名公司和机构。项目距芜宣机场5千米、湾沚高铁站6.5千米、芜湖港25千米，由5A级物流企业林安物流集团投资13.8亿元鼎力打造。

2020年6月12日，市工商联所属商协会“不忘初心，牢记使命”党建主题活动暨投资环境现场推介会在林安物流园召开，以

“围绕经济抓党建，抓好党建促发展”这一主题展开深度交流、座谈，大家对林安（芜湖）智慧供应链小镇取得的成绩大加赞赏。谈起林安（芜湖）智慧供应链小镇，芜湖林安项目总经理王成喜形于色，娓娓道来。

王总介绍，该项目建设正按计划顺利推进中。一是全球供应链建设，一期已建设完成约6.5万平方米（仓储、档口、办公及配套）及近7万平方米集卡调度中心，二期拟建设12万平方米（含空港跨境、保税展贸等）；二是数字新经济建设，以3.0新电商（头部机构、MCN孵化、直播带货、网红孵化、后服务及呼叫中心等）、一铺两店（线下体验，线上交易），一期打造一个不少于100家中型规模的产业示范区；三是建设产业互联B2B，实现区域集采商城（含线上平台）以及工业4.0与互联网3.0融合（一期拟整合本地及周边地区不少于100家规模以上企业）。项目建成后形成集创业、居住、商办休闲及购物一体的全业态集群中心，预计园区运营后将达到300家三方企业，1万人以上，税收逾亿元。

谈到在芜湖投资发展中，怎样塑造企业形象、树立品牌意识、和以信誉谋发展的主题，王总说，始终不忘初心，诚信为本，林安（芜湖）智慧供应链小镇给当地城市和社会带来显著的经济效益和社会效益。

一是有形象。在完善城市区域功能和促进城市均衡发展方面：（1）有规划形象。林安物流应用现代城市设计环境与行为理论进行景观与环境设计，在改善城市交通、优化城市功能、改善城市环境、推动城市化建设等方面，促进当地城市均衡发展。（2）有品牌形象。统一的CI、统一的管理和服务平台、统一的信息化平台。（3）有社会形象。承担社会责任，促进社会和谐。

二是增加税收。实现商业持续繁荣，创造持续税源。林安（芜湖）智慧供应链小镇在促进服务业发展，推动经济转型，改善投资环境，提升当地产业链融合，促进地方税收稳定增长，提升当地工商业的竞争力等领域发挥重大作用，为当地带来持续大量的税源。

三是降低物流成本，增强当地企业和城市竞争力。林安（芜湖）智慧供应链小镇以“降低物流成本”为己任，通过信息化平台和第四方平台，不仅仅在于为企业减少消耗、降低成本或者增加利润，更重要的是提高企业对用户的服务水平，进而提高了企业的竞争能力。通过降低物流成本，实现了物流业与工业、第三产业的有机融合，从而提高了当地城市的综合竞争力。

四是带动产业结构调整。优化城市发展和产业结构，集约利用土地，为商贸、物流等第三方产业提供广阔的发展平台，从而带动所在城市的产业结构调整。智慧供应链小镇不仅在城内发展而且在城郊建设中，实现土地资源更有效利用，以全新的业态模式打造“城郊中的城市”，成为拉动城市经济的主导力量，促进当地城市软硬件设施的不断完善。

五是有效拉动消费需求。形成强大的聚集和辐射效应，拉动商业升级，全方位满足和创造新的消费需求，从而有效拉动和刺激消费。通过整合资源，将国内外众多知名企业汇集在统一的商业平台上，从而形成产业上的聚集和带来大量的物流、商流、信息流、人车流、资金流，形成强大的辐射和聚集效应。一业兴旺，百业发展，由此创设了大量的就业岗位。

六是践行信息化和物联网技术应用，推动产业升级，实施低碳经济。通过信息平台和物联网应用系统的应用，改变物流行业和商品市场信息的不对称和诚信缺失等现象，创造良好的商业环境；实施节能减排，实现低碳经济。

谈到公司未来发展前景，王总满怀信心地表示，结合安徽自贸试验区芜湖片区获批，芜湖宣州机场已实现“建起来，飞起来”的目标，主动参与长三角世界级机场群协作分工，激情融入全球供应链，早日实现“链”起来，“流”起来，倾力打造面向长三角及全球的航空货运物流中心，真正实现“小机场、大货运”“小基地、大中心”目标愿景。

2021.4

芜湖房产中介：规范有序重创新　品牌信誉谋发展

近年来，随着芜湖二手房市场的持续繁荣，给二手房中介公司带来了很大的发展空间，各大二手房中介公司，都加大发展步伐“攻城掠地”，不断地快速扩充门店数量，芜湖市房产中介门店数量也由2015年的300家左右发展到2020年的约800家。芜湖市二手房产中介市场也由原来的以夫妻店为主，发展到现在的以大型品牌加盟连锁机构（以德佑、21世纪不动产、住商不动产和吉家为代表的贝壳系门店约400家，以中墅、易居房友等为代表的连锁加盟门店约150家）约550家，本地大型连锁机构（以格家、友家、众达、家业等为代表）约160家门店，其余个体经营门店约100家。芜湖市房产中介行业也出现了大规模的整合，从业人员也由原来的以初中文化程度为主到现在的大部分新加入从业人员以大专及以上学历为主，从业群体也出现了年轻化、职业化导向。在中介机构的发展过程中，芜湖市房产中介行业协会起到了巨大的推动作用。

牛年开春时节，笔者对话芜湖市房产中介行业协会会长童升，就房产中介行业现状与发展进行了交流与探讨。

童升会长认为，树立品牌是企业取得竞争优势的主要途径。通过品牌连锁中介提供优质服务，塑造强有力的企业品牌形象，使消费者对品牌产生信任和忠诚，才能够在未来的竞争中占有一席之地。

据了解，芜湖市在中介发展的道路上，尤其是2016年以后不断涌现出一批本地连锁中介品牌如格家房产约60家门店、友家地产约80家门店、家业地产约15家门店、众达地产约10家门店等本土知名中介品牌。自2018年底贝壳网、21世纪不动产、中墅地产等连锁加盟品牌进驻芜湖以来，芜湖市个体及小型中介公司大批量地加入，至目前加入这些品牌的芜湖中介门店有500多家，芜湖市中介行业出现了大规模的整合，加盟连锁品牌占据了芜湖市房产中介行业的大半江山，开始逐渐出现垄断的局面，中介行业平台化、品牌化、信息化、从业人员年轻化等正不断改变着行业面貌。随着市场化进程不断地推进，消费者的品牌意识在逐步地增强。服务品牌是促进房地产中介企业与客户沟通的有效手段，是在市场竞争中主动出击获取制胜权的有效武器。

提高人员素质，提供专业规范的服务至关重要。据童升介绍，芜湖市房产中介行业协会在2018年组织四轮中介从业人员培训，先后培训芜湖市房产中介行业从业经纪人800多名，考试合格者领取了从业证书。具体培训内容包括房地产政策、房地产投资、房地产建筑、房地产价格、房地产手续办理等相关的专业知识。随着芜湖市推进网签经纪人及经纪人协理备案制度，芜湖市房产中介行业协会也不断地为经纪人提供专业培训，到2020年年底，芜湖市获得房产经纪人证书及房产经纪人协理证书人员已经突破了2000人，通过经纪人及协理培训和考试，大幅度提升了经纪人的专业技术技能。在实践中让中介服务企业为客户提供专业化的服务，使客户满意度不断地提升。

童升会长说，创新与联合、连锁化及特许加盟是提升增值服务的关键。

客户在房地产交易中的需要包括政策咨询、价格评估、合同签订、抵押贷款、装饰装修等多方面的服务，谁能够在服务内容方面不断地创新，为客户提供全面的服务；同时谁不断地创新服务方式，贴近客户，降低消费者的交易成本，谁就能够赢得客户，提高知名度。随着芜湖市本地企业如格家房产、友家地产等的不断发展壮大，这些企业通过不断扩大规模、逐渐具备了竞争优势。

随着以德祐、21世纪不动产、住商不动产、吉家、俊家为代表的贝壳系特许加盟连锁中介机构进驻芜湖，芜湖市房产中介行业的面貌发生了改变。加入知名的房地产中介特许经营体系，可以直接享受知名品牌带来的客户，利用成熟的有竞争力的运营操作系统为客户提供便捷、高效的服务，同时特许体系通过持续的支持，不断提高中介店的管理水平以及经纪人的服务水平，帮助中介店降低投资成本，规避市场风险，确定自身的竞争优势。目前贝壳系为代表的德佑地产、21世纪不动产、住商不动产在芜湖发展门店已经超过了400家。同时中墅地产、易居房友等加盟品牌在芜湖也取得了一定的发展，在芜湖加盟店也超过了150家。可以说，芜湖市房产中介行业已经进入直营连锁和特许加盟并存的时代。

童升会长强调，利用最新科技实施信息网络化管理是个非常重要的手段。

房地产中介行业作为一种信息密集型的产业，信息的准确性、时效性及信息通畅是中介机构从事经营活动的基础。芜湖市房产中介行业的作业方式也从原来的一个小本子、一家门店招客变成了现在的以贝壳网、吉家网、梵讯系统、房友系统等为代表的互联网作业方式，使得房产中介企业在涉及的大量数据处理方面的工作变得容易，也使得房地产中介信息的查询、配对变得迅捷方便。同时，芜湖市中介行业部分门店系统也加入了VI实景看房服务，买方不仅可以通过网络寻找中意的楼盘，而且可以在网上看到物业实景、图片等资料，甚至还可以进行物业比较。通过采用房地产中介专用软件快速房源查询等能够提高管理效率，为客户提供快速多途径的服务，甚至是跨区域的服务，提供真房源，提升客户满意度，从而提高市场成交率，提升客户的服务满意度。

芜湖市房产中介行业协会的务实行动促进了行业发展，在芜湖市房产中介行业的发展过程中起到了巨大的推动作用。具体体现在：一是中介协会推动理事组确立了理事值班制，为中介机构的房屋买卖过程提供调解纠纷服务，先后解决纠纷700多起，为中介机构的发展提供后勤保障服务；二是中介协会推动行业统一收费标准的实施，使得芜湖市在房产中介行业的经营过程中收费统一化、透明化。三是芜湖市房产中介行业协会在2016年成立抗洪突击队参与抗洪救灾、组织连续三年的红庙爱心扶贫捐款、创立房产超市为政府解决去库存问题、对房产中介行业从业人员培训持证上岗、实名网签推动芜湖市房产经纪人信用积分制管理、多次组织大批量的中介机构去其他城市学习调研，这些做法提升了芜湖市中介行业的社会形象和专业水平。四是2019年6月22日由芜湖市房产中介行业协会承办的全省中介行业交流会议在芜湖市铁山宾馆召开，来自全省的十几个市由行业会长带队参加了行业交流会，全省多家媒体进行了跟踪报道，对芜湖市中介行业的规范发展起到了极大的宣传作用，与安徽省其他城市的交流过程中，也对其他城市的中介行业发展起到了积极的推动作用，扩大了芜湖市中介行业的社会影响力。五是芜湖市房产中介行业协会积极推动成立芜湖市房产中介行业工会联合会，从此，芜湖市8000多名房产经纪人有了自己的娘家。经纪人与房产中介企业的联动，对行业的规范管理起到巨大的促进作用。六是芜湖市房产中介行业协会于2020年9月积极参与成立芜湖市房地产·物业纠纷人民调解中心。自成立以来调解房地产纠纷100多起，接待了多地区多部门领导前来参观指导学习。

随着芜湖市房产中介行业的不断发展，芜湖市中介行业进入了快速、健康的发展轨道，同时也使得芜湖市一、二手房成交量不断得到提升，房产交易市场日趋活跃。芜湖市二手房由2010年的年成交1800套左右，到2020年年成交近30000套，10年时间增加了15倍。这其中有市场的作用，同时房产中介对芜湖市房产市场的活跃也起到了巨大的推动作用。

芜湖市房产中介行业在发展的过程中在芜湖市房产中介行业协会的推动下，行业不断得到规范，从业人员素质不断提升，作业方式越来越先进、实现信息化科学管理，行业认可度不断提升，自身体制机制不断完善，自身的竞争优势逐步提高，使得芜湖市房产中介行业群体面貌得到极大的改善。

2021.3

皖新投资：以城市运营商的定位深耕芜湖

百亿上市国企，皖新投资深耕芜湖9年。2009年，芜湖土地市场第一拍，皖新投资以6.5亿元成功拿下备受瞩目的滨江黄金地块，为芜湖市民打造了一个极具Art Deco（艺术装饰风格）风情的大型滨江国际居住区——华仑港湾，同时配套高端商业银泰城、全球知名洲际华邑酒店，为众多芜湖人带来了一场优质的生活体验，从此滨江板块又多了一颗“耀眼明星”。随后又布局三山首个中式洋房社区——华仑熙华府，目前正在开发运作的“皖新·春江明月”项目，属于城南元亩塘板块新兴铸管厂这一黄金宝地，以其独特的靓丽风采受到江城人民青睐。

为进一步了解皖新投资在芜湖项目运作及发展情况，笔者12月初专程来到“皖新·春江明月”项目部，专题采访了皖新投资集团芜湖皖新万汇置业有限责任公司常务副总经理高畅游。

笔者：国企皖新作为安徽本土极具成长力的地产开发企业之一，已经在芜湖深耕9年时间。请问在激烈的市场竞争中，皖新是如何定位芜湖市场，把握发展机遇的？

高畅游：芜湖自古以来具有极佳的区位优势，是商家必争之地，孙中山先生就曾称芜湖为“长江巨埠、皖之中坚”。近年来，芜湖先后获批国家自主创新示范区和国家创新型城市，成为中国发展较快的城市之一、“改革开放40年发展最成功城市”之一。

芜湖城市虽小，但大有作为。有规模庞大、实力雄厚的支柱产业，有全省领先的教育产业，有不断壮大的科技创新产业，有飞速发展的房地产业。从一个交通内向的小城市，发展到有高铁、有轨道交通、未来还有城际轻轨的对外发展的大都市。

建筑美好城市、与城市共生长，是我们皖新集团进驻芜湖的历史使命。扎根芜湖的9年时间，我们有幸见证了芜湖发展的黄金时期，其能量不断爆发，发展速度非常惊人。

在新一轮的城市发展规划中，为实现“大芜湖”的城市发展战略，市政府提出了“东进南扩”的空间发展计划。作为一个专业的房地产开发公司，我们必须紧跟政府脚步，把握时机，看准趋势，提前布局。

所以，皖新自2009年进入芜湖市场开始，就把眼光放长远，非常明智地选择了城南滨江板块，在这里开发了第一个滨江综合体项目——华仑港湾；三山龙湖新城片区规划后，我们看准时间提前布局了三山首个中式洋房社区华仑熙华府；目前我们正在开发的“皖新·春江明月”项目，属于城南元亩塘板块新兴铸管厂这一黄金宝地，皖新本着对芜湖城市文化以及老芜钢60年辉煌历史的敬重，联手央企——新兴铸管股份公司合作开发，这个片区将打造集高端住宅、文艺长廊、城市公园、综合商业、学校教育于一体的城南乃至芜湖首个高端文化精英社区，提升整个元亩塘板块的人居品质。“皖新·春江明月”项目，作为这3800亩片区的排头兵，将打造建筑面积约70万平方米的高端住宅社区，以高品质人居带动板块形象提升，改善居民生活环境。

笔者：高总，作为安徽文化地产的引领者，请您介绍一下皖新集团的概况及在芜湖的项目运作情况。

高畅游：非常感谢认可。皖新集团是国企新华发行集团旗下的子公司，从成立之始，就赋予了以“文化建筑美好生活”的使命。9年来，皖新集团致力打造成为融文化、地产开发、生活服务、金融平台于一体的文化产业平台运营服务商。

除了文化地产开发，皖新更将以拥有多元化产业布局为己任，形成文化地产、文化旅游、政企合作、海外拓展“四位一体”的核心业务板块，涵盖文化地产、旅游景观、物业管理、酒店运营、文化教育、生态农业和文化旅游等多个领域，并与21家下属公司同步发展，形成一片蓬勃向上的局势。

在文化地产板块，我们用了9年的时间，基本是以合肥、芜湖、阜阳、亳州为中心，覆盖全省，开发了30多个高端项目。当然，皖新在芜湖发展的这9年，也见证了芜湖房地产的飞速发展。先后打造了滨江豪宅——“华仑港湾”，滨江高档商业综合体——“银泰城”，滨江五星级酒店——“洲际华邑酒店”，以及三山高品质社区——“华仑·熙华府”。

目前我们参与开发的城南新兴铸管厂地块，片区整体规划成集文化、居住、商业、教育、旅游、生态于一体的生活大城。我们积极投身其中，一期地块打造的是建筑面积42万平方米的高端住宅区——皖新·春江明月，我们采用了新亚洲建筑风格，搭配新中式园林美学，打造公园社区、文化社区、智慧社区的概念，从建材甄选到园林铺装，从建筑工艺到户型细节，力求做到尽善尽美，不仅能提升业主的生活品质，更将改善整个板块的区域形象和生活理念。

笔者：高总，皖新开发了这么多项目，而且都非常成功。在芜湖投资发展中，是怎样塑造企业形象，树立品牌意识，以信誉谋发展的？

高畅游：主要是依托一种情怀。苏轼有句名言“腹有诗书气自华”，书籍，代表着高尚与品位。而我们皖新集团的母公司——安徽新华发行集团，旗下全省新华书店，就是一座巨大的知识宝库。

我们始终践行——“文化建筑美好生活”，作为文化国企，皖新集团以书为桥梁，组织参与公益事业，积极承担社会责任，尽到一个国企应尽到的责任。皖新集团将会一直用文化的力量，在塑造企业形象的同时，为城市传递温暖，提升城市精神涵养，以文化之名，传递生活之美。

在文化立企的理念之外，我们还有战略眼光和产品意识。不论市场兴旺与否，皖新集团坚持品质为先，以品质说话，始终信奉“品质决定成败”的原则，何时何地都要以过硬的品质来赢得市场。所以，皖新集团坚持品质把控，目前我们开发的“皖新·春江明月”打造的标准化工地，就受到了市级主管部门以及同行业间的充分肯定，这对我们来说既是鼓励也是鞭策，我们将更加严格把关建筑质量，保障品质，不负客户期待和信任。

笔者：芜湖自古以来具有极佳的区位优势，一直是大大小小的房企必争之地。高总，请谈谈您对芜湖投资环境的认识。

高畅游：皖新进驻芜湖，是机缘，也是必然。2009年，芜湖正大力发展滨江板块。滨江板块受到芜湖市政府的重点支持，是当时861重点工程的核心区域。作为重点招商引资项目，华仑港湾大型综合体的打造，让皖新集团正式与芜湖结下了不解之缘。

这9年来，我们目睹了芜湖市政府的决心和作为，经济环境、交通环境、房地产市场环境得到了巨大的改观。政府对房地产行业监管有力，制定了有效的政策和规范，让房地产市场实现健康有序、稳中有快的发展。我们企业在这样的投资环境下谋求发展，还是信心十足的。

在芜湖的城市发展规划中，芜湖市坚持“东进南扩”的发展战略。目前城南板块，正在打造“两纵四横一环”快速路网系统。规划中的过江隧道、建设中的轨道交通、已通车的弋江路高架，均以城南为起点，随着基础设施、生活配套设施和环境的改善，未来将进一步提升综合交通枢纽地位。

尽管芜湖已经是一个相对成熟的城市，老城区、滨江区、政务区基本趋于饱和，但仍有巨大的发展空间。目前芜湖正在重点开发的元亩塘板块，就具有非常深远的投资价值。元亩塘板块处于城南“两纵四横一环”交通枢纽的中轴位置，在最新的芜湖政府规划里，元亩塘板块将成为继政务、滨江之后，芜湖城市人居发展变化的新热土。

“皖新·春江明月”作为元亩塘板块开发的“排头兵”，依托3800余亩的大城规划，将居住与公园、文化、商业、教育融于一体，居住价值、投资价值都是非常惊人的。

笔者：高总，请您展望一下皖新集团的未来发展前景，以及下一步是何打算的？

高畅游：皖新集团作为省属国有企业，对未来的发展有着清晰的定位和部署。今年是我们“十三五”计划的第三年，我们按照规划正在稳步推进，积极发展。

皖新对芜湖这座城市充满信心，为不负江城人民期望，我们对自身有着更高的要求。经过前几年发展，皖新在芜湖已经深深扎下了根。

芜湖是皖新的福地，皖新也必定造福于芜湖。特别是今年皖新与军工央企——新兴铸管股份公司联合拿下老芜钢厂优质地块，有了更大的舞台，让皖新在芜湖这座美丽的城市，得以更加长久的发展。

皖新集团将依托芜湖市最新的城市规划，不断加快开发，以城市运营商的定位在芜湖深耕发展，未来会有更好的作品奉献给江城人民。

2018.12

爱上山水宜居城　打造地矿星隆梦

楼市火爆，房价飞涨，如今新一轮降准政策下达，无疑是中国楼市政策的持续宽松，让许多意向客户坚定了自己的想法，加人买房大军，作为镜湖名盘的“星隆国际城”与“赭山春秋”，他们在这一轮大潮中有什么动作？笔者采访了安徽省地矿置业有限责任公司副总经理、安徽芜湖地矿置业有限公司总经理王传兵。

王传兵说，芜湖是座美丽的城市，位于安徽南部，是皖南经济、文化、交通、政治中心，是长江沿岸重要城市，水域总面积占城市面积的14%以上。都说芜湖是半山半水，常言道，凡人“逐水而居，依水而生”，我喜欢这山水、喜欢芜湖这个适宜人居的生态之城。

很多人跟我一样，喜欢这座城市并留下来成为这个城市的一员。近年来，芜湖户籍人口一直在持续增加。常住人口增加，能反映出芜湖就业情况。固定资产投资保持10%的增长，这对房地产开发来说无疑是个好消息。2015年虽然芜湖土地市场有些波折，但2016年房产热度不减，随着市场销售的回暖、楼市利好政策的出台、芜湖市政府鼓励买房措施的实施，又再次点燃了芜湖购房者们买房置业的热情。

感谢芜湖市政府各级主管部门帮助与支持，芜湖地矿置业公司项目也身受其利。“环赭山，拥镜湖”“依山傍水”“芜湖地王”“老城中心”“双学区”“城市观景房”“消费者最喜爱楼盘”“最具价值商业楼盘”，这一串串闪亮的光环都是安徽地矿公司在芜湖力作，商业“星隆国际城”与“赭山春秋”高档住宅项目获得的殊荣，同样也一直身受投资客和居家置业者的青睐，成为“刚需”首选。这一系列骄人成绩，来自所有地矿人对工作的尽心尽职与对品质的追求。

王传兵介绍，自2010年项目破土动工以来，芜湖地矿置业公司兢兢业业，在设计上精挑细选，在工程上精益求精，力求将最好的建筑产品呈献给广大消费者。我们已竣工的芜湖“星隆国际城”城市综合体项目体型挺拔，气势磅礴，在夜光灯的映衬下，犹如一艘航母横弋在镜湖之上，“笑迎八方来客，喜纳四海宾朋”。芜湖“星隆国际城”自开业以来，无论是在星隆早市来一份美味的营养早餐，还是小吃街大快朵颐，或是扎堆星隆夜市喝啤酒品龙虾，挑灯夜看欧洲杯，芜湖“星隆国际城”已成为芜湖市民常去的日常商旅休闲之处。

不念过往，不落俗套，芜湖地矿置业在立项之初，就走出一条不平凡的路。

2009年底，公司以13.09亿元的价格竞得环赭山一、二号地块，面积约203亩，以“黑马”的身份成为芜湖市中心地王。

2010年底，芜湖“星隆国际城”破土动工，一期建筑面积29.4万平方米，总投资达40亿元。

2015年，芜湖“星隆国际城”整体项目竣工落成。

2015年底，芜湖“星隆国际城”盛大开业，开门纳客。

2014年，“赭山春秋”住宅项目破土动工，总建筑面积30万平方米，1600余户。

2015年5月，首次开盘销售达90%以上。

一串串看似简单的数字纪年，背后是历任芜湖地矿置业公司领导与整个公司团队的无私奉献和辛勤付出。不为别的，就因为我们是货真价实的“土地工作者”，一辈子与大地结缘，对足下的这方热土有着无比的热情与梦想。以前我们作为“地矿人”找矿寻宝，勘探测量，奔走在山川绿水之间，为祖国的国防、经济、建设等现代化事业做贡献，现在随着政策的调整与社会发展的需要，我们作为“地矿人”开始参与城市建设，建设美好家园。

现在，已经很少有人质疑我们“地产门外汉”的身份，我们用一份份精彩的答卷回答了来自社会各界的提问。从今天回望以前，艰辛的路我们一步步走来，建筑最复杂的商业功能已圆满落成，接下来的商住区域我们信心满满，我们是地矿置业的“地矿人”，乐于做事，但不善言谈，导致很多人不了解我们。其实我们也算是一家品牌的地产开发公司——安徽省地矿置业有限责任公司，由安徽省地质矿产勘查局创办于1993年，2010年10月更名为安徽省地矿置业有限责任公司。公司成立至今，由小到大，实现了由单一产业向多元化经营的跨越式转变，成为集商业住宅开发、城市商业综合体开发、旅游地产开发、房地产营销、商业运营管理为一体的跨区域房地产开发公司。

安徽地矿置业公司下辖芜湖、铜陵、宣城地矿置业公司等8个项目公司和安徽省星隆商业经营管理有限责任公司、安徽省地矿置业营销有限责任公司2个直属子公司，以及合肥望江东路联合项目部2个直属项目部。近几年取得建设用地1000多亩，在建工程近200万平方米，销售面积达70多万平方米，资产总额超过60亿元。

低调做人、高调做事是我们一直坚持的准则，做出好产品，回馈一直以来支持我们的消费者，让顾客满意是芜湖地矿置业的终极目标。在我们看来，芜湖市特别是镜湖区，房地产发展潜力依然巨大，前不久芜湖市镜湖区“泄露”了一份棚户区改造拆迁计划，一时引起业内的极大关注。芜湖货币化的棚户区改造政策涉及资金60亿元左右，将极大地促进芜湖楼市库存的去化。最“巧”的是，这个芜湖棚改房产超市目前就在我们芜湖星隆国际城内，这可是政府送来的超级大礼包。

“爱上山水宜居城，打造地矿星隆梦。”王传兵总经理如是说。

2016.6

传承芜湖古城文蕴精髓
献礼江城创造美好生活

十九大以来，我国社会的主要矛盾已经转化为人民日益增长的美好生活需要和不平衡不充分的发展之间的矛盾。一时间，“美好生活”成为热词。在竞争激烈的市场中，无论是等待时机寻求崛起的企业，还是迎风而上寻求突破的公司，在此时，更应抓住时代赋予的机遇。

安徽置地投资有限公司自1997年成立以来，一直贯彻“携手美好生活”的品牌理念。随着商务办公、品质住宅、文化旅游三大产品线的不断丰富，安徽置地也找到了自己关于“美好生活”的道路，即更注重人文关怀、更注重精神共鸣。

有人说，房地产的下半场就是美好生活。当安徽置地邂逅千年古邑，又将碰撞出怎样的“美好”？让我们共同聆听芜湖古城文化旅游管理有限公司总经理刘志全先生关于芜湖古城历史与文化、传承与新生的理解。

笔者：刘总，在市场竞争中你们是如何定位芜湖市场，把握发展机遇的？

刘志全：在社会飞速发展的当下，越来越多的事物被“标签化”。安徽置地在21年的地产开发中，始终相信，要融入一座城市，为城市带来好的作品，首先要做的便是了解一座城市。于是，我们对芜湖近年的发展进行了深入了解。芜湖作为长江经济带最具活力的产业创新中心，经济活力与内生增长力无可比拟，具有强大的城市吸引力；同时，芜湖也是华东地区仅次于上海和南京等城市的重要综合交通枢纽，以芜湖为中心的4小时陆路交通半径内，覆盖中国中东部最发达的地区，拥有全国50%GDP和40%的消费市场。地处“皖南国际文化旅游示范区”“皖江城市带旅游龙头城市”“南京1小时都市圈”等旅游圈，是当之无愧的皖江旅游集散地。在此基础上，我们给芜湖贴上三大标签——“皖江城市带产业创新中心”“交通枢纽”“旅游龙头”，不难发现，芜湖是一个有活力、有潜力的城市。

在这滚滚向前的时代洪流之上，芜湖之所以能取得今日的辉煌成就，相信除了时代赋予的机遇、自身的奋发前进，更离不开这座城市牢固的根基。于是，我们寻古溯源，找到了这座城市最初的模样——芜湖古城。这一座发源于2000余年前的古城，如今虽没有了往日的恢宏气势，但仍屹立于城市中央，城内仍保留着官署、城隍庙、文庙、能仁寺、小天朝、模范监狱等在内的70余处古建筑，展现曾经的完整建制。这里不仅街巷通达、商贸繁荣，更有无数文人雅士聚集、文化底蕴一脉相承，同时，每一处建筑都凝结着能工巧匠的智慧。这座汇政商文于一体的城央古城，是芜湖千年历史变迁的缩影，为其未来的发展打下了深厚的基础。

安徽置地投资有限公司于1997年成立，主营房地产开发，现拥有国家房地产开发一级资质。传承徽商精神，将“诚信”作为企业的至上价值观，获得了良好的市场信誉。20多年来，已经从一个单纯的地产开发商成长为拥有城市开发运营实力的品牌发展集团，具备了品牌、管理、资金、人才等一系列竞争优势，守正出奇的安徽置地正迎来新一轮的腾飞。

一个是有文化、有历史、有创新的城市，一个是品质房产的坚守者、实践者，我们相信，在这样一个机遇下，安徽置地与芜湖古城的结合是顺应城市发展的需求和趋势。在源于对历史的保护、对文化的敬畏的一致初衷，安徽置地—黄山文旅未来将以文化为魂、产业为躯，将芜湖古城打造成文商旅于一体的城市会客厅。

笔者：请刘总介绍一下安徽置地投资有限公司概况及在芜湖项目运作情况。

刘志全：安徽置地投资有限公司拥有二十余载的开发经验，近年在文旅地产领域重点布局，不断开拓创新，黄山文化旅游股份公司应运而生，并以13年的商业街区及特色城市Shopping Mall的运营经验，打造特色商业街区、特色小镇（古城）和星光荟三大系列产品，致力于文旅资产的经营管理，提供高品质、专业化、全方位的资产增值服务。芜湖古城文化旅游管理有限公司成立于2015年，是黄山文化旅游股份公司设立的全资子公司，注册资本人民币5000万元，公司业务范围覆盖文化旅游项目投资、建设、管理，房地产开发经营，物业管理等。

公司于2016年8月18日耗资3.605亿元取得芜湖市镜湖区古城一期优质地块，又于2018年9月19日取得芜湖市镜湖区古城二期优质地块。依托国家级4A景区——黎阳in巷的成功开发运营经验，公司尊重芜湖古城的深厚历史文化底蕴，在修缮、维护并管理70余处历史建筑的同时，以前瞻性的目光与理念，打造中西合璧、古今共融的“城市会客厅”。

芜湖古城地处芜湖市中心，临近青弋江与长江交汇处，北至环城北路，南至沿河路，东至环城东路，西至九华中路。古城巷道依然保持着明清时期的格局建筑，包括模范监狱、衙署、城隍庙、小天朝、能仁寺、文庙六处文物保护建筑在内的70余处具有历史价值的保留建筑以及花街、肖家巷、儒林街等多条历史文化街区，具有极高的旅游及商业价值。

在建筑上，我们遵循“修旧如旧”的原则，无论是新建建筑还是保留建筑都尽量还原古城的原汁原味；在运营上，我们通过加大商业部分的自持来确保古城后期的顺利运营，力争重现古城过往的繁华。在整体规划上，我们主要将古城分为四大板块，具体为时尚生活体验区、传统文化体验区、滨江休闲体验区和人文居住体验区，因此后期在这里不仅可以享受商业消费，亦更是芜湖旅游的新名片，同时囊括芜湖本地消费群体和外来旅游人群，打造成芜湖独具特色的都市人文会客厅。

笔者：在芜湖投资发展中，你们是怎样塑造企业形象、树立品牌意识、以信誉谋发展的？

刘志全：1997年是安徽置地的发展元年，这一年，本着承启一座城市的历史与未来的使命，安徽置地开始着手打造合肥城市封面——被誉为“安徽第一高楼”的安徽邮电大厦。并在四年后，以此荣获中国建筑最高奖“鲁班奖”，这也是安徽第一个获得“鲁班奖”的超高层建筑。

随后，安徽置地一路稳扎稳打，脚踏实地，积极推行“根植合肥，建树安徽，东进苏浙沪”的区域发展战略，已完成以安徽合肥、黄山、铜陵、安庆、阜阳、芜湖、六安、浙江杭州和海宁等多个城市为重点的战略布局，并打造出品质住宅、商务办公、文化旅游三条成熟的产品线。

20多年来，安徽置地肩负“携手美好生活”的使命，传承徽商精神，将“诚信”作为企业的至上价值观，“宁奉法而折阅，不饰智以求赢”，形成以“诚信、创新、专业、服务”的价值观和一以贯之的儒商品格，获得良好的市场信誉。

荣誉之上，安徽置地步履不停、追求不止。在芜湖投资发展中，我们的每一项工作的开展都是深思熟虑、反复推敲的结果。目前重点工作仍是围绕芜湖古城，通过保留、修缮有历史价值的构件及建筑实体，重塑古城的空间形态及规划肌理，保留人们对古城的历史记忆，还原古城脉络。

同时，我们也邀请了芜湖主流媒体及其他对古城项目比较关心和期待的朋友去我们的代表作品——黄山·黎阳in巷参观，一场“眼见为实”的参观活动，让芜湖市民对我们公司的运营实力与前瞻目光有了进一步的认知。未来，公司将以古城为立脚点，秉持安徽置地的“携手美好生活”的品牌初心，通过安徽置地的品牌实力与黄山文旅的运营口碑为芜湖古城的发展提供强有力的保障。

笔者：请刘总谈谈对芜湖投资环境的认识。

刘志全：近几年，芜湖房地产市场一直保持健康平稳的发展，各项指标数据都显示着芜湖房地产市场处于不断前进状态，这些数据增长的背后，都显示着芜湖这个市场存在着较大的市场需求空间。除此之外，芜湖近年来的经济发展亦是有目共睹。经初步核算，2018年前三季度全市实现地区生产总值2390.04亿元，按可比价格计算，比去年同期增长8.7%，“半城山半城水”的城市宜居属性吸引了一大批醉心生态人居者的目光。

另外，中国城镇化进程一直是影响房地产行业发展的风向标。当前中国城镇化率约58%，要基本实现城镇化率70%，未来仍会有较大量的购房需求群体。此外，家庭小型化和老龄化，必然增加住房套数；加之拆旧建新，芜湖的房地产市场仍具有较大发展前景。因此，无论是城镇化发展还是芜湖城市自身的吸引力，芜湖仍具有较大的市场空间。

安徽置地也是看到了芜湖这座城市的发展潜力与空间，并看中了芜湖古城这一文化瑰宝，才落地芜湖。同时，我们也深知，要在芜湖房产这个大市场里做到脱颖而出，产品规划需独具匠心。我们不仅要区别于普通地产，更要坚守置地以“诚信、创新、专业、服务”的价值观和一以贯之的儒商品格，致力于将更美好的人居品质与生活方式呈献给更多城市。21年品质坚守，安徽置地拒绝复制粘贴，深入挖掘城市人文与地脉价值，与产品特性高度融合，树立城市品质标杆与价值标杆。

笔者：请刘总展望一下公司未来发展前景及下一步打算。

刘志全：时间增强实力，更积累思想。在二十多年的发展历程中，安徽置地步履稳健、开拓进取，胸怀“携手美好生活”的企业愿景，所到之处必会留下品质的足迹。在商务办公领域，洞见城市发展大势及现代商务办公需求，提出“安徽置地 专业制造”的理念，开启了商务写字楼新纪元。在住宅领域，致力于“提升住的品质”，打造了栢景系、栢悦系、双玺系三条品质住宅线，赢得市场口碑。在文化旅游领域，随着2013年黎阳in巷的成功开发，未来，在合肥、芜湖、巢湖……安徽置地还将开发更多的小镇系列产品，为客户打造真正的“生活方式中心”。安徽置地相信，只要以真正的强大气魄和实力做好产品，就能冲出自己的格局，在行业内开拓一片天地。

2016年安徽置地进入芜湖市场，正确把握这座城市的发展脉搏，匠心修为，全新出发，潜心解读这座城市的文脉、商脉、城脉，致力于打造一个属于芜湖更属于中国的城央古城。文化地产的开发是一种需要勇气的探索。芜湖古城项目未来不单纯是要做成一个景点，更是要做成一个产业链。于是，在芜湖古城开发上，我们结合地块资源现有状况，形成“时尚生活体验区、传统文化体验区、滨江休闲体验区、人文居住体验区”；通过对衙署、城隍庙、文庙、能仁寺、小天朝、模范监狱等景点复建，承袭那植根于心底的安全、信仰；以“四区六景”的整体格局，真正打造成集文化、旅游、居住、商业、休闲为一体的多功能区域。在空间打造上，通过北部商业街、南部滨江休闲平台打通南北动线，以形象店推动各区街市互动，充分利用区域的人文、历史、文化、自然资源，同时延展这些功能的边缘产业，形成一条由旅游横向、纵向多元化创新发展衍生出创意产业链。

未来，我们将以“芜湖古城”项目为新的起点，在尊重城市、尊重文化之下，抱着深耕城市的决心，通过对城市历史的深度挖掘、城市文化的深入解读以及当下生活模式、交流模式、商务模式、休闲模式的深刻洞察，坚持“以文带旅，以旅兴商，以商成文”的商业运营理念，着力于生活方式变革与生活水平的提升。抱着对文化的敬畏之心、对专业负有高度责任的态度，不断丰富公司商务办公、品质住宅、特色商业三大产品线，提升城市运营商的综合能力，筑造经得起时间检验的经典与品质。

2019.1

祥生地产：革新芜湖的人居品质

回溯新时代的发展进程，“幸福生活”一度成为追捧热词。在竞争激烈的市场中，无论是等待时机寻求崛起的企业，还是迎风而上寻求突破的公司，在此时，首当要抓住时代赋予的机遇。

祥生地产深耕30余载，坚持秉承“幸福生活运营商”的定位，积极投身于社会发展的时代洪流，不断超越自我，以幸福的名义，塑造城市住宅精品。

新年伊始，万象更新。为进一步了解祥生地产及在芜湖投资运作开发建设的情况，笔者于2019年2月上旬专门采访了祥生地产苏皖区域芜湖城市公司总经理张涛，聆听张涛先生对芜湖人居的解读。

布局芜湖，把握城市投资机遇

有着丰富房地产开发建设实践经验的张涛先生，谈起来芜投资及在芜项目运作情况，显得信心十足，娓娓道来。

张涛说，祥生地产近几年发展迅猛，核心点之一就是选择进入综合潜力大的城市，顺应城市的节奏而大力发展。祥生地产重仓于安徽，在江苏和安徽成立了第一个区域公司，而芜湖是公认的安徽省“第二大”次中心城市，因此芜湖顺理成章地成为祥生地产入驻的一个重要战略城市。

同时，芜湖是长三角大城市、华东地区重要的科研教育基地、全国的综合交通枢纽，曾入选中国大陆最佳地级城市30强、中国大陆最佳商业城市100强、中国创新力最强的30个城市之一，GDP总值在安徽省仅次于合肥市，经济发展势头强劲。这样一个充满潜力与活力的城市！有理由相信，在芜湖投资谋求发展，会有美好的前景。

精专运作　引领芜湖人居新格局

谈及在芜湖项目“祥生府”运作情况，张涛告诉笔者，全国房企32强祥生地产，30余年砥砺，足迹遍布全国20余省50余城。作为幸福运营商，祥生地产具有丰富的城市项目开发经验，2018年8月14日，祥生地产集团有限公司以5.6亿元竞得1813地块，匠著城市新古典美宅——祥生府。

祥生府位于芜湖北京中路与中江大道交叉口，是城区板块内低密大盘之一，户型主要为建筑面积约108—118平方米星空高层和124—143平方米亲水洋房。这一次，祥生为芜湖而来，以幸福生活运营商的阅历，沿袭府系高端精品精雕细琢的工匠精神，创建江城人居的盛世光辉！

从杭州、苏州、济南到上海……祥生所到之处，凭借良好的客户体验、优质的生活服务……成就一座座城市级别的封面作品。祥生此次落地芜湖，旨在再次提升城市人居品质，以匠心为魂，臻心诉情怀，筑就传奇，致力打造品质标杆，匹配这座城市的人居梦想！

不忘初心，砥砺前行。相信不久将来，必会展现给芜湖人民幸福精筑之作：一款生长在纯粹之中的低密社区，与景观无界交融，给生活更多阳光清风，遇见“臻”洋房，瞰见“臻”高层。

精心设计，质量第一，品牌至上，以信为本，方可谋求发展赢得市场。张涛深谙此理。祥生地产坚持“六心”精筑，告别虚假，幸福舒居。一是精心·精粹低密规划，更懂自在人生。二是匠心·大师恢弘工法，精研礼序标准。三是赏心·三度极致精研，敬意幸福生活。四是贴心·九大智能守护，创新引领未来。五是悦心·法式景观园林，全龄幸福萦绕。六是舒心·幸福居境空间，理想生活归依。

祥生地产幸会芜湖，雍踞北京中路与中江大道交汇处，打造府系规制建筑之作——祥生府，拥享中央公园和万达广场等自然、文化、生活配套，北向政务风景，南向商业繁华，东西向城市发展脉络，列席繁华前沿序列。“祥生府”撷取新古典主义建筑风华，通过外立面风格、建筑材料选择等方面的细心推敲，富有节奏感的三段式立面，庄严的对称式造型，使建筑处处洋溢着低调奢华的贵族特质。园林采用具有法式风格的五维体验规制，宜老乐园、亲子乐园等五大公园坐落其中。项目依托采用全方位定制化服务的祥生物业，为业主定制祥生独有的全龄生活服务——趣生活体系，开创芜湖幸福、安全、智居的府院生活新纪元。

坚定理念　以品质谋求发展

谈及发展前景，张涛信心满满。张涛说，在“立足杭州，生辉上海，深耕苏浙皖，辐射全国”的战略布局指导下，祥生历经30余年的大力发展，已实现全国20余省市50余城布局，开发项目150余个。致力于成为健康可持续的品质标杆房企，已创立大城春晓、悦说新语、府樾同辉等住宅产品线。

张涛表示，祥生坚持“幸福生活运营商”的运营理念，矢志与所有利益相关者携手营造祥和美满的幸福生活。矢志做一家有担当、有温度的良心企业，以幸福生活的核心价值为基本，不懈探索并主动承担社会责任，铸就企业城市运营商的良好形象。祥生地产会扎根芜湖，携手各界共同推进芜湖建设，为芜湖人民贡献出更多美好品质的人居产品。

2019.2

保利发展：与美好生活同行

2019年的12月，芜湖保利信达·熙悦府一期772户顺利交付。作为安徽保利首个外地城市的交付项目，芜湖保利信达·熙悦府以到访交付率100%、整体交付率90%，为近三年的默默深耕与匠心坚守，交上了一份优异的答卷，不负初心，亦不负众望。

可能是一份远大的志向，也可能是一个简单的愿望。保利发展的初心，朴素动人，从“和谐生活，自然舒适”的品牌宗旨到“和者筑善”的品牌升位，和者的姿态早已深入人心，和者的品质早已在一座座城市得以实证。

从1992年至今，28载风华，保利发展通过不断创新、不懈努力，在一座座城市落地生根，为筑就中国地产长城添砖加瓦。2017年保利发展来到享有“江东名邑”“吴楚名区”之美誉的山水之城芜湖，以城市封面作品“保利信达·熙悦府”开篇芜湖，以法式优雅著作“保利·香颂”再启江城，双子巨献。

一个有着文化地产之称的国之大匠，一个拥有千载山水的文化名城，它们如何相遇相知，又如何相融相生，近日，我们有幸采访到芜湖保利房地产开发有限公司总经理周锋先生，聆听他眼中保利与芜湖的过往与未来。

笔者：周总，在市场竞争中你们是如何定位芜湖市场，把握发展机遇的?

周锋：2011年保利发展以保利·香槟国际作为起点，开始正式进入安徽市场，9年的时间，足迹分布合肥各个区域，保利始终坚持与城市共发展，始终将合肥市场融入全国战略布局的宏伟蓝图作为公司发展愿景。

就集团战略布局而言，在股份公司和华东区域的指导和安徽公司的大力支持下，在“十三五”规划开局之年，安徽保利制定了外拓三四线城市的重大战略。芜湖地处长三角西南部，是安徽省双核城市、国家区域中心城市，文化多元、开放包容，五湖四海兼收并蓄，拥有着强烈的开放和创新精神，与保利发展的创新发展理念不谋而合。2017年，保利发展以保利信达·熙悦府、保利·香颂双盘进军芜湖，这是一次时代性的相遇，是巧合，也是必然。

在芜湖市城市总体规划（2006—2020年）的指导下，城东新区飞速发展。历经十多年的精雕细刻，城东政务新区配套、交通、生态、人文等日益完善，升级为城市行政商务中心，城市轨道交通1号线及2号线一期、商合杭铁路长江大桥接线等工程开工，种种利好，正随着时间推移不断兑现。这些都预示着芜湖正在衔接世界，折射出不可估量的前景。

芜湖城东政务区土地存量较大，发展空间较大。从政策方面来看，在国家去库存的大背景下，芜湖市土地市场或将向着库存走低、房价稳步上升的方向前进。未来，芜湖市场蕴藏着巨大的市场潜力与机遇。保利发展，也将坚持初心，为江城带来更多、更优质的城市封面级人居作品。

笔者：请周总介绍一下公司目前的基本情况以及在芜湖项目运作情况。

周总：目前公司在芜湖主要有两个在售项目，“保利信达·熙悦府”位于极具发展潜力的城东政务板块，而“保利·香颂”项目紧邻环境优美的汀棠公园板块。近年来，城东政务利好消息不断，品牌房企纷纷进驻，高标准的规划和建设，宜居的生态环境，以及越来越清晰的发展前景，正吸引着越来越多芜湖人的目光。改造后的汀棠公园，生态环境得到进一步提升，区域板块兼得九华主城的繁华和生态公园的静谧，再次成为全市关注的焦点板块。

无论是处于中央公园、扁担河公园和市政公园三园合围之下的“保利信达·熙悦府”，还是九华中路、汀棠湖畔连接主城区的保利·香颂，都占据着优势的原生土地资源，并以低密度、高舒适度的品质改善住区，双盘辉映，回馈江城。

安徽保利8年深耕，3城23盘势领安徽，匠心不改，经典作品纷呈。在未来的芜湖，我们必不负政务新区崛起的时代大势，深耕脚下的每一寸土地，稳扎稳打，进一步完善保利发展长三角经济圈的战略布局。

笔者：在芜湖投资发展中，保利发展是怎样塑造企业形象、树立品牌意识、以信誉谋发展的？

周锋：保利发展进驻芜湖市场以来，始终秉承“务实、创新、规范、卓越”的经营理念，坚持“和者筑善”的品牌理念，高举文化地产的旗帜，与历史文化悠久、经济飞速发展的江城相呼应。

从“中央公园城市公益跑”到“保利艺术博物馆圆明园国宝珍品展”，从“保利业主南京品牌行”到“保利·交广杯五人制足球争霸赛”和“国之重器·筑梦九天，保利航空航天科技展”，从“熙悦府的实景示范区开放”到“保利首次在芜湖顺利交房、价值兑现”。每一场活动或追求高品质、高规格、高参与性，或深具人文关怀、体察入微，让整座城市为之瞩目的同时，也方便更多的芜湖人参与其中，让芜湖更加了解保利，让芜湖人更加亲近保利，让城市共同见证央企的卓越力量。

笔者：请谈一下您对芜湖投资环境的认识。

周总：芜湖位于皖江城市带，受南京都市圈与合肥都市圈双核辐射，芜湖房地产市场有着较强的经济基础支撑，从城市规模及城镇化程度来看，有复制合肥市前五年房地产行业增长的态势。

城东政务新区将被打造成辐射周边2亿人口的商务文化中心、区域性总部经济中心，未来将成为极具发展潜力的活力新区。

就目前而言，鸠江区或将成为整个芜湖的热点板块，纵观近年来其成交的多宗地块，多为低容积率地块，产品设计多为高低搭配，高层产品潜在供应量少，存在一定的市场机会点。依据近几年的土地拍卖市场及目前地块所在的城东板块来看，多数项目采取高低搭配策略，洋房产品增多，板块的改善属性增强。

就我的从业经验来看，城东板块因其自然条件优越，加之地块容积率较低限制，基本集中了各房企高端产品系，未来城东政务新区可能仍以改善型客户为主，即将成为芜湖下一个重要豪宅集中区域。

目前在售的“保利信达·熙悦府”及“保利·香颂”，双盘的销售业绩较好，所剩房源不多，未来，安徽保利将密切关注芜湖的一级土地市场动态，积极参与芜湖的土地出让。

笔者：请周总展望公司未来发展前景以及下一步打算。

周总：城市的发展，为我们不断带来新的机遇和挑战。进驻芜湖以来，我们在开发产品、提供服务的同时，从未停止过思考。对于芜湖这座城市，也有了越来越深入的理解。

“保利信达·熙悦府”和“保利·香颂”，仅仅是安徽保利开拓三四线城市的前站。未来，保利发展有决心、有恒心，也有信心，为芜湖带来更多、更优质的重量级作品，让我们一起共同期待。

2020.2

海创置业：精工塑造时代封面

城市在时代中光影变换，经典的建筑永存。真正的标杆，绝不是流水线上千篇一律的产品。在住宅市场同质化现象较为突出的今天，芜湖海创置业以初心赋匠行，汇聚业界尖端智慧，精工锻造百年典范，重塑时代封面。

为进一步了解芜湖海创置业以及在芜项目运作情况，笔者5月8日专题采访了芜湖海创置业公司董事长兼总经理王伟。

有着多年房地产市场研究和运作经验的芜湖海创置业总经理王伟，谈起房地产市场和项目的运作，从经济学理论和实践的结合上向记者娓娓道来。

笔者：在市场竞争中你们是如何定位芜湖市场，把握发展机遇的？

王伟：海创置业的定位，由过去的工程服务型逐步转向以房地产开发为主。过去，通过建设“海螺酒店”“海螺医院”“海螺中兴花园”以及“永盛花园”等项目，公司积累了深厚的底蕴和品牌影响力。“为人类创造未来生活空间”，既是一句口号，也是海创人身体力行的精神支柱。

简单说，2017年拿下芜湖1704地块，创作出汀海壹品项目，既是对芜湖高端人居价值的一次有益突破，也是对整个公司未来产品线全面布局的起点。作为海螺系的一个地产板块，我们有信心继续为芜湖的发展做出应有的贡献。眼下，各项前期工作正在有条不紊地进行。海创置业的未来，一定会成为这座城市的印记。

笔者：请王总介绍一下公司基本情况及在芜湖项目运作情况。

王伟：海创置业，是与芜湖相伴成长的本土实力名企。在过去，我们主要是以服务集团内部房产业务为主，建设了一批高质量的项目，如“海螺大厦”“海螺国际会议中心”“海螺医院”“海创弋江高新节能装备制造基地”“海螺建材设计院”“海创工业园”“海螺塑品综合楼”“海螺新材料综合楼”“印尼海螺酒店”等区域的地标性建筑。

而如今，我们正以“至高品质、至诚服务”的经营宗旨和“为人类创造未来生活空间”的经营理念，不断开拓房地产市场。2009年，我们开发了位于广电中心旁的“中兴花园”项目，占地约85.6亩，总建筑面积约14.3万平方米，位于芜湖市中心地段，属高品质智能化住宅，目前已竣工交付。2012年，我们又去火龙岗拓荒，开发了“永盛花园”项目，占地约262亩，总建筑面积约39.9万平方米，位于芜湖市城南，是城南首席欧洲风情住区，目前项目正在开发之中。2018年备受瞩目的汀海壹品项目，也正如火如荼地建设中，项目售楼部即将和芜湖市民见面。今年，我们也同步筹备芜湖城南A1地块，尽力提升整个城南板块的居住品质，期待为芜湖市民贡献出新的作品。

未来，海创置业将立足自身，因势利导，快速稳健发展。

笔者：在芜湖投资发展中，你们是怎样塑造企业形象，树立品牌意识，以信誉谋发展的？

王伟：房子是用来住的，而不是用来炒的。当前，房地产市场已经进入下一轮发展周期，企业博弈的是战略布局、是资本、是土地储备，但归根结底是产品力的竞争。随着消费升级，老百姓对居住品质的需求也不断攀升，对于开发企业来说，这既是挑战，也充满机遇。海创的过去，我们造出了芜湖人信得过的品牌产品；海创的未来，是要塑造更好的口碑。

就拿目前我们正在建设的汀海壹品项目来说，我们聘请了万晟智库来做产品规划。再深入对比纽约曼哈顿中央公园与芜湖汀棠公园的精神内核之后，我们用最纯正的大都会风情来完美演绎芜湖城市精神，用一座都会家园犒赏不断前行的芜湖有志者。如果说建筑是生活的背景，那么景观营造就是生活主角。在汀海壹品的景观设计上，我们聘请了素有豪宅专家之称的绿城爱境来为我们精心打造。恢宏的生活仪式感、可参与的情景园林、全龄段的生活主场、多样化的交流空间……借助绿地植被、山石水文、阳光空气来巧妙营造自然万象。

我们正是以“汀海壹品”为代表，不断用心血锻造出无愧于时代的作品，才是对城市、对土地、对居者最深的热爱。

笔者：请王总谈谈对芜湖投资环境的认识。

王伟：现如今芜湖房地产市场，无论是在土地市场还是楼市方面，可以说都是相当火热，逢开盘就遭哄抢，逢拍地就引发很大关注。我认为这是一个必然的结果，也是我们芜湖城市发展的一个侧影。因地制宜，因城施策，注重差别化，引领市场理性平稳健康发展是方方面面谋求的佳境。

一方面，在政府的大力推动下，芜湖的城市基础建设愈发完善。轻轨线、商合杭公铁两用大桥、过江隧道……可以毫不夸张地说，芜湖大城市的框架已经形成，未来芜湖经济发展水平将会有一个更大的突破。正是有了这些方面的基础工作，才会吸引到国内众多一线品牌房企不断关注和进入。而近两天，芜湖新推出的人才补助政策，更是一剂猛药，必将进一步推动芜湖发展。

另一方面，近十年来楼市发展，相比较很多三线城市，芜湖一直处于一个相对健康的状态。经济的基础扎实，加上政府强有力的监管，芜湖楼市只会稳中发展，不会出现太大的波动，而这也是众多房企看好芜湖楼市的根本原因。

笔者：请王总展望公司未来发展前景以及下一步打算。

王伟：美、品质、永恒、生态、舒适……高尚的居住格调和对精致生活不懈追求，是成功人士永恒的精神内核，更是海创置业打造都会家园的终极目标。

我们将有针对性地选择一些项目来实现公司的异军突起，打造小而精的品牌形象，实现社会效益、经济效益双丰收。而如何在小的规模中能够另辟蹊径走出自己的特色、形成自己的理念？集团公司和海创投资公司对我们提出了一个总体的要求，归纳为12字方针，就是“立足省内、面向全国、走向海外”。

当前，我们在省内外积极开拓新的地块、发展新的项目，调研了省内外重点城市和东南亚几国的房地产市场，准备有选择有针对性地走出去，贡献更多的精品项目。

2018.6

安展地产：发展绿色建筑　精耕优雅人居

大时代的浪潮下，房地产愈发趋向精细化发展、审美式发展、高品质发展，市场需求的不断升级无疑对开发商提出了更高更明确的要求。安展地产作为城市人居的引领者，既保持“在时局下前瞻”，更不忘“在大势下坚守”，以“艺术生活化、生活艺术化”为核心理念，身体力行，顺应时代的发展和居者的需求，不断创新，以领先的视野及审美，在城市打造超越客户所期的城市精品。

自2016年安展地产来到芜湖，“安展·蔚然家园”便作为安展地产的首作献礼芜湖，一种新的人居可能悄然诞生。

当房地产中的绅士，有着匠人之心的“安展地产”遇上有着深厚底蕴的文化名城芜湖，它们将产生怎样的碰撞与共融？近日，我们有幸采访到芜湖安展房地产开发有限公司董事长兼总经理周芳芳女士，敬听真知。

笔者：周总，在市场竞争中你们是如何定位芜湖市场，把握发展机遇的？

周芳芳：“扎根深圳，拓展长三角”是前海股份企业集团中远期的发展战略，安展是集团对芜湖市场长期关注调研的基础上做出的长线布局。芜湖是一个非常有前景的城市，经济增速连年领先，产业基础雄厚，人文底蕴深厚，宜居水平占据全国前沿，再加上芜湖融入“南京、合肥”双都市圈，加入长三角洲发展的利好，芜湖正走向高度发展的局势。品质之城转型升级的同时，需要高质量的居所满足日益增长的美好生活需求。

芜湖当下的市场走势跟集团开发高端精品的理念非常契合，所以我们是有备而来，更是看准了芜湖最具开发价值的城东政务新区。2016年刚好是城东发展第9年，各项基础配套都已经逐渐成熟，高品质商业、集群商务、休闲旅游、金融服务、各年龄段的教育资源将在近几年进一步集中兑现。我们下定开发芜湖标杆的决心，在9月份以地王的价格拍下了市政府和中央公园相邻的地段。可以说这是集团的一次得意之举，用一句话来概括就是：“来对了时间，选对了地方，做对了产品”，也进一步印证了品牌的开发定位——“精选地段，做高端精品，服务城市精英”。

笔者：请周总介绍一下公司基本情况及在芜湖项目运作情况。

周芳芳：芜湖安展房地产公司是深圳前海股份企业集团进驻芜湖而成立的。前海公司成立于1992年，是一家以房地产为主业多元发展的综合股份制（非上市）企业。经过26年的不懈努力，前海地产已被打造成深圳房地产市场的知名品牌。安展进驻芜湖，坚持集团的开发定位——“精选地段、做高端精品、服务城市精英”，为芜湖增添一个优雅的名盘，为政务新区打造一座靓丽的百年标杆。

“安展·蔚然家园”是前海公司布局芜湖的第一个标杆项目，也是安展地产在芜湖的首颗落子。项目坐落于城东政务新区市政府旁，与约48万平方米的中央公园紧密相邻。项目总建筑面约12万平方米，包括6栋11层的小高层住宅、14栋低层联排别墅、1栋11层的精致小户型产品、1栋9层高的酒店式公寓和少量的商业配套。目前，项目一、二、三号楼的阔景平层产品在售中，主力户型为193平方米；联排别墅和小户型产品也将很快面世，分别是建筑面积约

226—277平方米5—6房，建筑面积约67—71平方米1—2房，请大家持续关注。

笔者：在融入芜湖发展的进程中，安展是怎样坚持绿色发展、树立品牌形象的？

周芳芳：集团作为一个履行社会责任的优秀企业，密切关注城市发展动向，坚持与城市同步发展，助力城市向可持续发展方向转型。芜湖市政府将打造“宜居城市”列为重点任务之一，近五年内继续打造“山水相间、精致繁华”的城市风貌特色，加快建设宜居宜业宜学宜游宜养的现代化城市。政务新区是芜湖面向全国的现代化发展名片，“安展·蔚然家园”作为坐落于城市昭示面最强的区域，高度重视，把“坚持绿色发展，建筑绿色住宅”作为项目的开发目标。

为了让产品更好地与城市形象工程——中央公园相融，让业主最大化享受绿色生态资源，安展在拿地后并没有急于开发产品，而是花了近一年的时间对产品设计图纸进行深入优化，数次合作竞标，数十次的方案否定，近百次的细化修改，最终设计出与中央公园完美融合、通风采光观景俱佳、极具现代美学和传统人文底蕴、以绿色建筑标准打造的“安展·蔚然家园”。

除了将“绿色建筑”与“健康建筑”相融，在建造过程中，安展坚持“精工优质、绿色健康”，精选高质量的绿色建筑材料，严格按照绿色施工规范，并且在建造全过程保障低噪音运行。总而言之，将“安展·蔚然家园”打造成芜湖市场上的绿色典范也是我们的目标之一。

笔者：对于芜湖政务板块的未来发展潜力，安展是如何看待的？

周芳芳：芜湖在地理上与上海相近，是长三角经济圈的重要成员。自从芜湖融入南京、合肥乃至上海的一小时经济圈后，近些年来，我们可以发现，芜湖买房的人中外地的客户越来越多，可以说，芜湖未来发展潜力巨大。

作为城市重点发展的新中心，政务新区将会复制长三角主流城市的发展历史，成为下一个浦东新区、合肥政务区。近几年房地产名企和本地强企扎堆进驻，进一步验证了安展地产的价值预期。政务新区可以作为城市精英优化资产配置和改善居住的优选地段。

前海公司来到芜湖，也是为了圆梦而来。除了对地段的洞察，安展对居住理念也有自己的理解。随着精英阶层财富的不断积累，未来“高端住宅+高端的生活方式”将成为置业的主流需求。深圳前海公司深耕一线城市26年，更懂精英对居住的内在需求，本着“艺术生活化、生活艺术化”的理念，打造“仕逢知己，择邻而居”的贵雅圈层居所，致力打造高端人居项目。

笔者：在未来的人居发展方面，安展又是如何规划的？

周芳芳：“安展·蔚然家园”仅仅是个起点，随着对芜湖这座城市越来越深入的了解，我们不忘初心，十分愿意与这座城市共生、共创、共荣。安展地产会坚持前海地产一贯的发展风格，走精品路线，为芜湖打造出更多更好的优质名盘。从长远看，前海公司也会加大在长三角的区域发展力度，不但关注高端住宅，而且也会发展多元化的城市运营，以艺术对话城市，丰富市民生活；以前海的力量服务城市精英，丰富城市功能，点亮城市之心。

2018.10

金都集团：健康生活幸福家

滨江山水宜居城，“金都檀宫”最怡情。健康生活幸福家，徽风悠悠荡皖韵。金都集团开发建设的“金都檀宫”，正处于中央公园、人民公园双公园湿地生态腹地，森林级绿肺氧吧创造了健康宜居的生活环境。享受繁华，而游离于喧嚣之外，才是城市生活的意义。

60万平方米齐配套的“金都檀宫”项目占地700亩，共12个苑区，分多期开发，产品类型有商业、多层住宅，电梯洋房，瞰景高层等多种产品形态。预计建成后将会容量约4000户居民，总建筑面积约60万平方米，未来这里将成为一个容纳近万人居住生活的大型社区。“金都檀宫”携6.0系产品概念打造集孝善德福传统文化社区、全龄教育社区、养生健康社区、科技节能绿色社区、争创“黄山杯”高质量精品住宅、专设农贸市场舒适社区为一体的健康生活幸福家。

秋风送爽，丹桂飘香。为进一步感受了解金都集团在芜湖项目运作和发展情况，在庆祝新中国70华诞的美好时刻，《芜湖建设·芜湖房地产》月刊记者专程采访了金都集团芜湖公司总经理胡中杰。

在激烈的市场竞争中如何定位芜湖市场，把握发展机遇？有着多年房地产市场运作经验的金都集团芜湖公司总经理胡中杰说，随着市场调控政策的持续，房价总体呈现稳中趋降的走势，整个楼市相对来说比较稳定。基于对地产市场数据的分析，我们可以看出，其实芜湖整个市场还是拥有比较强的购买力，住房价格会慢慢趋于平稳，刚需和改善型需求的客户会是市场消费的主力。

谈及金都集团在芜湖项目运作情况，胡中杰介绍，金都集团成立至今已经有20多年的时间，一直都是被冠以“优质房企”的标签在市场上开疆拓土，我们也一直都奉行“健康生活幸福家”的理念为每一个城市塑造人居精品。

他说，对于芜湖而言，金都集团、“金都檀宫”应该是和芜湖同生同长的关系，这几年来芜湖城市的变化也让“金都檀宫”揽获众多利好，周边繁华的商圈生活、便捷交通资源、医疗资源汇聚等多项醇熟配套，让整个城市的宜居度不断上升。“金都檀宫”2019年整体约推出9.2万平方米新房源，“金都檀宫”8160元/平方米的均价，目前在城东政务区可以说是性价比很高的。6月30日“金都檀宫亲切苑”首开，7月31日加推，承蒙广大客户厚爱，销售势头一直较好。

在芜湖投资发展中，怎样塑造企业形象、树立品牌意识、以信誉谋发展？胡中杰说，自2009年以来，“金都檀宫”在芜湖已深耕开发10年，受到社会的普遍关注，并且我们项目自2018年起全面升级，致力打造集孝善德福的传统文化社区、全龄教育社区、养生健康社区、科技节能的绿色社区、争创“黄山杯”的高质量精品社区、专设农贸市场的舒适社区为一体的6.0系健康生活幸福家。

放眼芜湖市房地产市场，每一家都有自己的特色，百花竞放才是春，这样的局面更有益于购房者选择，促进房地产的良性发展。“金都檀宫”围绕“6.0系健康生活幸福家”，响应“房住不炒”的政府平抑房价的指导思想，切切实实地提供老百姓“买得起、住得好”的优质住宅，以口碑带动美誉度的提升。

谈到未来的发展，胡中杰既信心满怀又保持理性。他认为，芜湖楼市目前是机遇与挑战并存，支撑楼市不断发展的仍是刚需群体。因此，该买房的还是要买房，该置业的也还是要置业。问题可能在于，市场能不能提供更多的刚需产品和贴近刚需的价格。

“金都檀宫”将继续遵循市场的导向，深研业主的居住需求。带着全新“6.0系健康生活幸福家”产品理念，创新时代居住模式，引领高尚居住理念，不断创造更多能带来幸福生活优质产品。

2019.10

卓瑞地产：追求卓越　专注品质

16年深耕芜湖，卓瑞地产作为最懂芜湖的开发商之一，始终稳扎稳打，不断摸索这片土地沉淀的人文内涵，与芜湖人一起见证了这座城市的蜕茧化蝶，更是积极参与并极大地推动了芜湖房地产市场的发展与变革。“奇瑞BOBO城”“赭麓公馆”“龙湖湾”“龙凤佳苑”“凤鸣湖公寓”“新里城”，卓瑞地产用一个个响当当的产品兑现了对芜湖的承诺，每每热销全城，并切实帮助数万业主实现了在芜湖的幸福安居。

16年来，卓瑞地产每一个项目都精益求精，每一处细节都精雕细琢，收获了业内外的一致好评。卓瑞地产在夯实传统的房地产开发的基本功能后，定位向区域运营商、生活服务商的转变；在提供房屋产品的同时，还参与提供物管、商业、生活、邻里交流、文化建设等方面服务，提升企业竞争力，赢得业主的认可，跑赢市场。

为进一步深入了解卓瑞地产的发展历程，笔者8月上旬专程采访了卓瑞地产总经理梁金华。

有着丰富房地产市场运作和实践经验的梁金华向记者娓娓道来。

梁金华告诉笔者，作为一家品牌房企，卓瑞地产已深耕芜湖16载，服务业主已超5万人，卓瑞地产旗下产品类型可谓多元丰富，既包括市中心临湖别墅、大平层等改善型产品，还有公寓、中小户型等刚需型产品，也有商业综合体等。多年来，尽管芜湖的房地产市场跌宕起伏，市民的居住需求也在不断变化，但卓瑞地产始终秉承“追求卓越　专注品质”的理念，不仅吸引了不少外地优秀人才安家芜湖，也得到了广大芜湖百姓的认可和支持。

2019年上半年在整体市场疲软的趋势下，“新里城·理想家”以当红不让之势、实现销售业绩的稳步增长，以84339平方米的成交面积居芜湖楼市商品房网签排行榜TOP1，获得芜湖市半年度网签面积销售冠军，以实力书写理想家新的销售传奇。

“凤鸣湖公寓”作为卓瑞地产低密高端项目的代表之作，集地段潜力性、配套丰富性、生活便利性、住宅纯正性、圈层一致性五位一体的大成者实现了对品质生活的追求、对自身视野与阅历的拓展与沉淀。

在芜湖投资发展中，怎样塑造企业形象、树立品牌意识、以信誉谋发展？

梁金华认为，在中国老百姓的观念里，房子就是家，具有非常重要的意义，因此，高标准打造芜湖的幸福家园也是卓瑞地产一直以来的奋斗目标。就工程质量方面而言，卓瑞地产一向提倡产品的安全性、经济性和适用性。而作为卓瑞地产16年集大成之作，此次新里城的景观展示区及样板间的打造标准较之以前也有了明显的升级，绿化率达到37%以上，景观设计更具层次感，以大、中、小型灌木和不同的植被次第交错，类型多样，营造出四时不同的雅致风景，此外，小区以树阵、景墙和迎宾大道，营造了一种浓重的仪式感，让业主一进入小区就有一种如沐春风的愉悦感。在做到基本人车分流的前提下，小区还实现了细致的功能分区（婴童区、老人区、成人区等），使得不同的人群都可以找到属于自己的休闲空间，此外，小区还有很多户外的休闲设计。

关于对芜湖投资环境的认识，梁金华说，目前受长三角一体化影响，芜湖获得迅猛崛起的机会，产业升级速度明显加快，且随着一体化进程发展，商合杭高铁等交通规划的落地，芜湖城市能级必将更上一个台阶，这给芜湖的房地产市场提供了很好的迸发契机！

而随着城市崛起的同时，加上芜湖新推出的人才补助政策，芜湖常住人口数量也翻倍式增长，相对于上海、南京、杭州等城市，芜湖房价处于价格洼地，预计芜湖必将迎来新的爆发点。另外，根据土地拍卖情况来看，2019年下半年一改上半年沉积情况，市场重新回暖，大有全面复苏之势。

谈到卓瑞地产未来发展前景，梁金华充满信心。他表示，卓瑞地产是一家充满活力、稳步增长的成长型企业，多年来，卓瑞地产一直坚持创新，追求卓越，并坚持以人为本，合作共赢，在开发实践中坚持精品路线，致力于专业化、规范化与规模化发展。公司从“城市运营”与“区域开发”的角度，早已把业务范围从芜湖扩展到了全国各地，但作为深耕芜湖的“老”房企来说，卓瑞地产还是对芜湖的感情最为深厚，也十分看好芜湖的城市发展，尤其是房地产市场发展。未来，卓瑞地产还会秉承初心，继续为芜湖人民提供满意的服务。

在深耕芜湖的同时，卓瑞地产还会积极地走出去，向其他的优秀房企学习，磨练内功，为广大市民提供更多更优质的住宅，在房地产行业新周期、新形势的发展竞争中，求得新的成长、新的成绩！

2019.8

雅居乐：一年打磨　一生乐活

2018年5月18日，南京雅居乐以13.02亿元土地出让金+18484.791万元代建资金，成功竞得芜湖弋江区元亩塘南侧1805号地块，联合旭辉共同开发“雅旭·新乐府”项目。如今，雅旭首入芜湖一年，见证了江城的飞速发展，经历了从初来者到创领者的转变，已深深融入芜湖城市的生长脉络之中。本期“老总访谈”邀请到雅居乐南京区域合肥事业部总经理兼雅旭·新乐府项目总经理吕振先生，在回顾光荣与梦想之余，讲述一个品牌与一座城的故事。

一个阳光明媚的下午，举止文雅、温和有礼的吕振先生，对雅居乐在芜湖的战略规划侃侃而谈。

从“一生乐活”的企业理念，到“五好社区”的打造，吕振眼里的雅旭·新乐府不只是拿地、建房子、卖房子那么简单，更多的是站在业主的视角钻研、设计，把一直以来所坚持的工匠精神融会贯通，做专业、专注、专心的“生活家”。

城势聚变　相见不晚

谈到雅居乐在芜湖拿地的初衷，吕振直言芜湖满足雅居乐未来发展的战略需求。他说，雅居乐的拿地策略是“2+3+N”，其中2是指珠三角和长三角城市群，芜湖作为长三角城市群重要中心城市之一和合肥都市圈、南京都市圈双料城市，不管是常住人口、经济体量，还是政策环境都长期看好，选择芜湖对我们来说几乎是确定的事。此外，吕总还强调，雅居乐对城南的选择和政府对城市发展的规划不谋而合，“正是基于对元亩塘未来潜力的预判，所以我们是首批进入城南元亩塘板块的房企之一，因为我们坚信，随着南进城市总体规划的落地和高新技术产业开发区、高教园区的助推，未来的城南，以元亩塘为向心力，在商业、文化、自然、市政配套等资源方面形成聚拢，这块区域，未来有太多可能性。时间证明了我们的判断，这也是雅旭·新乐府项目成功的原因。”

双强联袂　同道相惜

对于雅居乐和旭辉的合作，诚如吕振所说，既是一种缘分也是一种必然。据他介绍，雅居乐与旭辉有过很多次美丽的机缘，在全国性的土地拍卖现场经常相遇，也能看到两大品牌对城市和土地的选择有着相同的远见，在市场判断和人居价值上有着相同的高度，怀着对同道者的惺惺相惜，我们在集团层面达成战略合作，在同一片土地上，共筑人居美好愿景。

“雅居乐拥有开放的合作心态，合作口碑向来很好，我们重视伙伴联盟的价值。现在，几乎所有的开发商都看好芜湖，竞争比较激烈，所以我们需要转变策略，为接下来的发展打好基础。雅居乐在高端产品领域中取得了卓越的成就，旭辉在安徽已经打造了众多成熟的作品，以雅居乐的高端精品战略加上旭辉对城市人文的理解，一定会给芜湖带来跨越时代的高端生活方式。”吕振说。

荣耀加冕　省优示范

刚刚过去的2019年，对于“雅旭·新乐府”来说，是一个收获的年份，8月份，荣获金盘奖皖赣赛区最佳预售楼盘奖；10月，荣膺金盘奖年度最佳主力户型空间奖；11月份，“雅旭·新乐府”B、C地块双双荣评2019年安徽省建筑安全生产标准化示范工地（小区）。市区领导带队以及同行踊跃参观，一时间，雅旭·新乐府成了芜湖楼市质量的象征和标杆。

鲜花与掌声背后注定有不为人知的付出与汗水，省示范工地的荣誉背后，是一整套严格的施工管控流程：安全至上的理念、实测实量的工艺、采用工序二维码解说系统，做到质量管控有源可溯，审查敲定每一个建筑细节，不容出现一丝偏离。

“房地产行业的根本是质量，销售只是表象。”吕振一语道破房企立足之源：“对于‘雅旭·新乐府’来说，质量是我们的生命线，我们有严格的质量管控体系，包括体系、标准、工艺手法等等，我们都会毫无保留地对外公开，这个是我们做产品的信心，也是区别于其他房企之处。”以客户为导向、以质量求生存，以信誉谋发展，用产品反哺品牌，不断用心血锻造出无愧于时代的作品，才是对城市、对土地、对居者最深的热爱。

因地制宜　稳中求进

面对如今芜湖房地产市场火热的局面，吕振表现出一个掌舵者的冷静和理性：“这是芜湖城市发展到一定阶段的必然结果。”他分析道：一方面，在政府的大力推动下，芜湖的城市基础建设愈发完善。轻轨线、商合杭公铁两用大桥、过江隧道……可以毫不夸张地说，芜湖大城市的框架已经形成，未来芜湖经济发展水平将会有一个更大的突破。正是有了这些方面的基础工作，才会吸引到国内众多一线品牌房企不断关注和进入。另一方面，近十年楼市发展，相比较很多三线城市，芜湖一直处于一个相对健康的状态。

“而面对这样的投资环境，我们能做的，就是把因地制宜发挥到极致，强调土地属性的同时，继续在产品打磨上下苦功夫，共同推进芜湖房地产市场平稳有序发展。”吕振坚定地说。

战略深耕　助力江城

从陌生到熟识，从使命到热爱，一年时间，雅旭是芜湖成长的亲历者，也是这座城市气质的书写者。从板块的发现者到参与板块的运营者，雅旭始终紧踩城市发展鼓点，把品牌肌理、品牌内核注入芜湖这片人居沃土，用匠心品质助力城市蓬勃生长，已经成为城市发展不可或缺的重要组成部分。在谈及未来的发展规划，吕振坦言，进驻即深耕，这是雅旭对芜湖战略布局的深度研判，也是雅旭对芜湖美好人居的长久承诺。未来，雅旭将加速芜湖区域深耕之路，推进“一生乐活”的理念在更广阔的地方落地生长。

2020.1

“潮起中江”创新境

城市发展需要与之匹配的生活。2020年，万科与伟星相遇，先见芜湖城市发展趋势、匠呈革新时代生活方式的作品——“潮起中江”，从敏锐择址大政务核心，到全龄段社区空间营造，都力求不同以往，并以难以复制的大政务版图价值、高知人物的品质圈层、美好生活的社群维护等内容，呈现城市独有的地标之作。

为进一步了解强强联手谋发展，以及项目相关情况，笔者2020年11月上旬专程采访了芜湖万科房地产有限公司总经理何沁石。“万科作为知名品牌房企，我们坚定地看好芜湖市场，从2011年进入芜湖后，把握城市发展方向，在城市核心区打造多个精品项目。”一见面，年轻睿智的何沁石对笔者如是说。

何沁石介绍，2010年市政府搬迁至城东后，万科2011年布局城东开发第一个项目，是芜湖市第一个装修住宅小区；伴随着城市东拓南进的脚步，2013年万科延伸战略布局，开发“海上传奇”项目，打造“滨江超高层”；2017年成为芜湖市场TOP3；2018年继续沿长江布局，获取“江东府”项目，打造低密别墅产品，进一步完善公司产品系；2019年，万科沿轻轨2号线站点周边，与伟星先后合作开发“潮起中江”和“珑胤台”项目。自2011年进入芜湖，先后开发了5个项目：2011年，“万科城”，50万平方米；2013年，

“海上传奇”，50万平方米；2018年，“江东府”，11万平方米；2019年，“潮起中江”，18万平方米；2020年，“珑胤台”，9.5万平方米。

何沁石告诉记者，万科坚持“为普通人盖好房子，做超乎预期的产品”，坚持与城市同步发展、与客户同步发展的两条主线。公司核心业务包括住宅开发和物业服务。近年来，在巩固核心业务优势的基础上，围绕城市配套服务商的定位，积极拓展业务版图，进入商业地产、物流地产、长租公寓、冰雪运动、养老、教育等行业。同时配合人才公寓政策，重点聚焦新增人口持续流入，帮助城市留住年轻人才。无疑，万科的标杆旗帜格外艳丽。

何沁石认为，“潮起中江”项目，在芜湖城东，两区交汇处，亦是大政务核心，先见城市发展风向，以领先的品牌、产品与服务，为区域发展赋能，澎湃城市美好未来。

站在芜湖城东大政务时代的机遇风口，伟星和万科以先行者姿态，聚集城市丰富的资源，让作品呈现未来居住的模样。“伟星·万科潮起中江”，与城市热土共生共荣，在政务芯书写引领时代的居住新篇章。

2020.11

大发地产：品牌打造独具魅力的生活方式

新年伊始，万象更新。

对滨江山水之城芜湖来说，区划的调整，城市规模的扩大，经济发展和城市建设的良性互动，促进了房地产市场步入良性发展的态势，进一步升华了宜居宜业之城的魅力。

为进一步领略开发建设者的风采，2021年1月上旬，笔者走进了芜湖城东“铭悦四季”项目现场，专程采访了大发地产芜湖区域项目总经理张中平。

笔者：芜湖购房者对大发地产的了解，主要是通过大发地产在芜湖的几个项目，对大发是缺乏系统性认知的。能请您为我们介绍一下大发品牌，以及大发地产在芜湖发展的情况吗？

张中平：大发地产是中国房地产百强企业之一，2018年10月在香港上市，总部位于上海。大发深耕长三角，积极布局全国黄金城市群，目前已涉足上海、温州、南京、杭州、合肥、重庆、成都等城市，服务3万余户家庭，所到之地，努力缔造当地城市标杆，营造美好人居生活。

长三角是中国经济发达的区域，也是大发集团战略布局的重要区域。芜湖，作为长三角洲中心区城市之一，自然是要重点拓展和深耕的，所以早在2017年大发便拿下了城东政务新城地块，打造政务ONE项目。目前政务ONE已交付，用实实在在的品质回馈市场和业主，交付之后业主都很满意，大发由此取得了不错的口碑。

笔者：是不是可以说，芜湖是大发地产青睐为一个非常重要的战略城市？大发地产在芜湖的发展规划如何？

张中平：没错。芜湖作为长江三角洲中心区城市之一，也是华东重要的科研教育基地和工业基地、G60科创走廊中心城市、全国综合交通枢纽，城市潜力很大，这几年发展也很好。

2017年，大发首次进驻芜湖，三年时间，打造了三个项目："融悦东方""融悦四季"和"政务ONE"两个精品项目，创新的产品、过硬的质量、贴心的服务，赢得了芜湖购房者的高度认可，也为大发在芜湖积累了很多忠实的客户。在打下坚实的基础后，更加坚定了大发地产深耕、拓局芜湖的决心。

笔者：2020年，大发地产在政务2.0打造了"铭悦四季"，出发点是什么呢？或者说，这个全新项目的择址有何考量？

张中平：地段是房地产项目的第一属性，大发在芜湖三年时间，深谙芜湖这座城市的发展步伐。

以前的芜湖沿长江纵向发展，目前城中发展已饱和，城北以工业区为主，城南受城乡规划制约，西边又紧邻长江，只有城东有大量可开发的优质土地，所以城市扩容，向东发展是必然。

2005年芜湖市政府出台《关于实施向东发展战略的意见》，2010年市政府搬迁至城东新区，形成了以政府为核心的发展方向，随之而来的是文旅、教育、交通、商业的逐步完善。目前"政务ONE"已发生了翻天覆地的变化，从2015年到现在，5年房价翻了3倍。正是看到芜湖向东发展的大趋势，2020年6月29日大发在与8家房地产商的竞争中拿下“铭悦四季”地块；随后12月份，政府正式启动扁担河片区一级开发和土地供应工作，再一次验证了我们当初的拿地战略是非常有预见性的。

笔者：“铭悦四季”这个项目，在规划和未来的居住方式上，有何特色？

张中平：拿地之后，我们并没有急于开发，而是用两个月的时间，走访了15000个芜湖家庭，收集了12000份市民调查报告，又用2个月研发产品，最终结合芜湖的生活习惯和生活向往，打造出芜湖首个小平墅产品。

我们知道，新冠疫情之后，我们更注重居家生活的健康，为此我们花了很多时间来专研。首先，我们的密度很低，大部分是10—11层小平墅，容积率只有1.8，以此来降低居住密度。同时，芜湖夏季的风向是偏东南的，冬天是偏西北的，因此我们的建筑偏东南方向15—20度，保证更好的通风采光。

项目西侧规划水系，内部精心设计了墅境园林系统，以六大主题、20+墅级园林景观，打造百亩墅级生活空间，让业主下楼就可以享受到度假式的生活体验。尤其我们注重让人在自然中升级亲情互动，在奢阔的楼间距里，打造了社区会客厅、一米菜园、亲子果园、林下学堂、童梦园、波浪草坪、二十四节气跑道等等，为全龄业主，打造丰富健康的生活方式。

再来说我们的户型，所有户型三开间朝南、厨房卫生间全明，保证充足采光和良好的通风；公共空间和私密空间动静分离，即使家人作息时间不同，也不会互相影响；通过增加阳台和飘窗的尺度，增加室内外互动，在满足生活需求的同时，也能更好地观景、养花种草，或者业主其他的爱好在这里也有可以实现的天地。

最后，诚意邀请有买房需求的人到“铭悦四季”来看看，不管是投资，还是自住，相信到现场之后，大家会喜欢这里，发现更多值得购买的理由。

2021.1

智者在逆境中寻找快乐

每个人都有自己独属的性情，为人处世也各有不同。当见到安徽海洋风传媒公司陈海鸣总经理，听他说起自己做人做事做生意的准则时，还是不禁在心里默默一叹：睿智而又踏实的人才拥有真正的大智慧。

笑谈至理　“鸣”言为人之道

“智者在逆境中寻找快乐，愚者在幸福中寻找烦恼。”陈海鸣说，“当遇到坎儿时，心态好，积极地处理困难，迈过这道坎，人就会进步。相反的，自寻烦恼，只会让自己和周围的人变得不开心。”他笑言，这是自己总结出来的一点体会，一句“鸣”言，“不是名人名言，是口鸟鸣的鸣言”。

只有透过积极阳光的心，才能说出机智幽默的话。谈及做人的道理，陈海鸣亦是如此。他相信，一个有尊严的人、体面的人、彬彬有礼、和蔼可亲的人，无论走到哪里都会受欢迎，因为和这样的人打交道，会感到身心愉快。一个人具备了这样的品格，为自己赢得资源也变得容易，谁不喜欢正能量呢？

做事如做人　为他人考虑的大智慧

和做人一样，一味地为了做事而做事，是不明智的。一个人，有敏锐洞察力、聪明机智、有板有眼、刻苦钻研、勤奋好学，倘若还能够站在对方的角度思考问题，消除事业误区，有所成就也就不再是难事。

“小天鹅洗衣机遭遇市场饱和的瓶颈时，他们做了至关重要的一件事。”陈海鸣总结了三个字：“抓服务。”小天鹅当时定了五条要求：一是去客户家要自己带拖鞋。二是维修时必说两句话：进门时的“感谢您买我们的产品”，出门时的“机器坏了，给您带来不便深感歉意”。三是维修要带三块布：一块布铺在地板上，以免弄脏客户家；一块布擦手、擦零件；还有一块布，用来擦拭修好的机器。四是“四不准”：不准和客人争论，不准在客人家抽烟，不准在客人家吃饭，不准用客人家的杯子。五是机器保修五年。站在对方的角度思考问题，是做事成功的要素，也是安徽海洋风传媒公司的企业准则。

做生意　要有好点子和好心态

在陈海鸣的观念里，一个人有经商头脑、具备良好人际关系和经商心态、且能思财有道、稳步发展，“天天向上不是问题”。

他随即说了福特的故事：一日，老福特参观肉联厂，看到牛变成罐头的生产过程，不禁感叹“这真牛”，随从的人听后无意说道“把罐头变成牛才牛呢”。老福特想，汽车生产不正是把罐头变成牛的过程吗？福特由此开发出了第一条汽车生产流水线，改变了汽车的高价位，福特的员工也能够买得起自己生产的汽车。

2015.1

新兴发展：共赢芜湖地产+时代

从年初的疫情到现在，地产行业面临着一场非凡的考验。也让开发商与购房者对“住宅产品”有了新的思考。危机感让新兴发展（芜湖）有限公司执行董事、总经理姜玉峰时刻保持求索的心态，对于政策、行业的不懈思考，最终转化为对企业未来发展之路的思索。

芜湖市场潜能待发　元亩塘区域大城已成

芜湖，作为长三角中心区城市之一、长三角G60科创走廊重要成员、南京和合肥都市圈双核城市，承东启西，临江近海，拥有优越的地理位置和发展机遇，享受区域一体化发展红利。提到芜湖市场，姜玉峰表示：“芜湖的市场潜力是巨大的，随着芜湖加速融入长三角一体化发展，芜湖市场将不仅仅再局限于本地，更辐射到长三角区域。”

正是因为看好芜湖未来的城市能级与发展潜力，新兴发展选择落地芜湖市场。从区域看，根据城市规划“东扩南进”的发展方向，城南已成为芜湖最现代化的宜居板块之一。而元亩塘，作为城南重点打造的生态休闲区、滨水运动区、地产开发区，其崛起姿态势不可挡。随着一系列交通路网陆续开建，元亩塘板块与其他区域的联动性加强，同时聚集了城市各项重磅功能配套。

千亿央企　值得信赖的地产综合运营商

新兴发展（芜湖）有限公司，是大型千亿军工央企、世界500强企业“新兴际华集团”旗下四大专业化全资子公司之一，是集资产管理、资本运营和生产经营于一体的大型国有独资公司。先后在国内一线城市进行地产开发，如北京财富中心、广州中华广场、上海大紫金城、武汉中御公馆等项目，在国内都具有一定影响力。

芜湖“中御公馆”是新兴发展倾力打造的43万平方米京派国风大宅，融住宅、商业、办公、学校为一体的新型都市社区。无论是超标准的小学硬件配置打造芜湖“宜学”新高地，还是自建千万级钻石天桥、约7.2万平方米超大商业体量，抑或是自持金牌物业提供全流程的物业服务，为客户入住后，提供长期的服务保障。这些无一不展示着新兴发展为赋能江城人居而来的决心。自面世以来，便受到众多客户的大力追捧。

现在是一个地产+的时代，新兴发展不仅是开发商，更是综合运营商。“在‘中御公馆’的开发理念里，我们不仅提供产品，还要提供服务、提供生活方式。”姜玉峰说。

项目自2019年6月正式开工建设，到同年12月18日首期住宅封顶，预计2020年底部分楼栋达到竣工验收条件。目前约109—141平方米高层精装升级归来，正在火爆热销中；约158—168平方米国风叠墅臻席发售，引发全城竞藏。

责任比利润更重要

房地产行业已进入高度聚合的时代，在高周转模式下如何保证品质，是众多房企无法回避的问题。姜玉峰始终坚守一个准则，那就是市场化思维和央企管理体制的良好平衡。

新兴发展，将建筑的每一处细节“曝光”，用实力和真诚，展示品质人居的真谛，恪守对客户的千钧承诺。姜玉峰更倡导：“希望广大房企应自觉遵守相关法律法规，加强行业自律，在相关部门的指导之下开展房屋建设、房源销售等工作。只有坚持诚信和精益求精的态度，才能把握机遇，在变幻莫测的市场中脱颖而出。”

千淘万漉虽辛苦　吹尽狂沙始到金

随着商合杭高铁通车、芜宣机场即将建成通航，轨道交通建设稳步推进，芜湖市皖江中心城市的区域地位将得到持续强化，人口吸附力也将愈加强劲，作为G60科创走廊城市，芜湖产业发展也将迎来创新驱动强效发展的新时期，也必将集聚更多国际化高新技术人才。

当然在疫情的冲击下，这一年的市场状况注定是极为纷繁复杂的。“各行各业需要根据市场的情况、政策的变化不断进行调整，我坚信芜湖会凭借自己的独特魅力和强大的实力，突破困境，将新的发展机遇转变为新的里程碑。”姜玉峰说。

深耕安徽　用高品质社区回馈社会

在稳步提升规模之外，姜玉峰也思索着新形势下新兴发展长远的、可持续的发展方向。在地产开发领域，目前已布局全国重点城市，未来，也将以芜湖为中心，逐步深耕安徽。“中御公馆”作为新兴发展首入安徽的封面之作，将继续坚持不断创新、追求完美的原则，用高品质社区回馈社会，持续刷新芜湖人居水平和质量的新高度。

2020.9

万华：致力匠造芜湖公园湖景美宅

美丽江城绿如屏，“南湖春晓”最怡情。

8月初，《芜湖建设·芜湖房地产》月刊、芜湖房地产微信公众号记者专程来到“南湖春晓”项目现场，采访了“南湖春晓”项目开发商山东万华集团有限公司副总经理、安徽恒天文化置业有限公司执行董事史伟东。

有着多年从事城市建设和房地产市场运作实践经验的史伟东，向笔者生动诠释了投资芜湖致力匠造芜湖人心中的精工公园湖景美宅的愿景。

史伟东认为，商合杭高铁的通车，大大促进芜湖全面融入、全面对接长三角发达地区，芜湖也迎来了前所未有的黄金发展机遇。面对机遇，芜湖应当围绕保增长、保民生、保稳定的目标顺应市场，科学应对；围绕房地产市场交易活跃，保持市场价格稳中有升、渐趋理性。在此前提下需加快开发投资速度，使商品房销售持续增长，尤其是住宅市场已经由过去的卖方市场向买方市场转变，老百姓更加关注居住环境，因此更要提高房屋品质，改善社区环境，把房子做好，以合理价格销售。

基于这一理念，史伟东兴致盎然地对笔者说，万华地产携芜湖新时代美学作品而来，择址城南芯、奥体旁，以点滴的精工细节，以对每一寸土地的深情执念，致力匠造芜湖人心中的精工公园湖景美宅。对此，需要深谙高阶客群的需求，以客户为出发点，多方考量建筑风格、室内规划布局、空间比例等方面，打造出更具人性化、标准化、更严苛的精装阚江揽湖的高层产品。在保证功能性的同时，装修风格更是包含新中式、简欧及现代风格，另外所有建筑材料都选择驰名品牌，大到地板、吊顶、卫浴，小到开关、插头、水龙头，都是可以在商场里看到明码标价的家用装修商品，真正实现高品质奢享金装居住体验，让您“买得放心，用得舒心”！

史伟东介绍，万华集团创建于2006年，秉承“科学筑家、精质美好”的理念，不断缔造城市美居，深耕13载，先后开发逾22个精品楼盘，挈领人居板块不断升级，在山东潍坊及寿光相继开发了“百合园”“玉兰园”“御园”“金桂园”“丹桂园”“海棠园”“春江花月”“圣和苑”“玫瑰园”“玫瑰公寓”“富地中心”“荔水湾”“财富中心”等多个中高端品质项目，无论是老百姓的安置保障房还是高品质的商业住宅，所打造的每一个项目都被称为标杆工程，受到广大业主及社会的广泛认可。公司积极探索房地产发展的新思路，拓宽经营领域，以提供优质住宅为己任，为住户创造一个又一个优美、安全、舒适、方便、文明和具有较高品位的生活环境。

安徽恒天文化置业由山东万华控股集团全资控股，是一家集文化、住宅、商业为一体的综合性公司，万华集团秉承真诚、开放、合作的经营理念，恪守规范、严谨、诚信的经营准则，致力精诚协作，精益求精。

根据最新公布的《芜湖市城市总体规划（2012—2030）》，芜湖市中心城区空间结构规划为：龙湖为心，两江三城。以长江、青弋江、漳河为轴线，形成“江南城区、龙湖新城和江北新城”三大主城区，跨江联动、拥江发展，实现两岸共同繁荣。而“万华·南湖春晓”项目正位于两江一河的中心地带，距龙窝湖直线距离约3千米，区位价值不可复制。

“万华·南湖春晓”项目位于芜湖城南核心区域，九华南路以西，马仁山西路以南，地块东侧是奥体中心，周边名校环拥，生活配套成熟，是芜湖人文景观氛围最为浓厚的片区。项目所处的区域是芜湖的滨江板块，由于长江得天独厚的自然条件，沿江区域在每一个城市都是发展的核心，未来的发展潜力不可估量，像上海的外滩、杭州的滨江板块、南京的河西都已经成为整个城市中最高端的居住生活区域。

整个项目总占地约300亩，用地面积约19.4万平方米，总建筑面积约29.5万平方米，其中包括1栋文化大剧院、1栋酒店和7栋高层住宅，其中还有一个200亩的文化公园。住宅部分，地上建筑面积约14万平方米，地下建筑面积约5万平方米，一共1088户，配有1145个车位，计划于2023年12月31日整体交付，住宅面积从99—168平方米，满足各类客户的居住需求。

谈到在芜湖投资发展中，怎样塑造企业形象、树立品牌意识、以信誉谋发展的主题？史伟东说，万华地产一直秉持“中国精品地产践行者”的理念，让每一栋建筑都与城市文化相结合，将“和谐、生态、共荣”的理念融入到人居建设中去，致力于创造自然、建筑与人文交融的和谐人居生活，并将这种理念始终贯彻于企业的规划设计、开发建设和客户服务全过程，研创节能环保、自然舒适的产品，提升产品品质，并通过亲情人性化服务营造良好的社区氛围。万华所做的这一切赢得了消费者的喜爱，受到社会的广泛好评和认可。

万华是一家具有社会责任感、企业使命感的优质企业，在保持企业稳健经营、可持续发展的同时，勇于承担社会责任，积极参与社会各项公益事业，真正实现企业价值和社会使命的完美结合。

谈到芜湖投资环境，史伟东认为，近年来芜湖整体经济发展十分强劲，消费增长旺盛，万华地产对芜湖市场十分看好，也准备未来深耕芜湖。芜湖这个城市拥有浓厚的文化底蕴，是一个非常有发展潜力的城市，随着商合杭高铁的全线通车，“承东启西”的芜湖将以强劲的步伐，迈向融入长三角更高质量一体化发展的新未来。众多品牌开发商都有意进驻芜湖，也表明对芜湖市场的看好。芜湖市还入选了中国大陆最佳地级城市30强，还是中国创新力最强的30个城市之一，具备这样优势条件的芜湖市在未来必定会有更好的发展前景。

交通，让城南成为城市中心

传统习惯上的芜湖城南，以青弋江为界，今天的城南已经远在三山区南，弥合老城南概念的当然是因为城市交通的发展。如今，仅市区内青弋江上已经建起临江桥、中山桥、花津桥、中江桥等12座桥梁跨江而过，轨道交通1号线、3号线穿越青弋江直达白马山、繁昌，不久即将通车，位于大工山路的过江隧道建设也在紧锣密鼓的实施中，交通将传统的城南城中紧密联系在一起，逶迤的青弋江成了城市的内河。

奥体中心　从城南地标到城中宝地

芜湖城南，除了高新开发区、滨江商业区外，还集聚了大学城等几十所高校，成为芜湖最具文化氛围和商业气息的地方，是芜湖文体和休闲娱乐中心。曾经，芜湖奥体中心在老芜湖人的心中属于偏僻的城南，随着芜湖的建设发展，特别是新中江桥的建成，昔日的城南地标成为繁华市中心滨江版块，区域价值耀升，未来可期。

城南因为得天独厚的地理优势和充满文化气息的人文环境，成为芜湖人居的风水宝地，在这里汇聚了很多大牌房企的项目，奥体中心、十里江湾公园近在咫尺，周边金融、超市、学校，商业、医院等配套设施十分完善。奥体板块，紧邻中江桥南，加持多重优势于一身，自身条件优渥，成为芜湖人择居的优先选项。

城南新势力——“万华·南湖春晓”

“万华·南湖春晓”项目位于奥体中心南侧，由于前期开发商的原因，项目几经波折，停摆了9年。根据规划要求，该项目将建设为集住宅、公园、剧院、酒店、商业等各种业态于一体的大型建筑综合体，现在该项目已经重新启动，其住宅部分确定案名为“南湖春晓”，投资商为山东万华地产。

项目周边成熟社区林立、居住人口众多；商圈云集，人流量集中，繁华随处可见；位居芜湖南北向大动脉九华山路旁，未来轨道1号线开通，将进一步加强区域间交流，提升整体滨江板块的发展后劲。未来，随着南湖春晓项目的完成，奥体滨江板块将更加炙手可热，发展前景不可限量！

万华地产这次落地芜湖，一定将不负芜湖人民厚望，在城南打造又一个标志性建筑，成为芜湖滨江集商业、文化、居住为一体的现代时尚聚集区。

2020.8

荣盛：匠心打造江城理想人居

江城楼市荡惠风，品牌项目数荣盛。

在风生水起的芜湖房地产市场中，荣盛万业房地产开发有限公司芜湖事业部在成功打造“荣盛华府”项目后，又以其高起点高品位大手笔在芜湖城东建设高端作品——“荣盛江城观邸”，敬献城东人居、缔造城东品质精英新生活，业界独树一帜，魅力彰显，人们广为关注。

荣盛作为全国地产企业前20强，对于产品是如何把控的、未来在芜湖又有什么长远规划？带着这些问题，2020年10月初，笔者专程采访了芜湖荣盛万业房地产开发有限公司芜湖事业部总经理廖华平。

笔者：在市场竞争中是如何定位芜湖市场，把握发展机遇的？

廖华平：芜湖作为长江经济带最具活力的产业创新中心，经济活力与内生增长力无可比拟，具有强大的城市吸引力。同时，芜湖横跨“皖南国际旅游区”“1小时都市圈”等旅游圈，是当之无愧的皖江旅游集散地。近几年，芜湖城市发展大提速，特别是在“东扩南进”战略的指导下，芜湖市政务文化中心屹立于新区核心，紧随其后的是商圈、交通、医疗等众多优质资源的汇聚，让整个城东板块的宜居度不断上升，也吸引了众多地产商的强势入驻。时代在变，城市在变，人们的需求也在变。从最初的刚需必备，到如今追求更高品质的居所，百姓购房置业的选择也越来越精细，这对于房企的要求也越来越高。在激烈的市场竞争中，荣盛秉承打造新型生活理想家的理念，立足于做精品住宅，品质体系不断升级，希望能不断地为芜湖城市提供更高品质的产品。一个是有文化、有创新、有潜力的城市，一个是品质房产的坚守者、实践者，我们相信这样一个机遇下，荣盛与芜湖的结合，可谓是顺应时代的发展潮流。我们也坚信，荣盛会深耕芜湖这座城市，继续给江城人民带来更高品质的理想生活。

笔者：请介绍一下公司基本情况及在芜湖项目运作情况。

廖华平：作为市值千亿房企，荣盛拥有中国房地产开发一级资质，名列中国房产百强企业第16位。24载砥砺前行，荣盛地产累计布局环渤海、长三角、珠三角、京津冀四大经济区，深耕80座城市热土，悉心洞察时代需求，深耕每一寸土地，敬献300余个高端人居精品。

荣盛发展于2003年进入安徽，先后进入蚌埠、芜湖等城市，目前已开发17个高品质项目。2016年9月，荣盛首次进驻芜湖，打造了芜湖城中心高端品质红盘——“荣盛华府”，芜湖荣盛华府项目坐落在城中心万达板块，旨将“宽宅院墅，低密豪宅”的“宽居生活”理念带至江城，通过自身的产品品质和优质的物业服务，给芜湖人民带来更好的居住体验。入市后深受客户认可，成为区域标杆。目前小区已经完美交付，荣盛也是以高端品质兑现承诺，不管是园林景观，还是房屋质量，都给所有的业主交上了一份满意的答卷。

2020年3月，荣盛首进城东，以匠心打造高端作品——“荣盛江城观邸”，江城观邸项目近邻轻轨梦溪路站与万春湖路站，随着城市东扩发展提速，板块内将形成立体式交通网络，便捷往返市内各区，无缝对接高铁站，畅达八方，出行便捷高效，尽享经济红利。加上项目周边万春商业广场、芜湖市第一人民医院、方特主题乐园等各种优质资源环伺，悦享各大繁华生活圈。项目自7月份营销中心开放以来就备受瞩目，8月份更是取得首开大捷，目前俨然是城东红盘，深受购房者的青睐。

笔者：在芜湖投资发展中，是怎样塑造企业形象、树立品牌意识、以信誉谋发展的？

廖华平：在芜湖投资发展中，我们的每一项工作的展开都是深思熟虑、反复推敲的结果。

荣盛地产进驻芜湖市场以来，一路稳扎稳打，脚踏实地，始终秉承“缔造新型生活理想家”的理念，旨在把“荣盛江城观邸”打造成荣盛城东的封面之作。

在小区规划方面，项目整体以超35%的绿化率，打造高品质新中式建筑风格的园林公园景观社区。小区布局错落有致，层次感较强，充分保证各楼宇间宽松的空间维度，最大限度保证户户阳光充裕，围合出舒适宜人的理想空间。项目打造全龄生活社区，针对不同年龄段配有不同的运动设施，犒赏人生每一阶段，在实现亲子互动的同时，又满足了一家三代不同的需求。此外，项目把细节科技转化为人居智慧，通过单元入户人脸识别、智能梯控、园区直饮水等18大科技配置，为业主带来更理想的新生活。另外，好的社区离不开好的物业。江城观邸项目拥有国家一级物业资质自持物业——荣盛物业，目前已接管项目遍及43座城市，服务业主人数90余万人；24小时安保巡逻、365天全天候智能监控等多重物业服务，从园林到家政维修，专注生活的每一个细节，为业主随时提供安全、贴心的品质服务。

荣盛不仅在产品方面，以匠心筑造品质人居，而且自入市以来多次举办业主专属观影、生日聚会等关怀活动，更大程度上，维护业主关系，让业主感受到品牌房企的优秀企业文化。

笔者：请廖总谈谈对芜湖投资环境的认识。

廖华平：芜湖位于皖江城市带，受南京都市圈与合肥都市圈双核辐射，芜湖房地产市场有着较强的经济基础支撑。近几年，芜湖房地产市场一直保持健康平稳的发展，各项指标数据都显示出芜湖房地产市场处于不断前进状态，另外，中国城镇化进程一直是影响房地产行业发展的风向标。无论是城镇化发展还是芜湖城市自身的吸引力，都显示出芜湖这个市场存在着较大的市场需求空间。

就我个人的经验来看，城东板块因其自然条件优越，加之地块容积率较低限制，基本集中了各房企高端产品系，未来城东可能以刚需升级到改善型客户为主，或将成为芜湖下一个重要豪宅集中区域。

笔者：请廖总展望一下公司未来发展前景以及下一步打算。

廖华平：未来，荣盛将以“荣盛江城观邸”项目为新的起点，在尊重城市、尊重文化之下，抱着深耕城市的决心，着力于生活方式变革与生活水平的提升。荣盛将肩负着更多的使命，后期有好的机会我还是希望能够更多地参与到这座城市的建设和发展中。

2020.10

高速地产：东方“御”境　礼献江城

高速地产进芜湖，江城建设再提速。

方兴未艾的城市化进程为城市发展注入澎湃动力，对新时代房地产企业也提出了新的要求。高速地产集团作为安徽交控集团下属的省属国企，坚守以“为美好安徽铺路，让幸福生活提速”为企业使命、“诚信、务实、创新、担当”为企业核心价值观的“新徽道”精神，经过多年发展，在省内外树立了良好的品牌形象。

当下，为进一步适应新形势、新发展，高速地产集团顺势而为，提出“新时代　住好房　美好生活尽在高速地产”的品牌发展理念，系统打造建筑产品、物业服务、社区管理等三大板块，形成“乐生活”（乐居高速、乐享生活、乐邻社区）特色品牌，用产品“硬实力”和服务“软实力”塑品牌、促发展。

2016年，高速地产携高速御府项目首入芜湖，以匠心为笔，执建筑为画，挥就壮阔江南大地，掀起城南购房热潮。2019年，高速地产携第二子——“高速东方御府”以38万平方米的科技华宅，定鼎芜湖城东芯，致力重著芜湖格局，绘就轻轨时代。

伟大时代充满创造，赢得未来唯有奋斗。让我们领略芜湖高速地产总经理朱建中就如何奋力为芜湖再献人居典范的实践诠释。

笔者：请朱总谈谈高速地产进入芜湖市场的初衷和战略意义。

朱建中：芜湖是长三角大城市、华东地区重要的科研教育基地、全国的综合交通枢纽，曾入选中国大陆最佳地级城市30强、中国大陆最佳商业城市100强、中国创新力最强的30个城市之一，GDP总值在安徽省仅次于合肥市，经济发展趋势强劲。

高速地产近几年来发展迅速，核心点之一就是选择进入综合潜力大的城市，顺应城市的节奏而大力发展；高速地产重仓于安徽，而芜湖是公认的安徽省“第二大”城市，因此芜湖顺理成章地成为高速地产投资发展的一个重要战略城市。

笔者：请朱总介绍一下高速地产品牌建设概况以及芜湖房地产市场占位。

朱建中：高速地产集团隶属于全国500强安徽省交通控股集团有限公司，秉承“新时代　住好房　美好生活尽在高速地产”的品牌理念，19载耕耘和沉淀，为14座城市带来30余部高品质作品，为10万户家庭带来人居住宅新体验。怀着对土地的朴素敬畏，致力于打造不负时代的经典著作，成就世人争藏的人居范本。

4年前“高速御府”开启了江城的高速时代，入市不到两年时间28万平方米全部售罄，现已交付使用；“高速东方御府”自入市以来，一直雄踞芜湖商品房销售榜单的前列，以众望所归的态势屹立于城东政务区C位。

笔者：在芜湖投资发展中，高速地产是怎样塑造企业形象、树立品牌意识、以信誉谋发展的？

朱建中：经过10年集团化发展，高速地产集团事业版图不断扩大，“精品筑家　臻于至善”的理念不断延伸，品牌建设不断强化，“新时代　住好房　美好生活尽在高速地产”深入人心，根植于一份美好初心，精工匠造传递生活之美。高速地产自进入芜湖，便坚持“精品筑家　臻于至善”，开发了高速御府项目，匠筑高品质人居典范，随后2019年，“高速东方御府”重磅推出，在前者良好的基础上加以升级，打造出蕴含东方礼序的匠心之作，自入市以来深受江城人民的追捧，网签销量一直名列前茅。“高速东方御府”也将不忘初心，坚持品质服务提升不动摇，带着与芜湖共成长、同发展的美好期许，为未来城市建设贡献一分力量和责任，为更多的家庭带来人居住宅新体验。

笔者：在抗疫促产中，高速地产是如何逆势而行，用责任和担当创造城东新项目销售佳绩的？

朱建中：“高速东方御府”售展中心严格遵循国家相关部门关于疫情防控要求，在有关部门通过审批复工手续后，于2020年2月27日正式复工。每日对售展中心进行高频次消毒，特殊时期坚持一对一约见服务，即全场同一时间只接待一组客户，接待人员也全程佩戴口罩与客户保持1米安全距离。对进出员工、客户进行体温检测和登记工作，并发放一次性医用口罩与手套。同时通过号召“喇叭响起来、宣传横幅挂起来、温馨提示贴起来”，普及物业疫情防控措施及科学防护知识等，增强自我防范意识和防护能力，营造万众一心阻击疫情的氛围。

自复工以来，“高速东方御府”在组织高效安全的防护措施的同时，紧抓营销工作不放松，及时抓住区域发展新机遇和热点事件，进行有效的释放传播，取得了极其瞩目的成绩，1—2月、4月、5月均获得芜湖市销售面积网签排行榜第一名，2020年前五月已获得4个月的网签销售冠军，让热销在高速东方御府已成为一种习惯。

同时，作为责任国企，在疫情面前我们尤显担当，我们集团率先响应党和政府号召，对复工复产推出五大“硬核”保障措施：一是给予合作单位合同价款5%以内的一次性启动资金支持；二是主动承担防疫成本，减轻合作单位成本压力；三是将原按节点付款改为按月度付款，并提高付款比例，减轻合作单位资金压力；四是减免承租户的租金不少于3个月，仅此一项，全集团就减免租金达千万元；五是依法豁免疫情原因的违约责任。可以说，正是有了以上几项干货政策，使我们的工程、营销等各项工作得以顺利进行，稳定了人心，为“六稳六保”贡献了我们的绵薄之力。

笔者：请朱总谈谈对芜湖投资环境的认识。

朱建中：芜湖作为一座美丽宜居、充满活力的滨江之城，这里有着优美的自然风光、浓厚的文化底蕴、便利的交通区位、深厚的产业基础和优越的投资环境，是投资发展的理想之地，对于企业有很大的吸引力。伴随着商合杭高铁南线贯通、长三角一体化都市圈的深化推进发展，芜湖的未来大有可为。这几年，越来越多的品牌房企落户芜湖，选择来芜湖投资兴业，就是看好芜湖的城市发展前景与房地产投资潜力。

笔者：请朱总展望一下公司未来发展前景以及下一步打算。

朱建中：“高速东方御府”结合了地块的属性，为项目做出独特的定位，让房屋触及生活的实质，在品质生活的背后，精益求精雕琢每一寸建筑与空间，将匠心发挥至极致，不辜负这座城市与在这片土地生活的人，让居住者的身份、资源与居住理想得到完美呈现。我们将继续履行国企责任，深耕芜湖，持续开发，坚持“房子是用来住的、不是用来炒的”定位，努力建造江城百姓买得起的好房子，为实现宜居芜湖共同奋斗！

2020.6

立芜湖城市标杆　掀市场“港龙”旋风

初夏的午后，两杯清茶，笔者和张军面对面交流。张军，港龙中国安徽区域芜湖片区公司总经理。笔者面前的他，侃侃而谈芜湖的飞速发展、港龙的深耕芜湖战略。言语之中，展露出在芜湖房地产市场大展拳脚的雄心壮志。仅仅一年多前，2020年4月28日，港龙中国进军安徽，在芜湖拿下第一块土地。当时，芜湖的业界和老百姓还在询问“港龙是谁”？然而一年多来，港龙迅速在芜湖打造了三个项目，跻身芜湖主流影响力房企行列，成为芜湖房地产行业的城市标杆，掀起了芜湖地产市场一阵“港龙”旋风。

在芜湖烙下港龙的足印

短短一年多来，港龙在芜湖取得的成绩“耀眼夺目”。张军介绍说，2020年以来，港龙前瞻性的在芜湖市湾沚区连续拿下两块土地，打造湾沚热销的“港龙·时代天骄”一期、二期，再到后来三山区，趁热打铁打造“港龙·湖山映”。“港龙·时代天骄”一期更是在短短8个月时间实现现金流回笼；从第一位用户走进港龙的营销中心，到现在三个项目累计拥有超千户港龙业主，港龙中国的品牌已经深入人心。目前，“港龙·时代天骄”一期即将售罄，二期在售房源去化过半，销量引领当地市场；“港龙·湖山映”项目也持续热销，领跑三山地产板块。刚过去的这个五一假期，“港龙·湖山映”热销60套，超过去年同期市场总和。港龙带到芜湖的，不仅仅有销售的骄人业绩，更带来了一个大企业应有的责任和态度。港龙在芜湖加大投资力度，与芜湖共发展；各项目销售快速推进，“港龙·时代天骄”“港龙·湖山映”等项目先后入市，有效扩大了市场供给；港龙提供了众多性价比极高的产品，不仅有高品质的产品，而且有稳定市场预期的房价；港龙引领了追求卓越的服务理念，及其热心社会公益更是赢得了社会的赞誉。

成绩背后的地利人和

谈起骄人的成绩，张军却很谦虚。他谈了很多因素，却很少谈到自己。张军说，成绩的取得，离不开港龙中国地产集团。2020年7月15日，港龙中国于香港联交所挂牌上市。集团以“美好生活筑成者”为愿景，潜心致力于住宅开发，重点布局上海、杭州、苏州、南京等长三角区域城市，累计开发面积近千万平方米，在售在建项目近70个。2020年，港龙中国进入安徽之后，将安徽特别是芜湖作为深耕长三角战略的重要一环，对芜湖持续投入。成绩的取得，离不开芜湖良好的投资环境。芜湖开放多元，商业氛围浓厚。各级政府部门高效、规范的服务，心系企业，急企业之所急，为企业发展保驾护航。成绩的取得，还离不开一支能打硬仗的团队。2020年在市场竞争残酷、政策调控等多方面压力下，港龙人坚持高要求高标准，秉承着真诚服务客户的理念，在一个个项目打出了漂亮的胜仗。一个个项目逐渐完美亮相的背后，倾注了很多人默默无闻的坚守和近乎苛刻的追求。张军特别举例说：“去年拿地之后，连续遇到地区洪涝灾害、政策调整升级等诸多不利因素，但我们依然在拿地后5个月顺利实现项目成功首开。”

深耕芜湖　与芜湖共未来

展望未来，张军表示，目前芜湖区域尚处于起步发展阶段，但是蓝图已定，未来可期，港龙中国对深耕芜湖充满着期待和信心。芜湖作为安徽省第二大城市，是品牌房企的必争之地，港龙对芜湖市场充分看好，将以现有项目为基础，持续开拓新市场。作为港龙中国首个百亿级大区组织定位，港龙安徽区域公司拟规划三年内实现土储不低于五百亿平方米、年均销售额超百亿元的战略经营目标，发展为安徽市场深耕型的龙头房企，实现百强房企规模。而芜湖作为目前安徽港龙的重中之重，自然肩负重任。与此同时，稳健经营、匠心打造也将是港龙中国不变的原则。港龙每一步都步履坚实，做一成一。无论是产品设计建造，还是服务运营，都以精致主义生活观，做一个“美好生活筑城者”。新目标，新征程，港龙必将继续给芜湖带来更多更大的惊喜。

2021.5

中丞品牌赋能芜湖美好人居

一座城市之所以伟大，不仅在于曾经在这片土地上流传的经典，更是时间的长河中，一代又一代匠人，不断砥砺前行，以不凡的魄力，以建筑界分时代，开创城市建设新篇章。

当中丞遇见芜湖，因缘际会的是城市的理想。在城南的发展脉络之上，集聚交通、商业、教育、生态无数璀璨的区域中，镶嵌着城市未来的明珠。“中丞·翰林时代”有幸择址于此，当为江城筑造比肩都会的理想人居。

中丞品牌怎样赋能芜湖美好人居，添彩滨江山水宜居之城的？7月上旬，笔者专访了中丞控股集团芜湖城市公司项目总经理郑鑫。

如何定位芜湖市场，把握发展机遇？郑鑫说，回望世界经验，随着交通建设推进，城市骨架不断拉开，TOD开发也同样伴随着城市发展不断更新。一个完整的未来城市理想单元，将会由底盘、核心、场景构成，而TOD构建的实体建筑正是底盘的重要构成之一。

TOD究竟是什么？TOD开发模式即“公共交通为导向的城市开发”，于1993年由彼得·卡尔索率先提出，旨在通过公共交通来引导土地利用和城市发展，回归到以公共交通为主导的集约发展模式。虽然TOD起源于美国，但其从构想到实践却是在中国香港、新加坡以及东亚获得了大规模成功。

TOD不仅能推动城市进程，更可以为城市创造更多价值。通过“轨道交通+地产”复合开发体系，有效带动形成大型居住区、集中商业区、城市资源带，让各项城市资源得以有序、高效地优化和重新分配，最终形成城市格局上的功能闭环，带来新城发展和城市更新的机遇以及开发能级的提升。

芜湖城南，近年发展势头较为强劲，随着弋江站更名为芜湖南站、芜湖轻轨1号线（在建）预计国庆期正式通车，交通便利为城南发展带来机遇。可以说，城南此时此刻占据了天时地利人和，自然需要肩负起城市副中心的重任。

很多购房者往往因为成熟板块房价太高承受不起，或因偏远区域配套不够完善望而却步。郑鑫说，我们应该去发掘有价值的区域，尤其是可以跟随城市发展，自身价值不断成长的区域。而城南板块，就是这样一个会成长的区域。“中丞·翰林时代”择址于此，迎时代发展机遇，未来可期。

谈到中丞在芜湖项目运作情况，郑鑫高兴地告诉笔者，中丞集团公司是一家集项目投融资、房地产开发、物业管理、商业配套服务为一体的多元化综合性大型企业，总部位于安徽省合肥市滨湖新区。自2012年创始至今，以前瞻眼光布局全国，植根安徽。

2014年，中丞首入芜湖，为这片亟待发展的热土，筑起了赋能江城人居变革的“官山翰林”、滨江人居标杆的“翰林公馆”两大力作，收获众多高端业主信赖。8年来，中丞始终以厚植深耕之心，与芜湖共融，用自身的价值撬动、激活土地的价值，赋能芜湖美好，牵引城市向上发展。

如何塑造好企业形象、树立品牌意识、以信誉谋发展？郑鑫介绍，多年来，中丞秉承“诚信务实、追求卓越、服务社会”的品牌理念，为逾百万客户提供了优越的居住环境。2013年与芜湖市镜湖区政府合作完成“官山翰林”棚户区改造项目，建设面积82万平方米，可入住5794户，投资近40亿元，是安徽省目前较大的棚改项目。集团公司始终坚守“服务社会、回报社会”的信念，积极投身各类社会慈善事业，2017年仅在芜湖弋江区捐资助学达5000万元。

关于芜湖的投资环境，郑鑫认为，近年来，受股市低迷等因素影响，芜湖的不少投资者日渐把视线转向房地产市场。房产投资是跨时间的游戏，我们对未来的经济、未来的教育、未来的城市界面、未来的供求关系、未来的价格有更好的预期，这才是投资的真谛。

中丞倾力打造的“官山翰林”项目，2016年开盘价格仅6700元/平方米，如今二手房挂牌价已突破20000元/平方米大关，涨幅惊人。而翰林公馆项目，2017年成交均价在9000元/平方米左右，目前最新二手房挂牌均价达16972元/平方米，同样一路高涨。

价值投资的最核心，就是投资最有价值增长空间的产品，所以在投资方面，最重要一点就是“准确定位一套房产今天和未来的价值”，能够准确地判断这套房子的价值在未来匹配得上更高的价格。

房子作为不动产，其最本质的特点就是不能移动，所以地段是不可再生，是稀缺的，而地段背后所具有的各种优势，将是其价值的最大附体。“中丞·翰林时代”，天赋城南区位优势，于双轨之上匠造时代人居巨作，以及品牌硬实力的加持，自然成为投资者的优选。

谈及公司未来发展前景，郑鑫信心满怀。他说，2021年3月，中丞集团在“2021中国房地产开发企业200强”中排名第106位，安徽省排名第12位。展望未来，中丞集团公司将继续充分发挥中国房地产集团联合投资股份有限公司的集团优势，围绕棚改住房建设、城市综合开发、居住商务地产开发、物业商业服务配套四大主线，坚持做到诚信为本、务实创新、合作共赢，致力成为中国房地产行业服务政府、服务客户、服务社会的标杆企业。同时，中丞集团将初心不改，用行动证明深耕芜湖这座城的决心，为江城人民带来更高品质的人居体验。

2021.7

“明月”四载荣光　与城南共著塘前想象

从春的芳华葳蕤，到夏的炙热蓬勃，跨越时间的纵深，“春江明月”已走过四载岁月。

自2018年，“春江明月”在元亩塘这片珍贵土地上，以超高性价比的红盘魅力，持续热销，频创佳绩，备受市场关注与认可，销售面积约58.02万平方米，为5000余位业主带来美好生活。

时间沉淀生活，也让所有的美好都有迹可循。现在，让城市与建筑对话，让开发与生活相容，通过对芜湖皖新万汇置业有限责任公司营销总监方华林的专访，开启“明月”在元亩塘畔的人居佳话，让约70万平方米生态大城的魅力照进江城大众的生活。

倾听一座城市的未来

“城有百藏而不言，水润万物而不语。芜湖便有这样的魅力。”方华林如是说。

芜湖位于皖江城市带，作为长三角的重要地带，受南京都市圈与合肥都市圈双核辐射。这些正给芜湖的未来发展提供更为强劲的推动力。同时对接长三角一线城市带来的金融、科技、贸易等的辐射效应，芜湖将迎来更好的大发展局面。

近几年，芜湖城市发展大提速，特别是在“东扩南进”战略的指导下，城南元亩塘板块的不断发展，成为区域崛起的重要信号。依托约800亩元亩塘湿地公园（规划建设中），“春江明月”正在续写着更茂盛的新意，以四年为序，在崭新的起点上，随着产品的不断升级和更新，为芜湖城市焕新发展注入新的力量，为芜湖城市带来更美好的生活方式和人居作品。

循迹城南核心的磅礴

当我们谈到对芜湖投资环境有何认识时，方华林坦言，如今城南成为整个芜湖的热点板块，短短几年时间，城南板块从交通的便利性、生活配套的完善性、学校布局的调整优化性、商业项目的递增性、园林生态的天然性等方面来看，已然发展成为芜湖最适合宜居的区域之一。

同时，在土地价值高涨下，芜湖作为长三角重要城市，正迎来新的发展契机。一个个利好消息落地，不断刷新着板块区域的高度。从区域规划到地标建筑，从文化生活到自然环境，芜湖城南板块的城市地位在变，在变得更高。

回响“明月”大城的魅力

从好房子到好生活，“明月”为芜湖人的美好生活寻找注脚。

方华林说，我们坚持“文化建筑美好生活”的理念，满怀对人居文化的尊重和理解，不断创新突破打造多业态、高品质的社区创造美好生活。始终坚持对产品的不断更迭，去创造富有特色、具有生命力的作品，让生生不息的气韵流淌在人居生活里。这是城市人居文明发展的见证与体现，是我们积极推动城市文明传承发展的初心，也是为长三角城市群发展做下极好的铺垫。

他说，我们致力于为业主提供贴心服务，传递城市的爱与温暖。惟有充满爱与温暖，城市才能充满向心力，社区才能具有归属感，生活在城市的人们才能感受到幸福与美好。一直以来，我们都以履行社会责任为己任，结合自身的能力优势，履行企业责任与使命，一直在为美好城市贡献自己的一份力，用行动共建温暖文明的美好城市。未来，也将执着于用极致的产品服务、美好的人居生活理念，来匹配一城的荣光。

共振元亩塘前的新声

四年，始终归心；四年，始终坚守。“春江明月”如同一个造梦者，矢志不渝地构建着一幅幅符合理想生活的人居主场。

方华林介绍说，目前，三期新品荣耀面世，项目着重现代自然意境的打造，同时结合现代新设计理念，以芜湖浆染为主要设计思想，泼墨为设计元素，“八坊”为软景系统，打造“一轴两带十园”景观。建设萌宠乐园、亲子乐园、阳光草坪等空间和休憩廊架、景观漫步道、康乐健体区、室外会客厅、约500—800米慢跑道等功能分区，为业主打造健康、活力的全龄运动场地。

“春江明月”，以70万平方米品质大盘的布局，正在逐步兑现生态大城生活，始终承载着来自各界和业主们深厚的希冀与期待。截至目前，1#、2#、3#、6#、7#、8#、11#、12#、13#、18#、19#、20#、21#大美交付，实景呈现，看得见的美好生活居家，预计今年一期完成全部交付。

项目主体建筑是富有艺术感和昭示性的简洁现代，以“四大场景”牵引起空间的流动：自城南而入，途径塘前，踏入明月，漫步林间。景观设计延续建筑的元素与意韵，将人文意境和现代艺术融合，塑造出开放接纳的精神领地、充满艺术的隐喻之美，以完成居住理想的升级与实现，为业主营造丰富、高品质的美好生活。

展望澎湃江城的荣光

春江明月于澎湃江城划定了全新的疆域。方华林认为，芜湖拥有非常大的发展潜力，当然，对于春江明月来说，土地和城市的远见与判断，铸就了它的成长根基。在砥砺前行中，始终以独特的眼光和标准，发现城南和土地的未来生命力。春江明月，以超越时代的远见与胸怀，以醇熟、舒适、活力的主色调，乘加速区域板块价值崛起之势，以臻心圈定芜湖美好生活，打造时代人居巨著。

方华林坚信，春江明月从城市符号、人文定制和文明焕新等层面注入新内容，满载匠造幸福人居的决心，对城市人居的生活场景不断深入革新，对归心品质进行传承与拓延，原创出全新的建筑蓝本，以兼容并蓄的美学姿态，重构尊崇高雅的现代人居。

2021.8

安兴杰成：责任打造芜湖的“城中央”

“今天的中央城，明天的城中央”，这一响亮的广告语在江城已家喻户晓。

以打造典范人居环境为己任的安徽安兴杰成房地产开发有限公司，在激烈的市场竞争中，用极强的责任心、全新的理念、高起点规划、高标准建设、高效率推进，构筑了中央城建设的小阳春。

安兴杰成是如何应对市场谋求发展的？日前笔者专访了安徽安兴杰成房地产开发有限公司董事、总经理侯培勇。

“对房地产经营管理者来说，必须要有强烈的责任感和责任心，牢固确立认认真真做实事的思想。市场震荡，竞争激烈，既是挑战，也是机遇。挑战磨砺人的意志，机遇青睐有准备的人。当房地产市场从狂热到逐步回归理性，开发商的经营理念与消费者的消费意识也在不断改变。要想在市场竞争中谋求稳步发展，必须适应市场的变化，保持创业的激情，但责任是一直不能变的！”在花津南路诗情画意的中央城会所，得知笔者来意后，侯培勇娓娓道来。

据介绍，安徽安兴杰成房地产开发有限公司,是由省属大型国有企业安徽省旅游集团有限责任公司与安徽杰成房地产开发集团有限公司合资组建的股份公司，成立于2005年。公司投资开发的“中央城”，地处芜湖市的地域中心，位于城市南北主轴线的九华南路以西、纬四路以南、纬五路以北、中山南路以东的地块内，坐落于芜湖市高校园区核心区域，毗邻奥林匹克公园和滨江公园，人文气息浓郁，交通极为便捷。“中央城”占地面积87万平方米，规划建筑面积130万平方米。这是一个以国际会展中心为龙头，集大型生活区、国际会展中心、五星级酒店和现代化商业为一体的地标性复合地产项目。项目以花津南路为界将整个地块分为住宅、商业两块，建成后可容纳约35000人居住、学习和生活，社区内部配套建设有一所九年制学校、两所幼儿园、菜市场、公交车调度场、游泳池、健身场所和大型商业中心等。

“作为致力打造最佳人居环境的房地产企业，要有明确的社会责任和大局观念，在责任为先的前提下，以实力、信誉塑造良好形象。”侯培勇这样认为。据介绍，2005年底取得中央城项目土地使用权后，公司在股东单位和董事会的坚强领导下，积极响应芜湖市政府规划要求，首先投资建设的是国际会展中心项目，这一投资2.5亿元、4万多平方米的大型公建项目直至2006年4月才具备施工条件，当时市里要求明年年底前建成交付，迎接“科博会”的举行。时间紧、任务重、工程量大，公司没有强调过多理由，克服一切困难，迎难而上，组织精兵强将高效运作，短时间内投入巨资超常规推进，于2006年10月28日提前一年交付使用，受到社会各界的好评。

“以负责任的态度想消费者所想，坚持以人为本，信守承诺，方可赢得客户和市场。”侯培勇说。据了解，由于地块面积大、拆迁难度高等原因，2005年底取得土地开发权，但直到2006年11月，公司才拿到了仅110亩具备施工条件的开发用地，虽然错过了最热销的开发时机，但公司毫无怨言，并迅速组织中央城A区开工。经过科学合理的规划、紧锣密鼓的精心建设，2007年6月，A区第一批房源具备了预售条件。当时正值房地产市场狂热之际，公司冷静看待市场，积极与政府、房管部门联系沟通，并通过宣传，主动引导消费者理性购房。对购房户，公司信守承诺，当面对2000多人连续5天6夜排队等待这样火爆异常的开盘现场，公司方面仍按照前期承诺的价格进行销售，同时积极落实包括医疗救护在内的各项保障措施，确保购房者在现场的安全，一度成为江城市民街谈巷议的话题。同样在2007年，为促进市场健康发展，政府曾实行过摇号购房的举措，在中央城9月份的一批房源上市时，由于承办部门的系统技术问题，摇号出现意外差错，先后出现了两套名单，其中有一套作废，客户集体找房管部门理论而僵持不下，为平息事端，保障稳定，公司积极配合房管部门，耐心做好解释说服工作，并在牺牲公司利益的前提下，有计划地突击组织安排了一批新房源，使中号的客户基本上都能买到理想的房子。又一次以实际行动支持了政府的工作，体现了公司责任地产的理念。

“客户的需求就是我们追求的目标”，侯培勇强调，“中央城”责任地产的态度不仅体现在市场行为方面，对产品质量的追求和保障、为业主创造更便利舒适的生活空间、尽可能降低业主的生活成本等等举措，更是项目公司不懈努力的方向。2008年初，我市某网站上出现了一篇质疑中央城使用的防盗质量有问题的帖子，并以多年前在其他地方使用的“开喜”牌防盗质量事故为佐证，公司对此极为重视，不仅没有回避，而且主动邀请来质监部门、技监部门、媒体及业主代表到工地现场，共同进行随机抽样送检，结果表明未发现任何问题，各方心悦诚服，购房者心安的同时也对自己选择楼盘的质量更加放心。为了降低业主今后的生活成本，中央城A区在原景观布局的基础上，增设了雨水收集再利用系统，利用景观水灌溉绿化，既体现了环保，又降低了物管成本；为了降低公共能耗，设置了太阳能公共照明系统；为解决高层保温外贴面砖的安全问题，在聚苯板保温层上使用软面砖涂层，这项新工艺在芜湖还是首家率先使用。

在教育配套方面，按原先的规划，中央城只需建设一座配套小学和两所幼儿园，后来由于十二中取消了初中部，造成在利民路以南、九华山路以西、纬八路以北的大范围内没有一所初中，面对这种情况，公司主动与政府协调教育布局的规划，2007年底，将原规划的小学主动升级调整为九年制学校的规模，这又将增加约数千万元的投入。在此基础上，公司又积极引进优质教育资源，投入数百万元与安徽师范大学合作，计划将该所学校创办为安徽师范大学附属中央城九年制学校。以负责任的态度真正为业主、为社会做了一件好事。

在商业配套方面，为了塑造城市形象，扩大了“中央城”五星级酒店的规模与投入，据悉，中央城五星级酒店一期工程约38300平方米，总投资约2.3亿元，在2008年度经济环境极其恶劣的情况下，公司仍然将酒店建设作为重点项目予以保障，如期开工，按期投入，正常施工，于2008年投入建设资金约5000万元，该酒店将于2010年9月建成投入使用。为了完善商业配套设施，公司在拿地之初就制定了详细的商业规划方案并数易其稿，同时，本着宁缺毋滥的原则，积极引进国内外知名的品牌商家，力争将商业地块打造成符合城市定位的区域核心商圈，该项工作目前已初具成效，并计划在年内正式启动。对于国家出台的一系列房地产政策，侯培勇认为，国家关于保稳定、保民生、保增长的决策，意义重大。在当前的形势下，开发商企业责无旁贷。2008年下半年，房地产市场出现震荡，销售滑坡，面对困境，股东单位齐心协力，共渡难关。公司采取积极措施，冷静应对，“生存才是硬道理”，公司一方面多渠道地推出各种团购优惠、降价促销的举措，另一方面，公司主动召集之前的购房户座谈，共同商讨进一步完善和提升社区配套、优化环境、共建美好家园的办法，并信守承诺、化解情绪，赢得了早期购房户的理解与支持。与此同时，为解决年底工程款支付问题，公司各方筹措资金，积极主动与数十家施工单位、材料供应商研究共渡难关的具体方案，从源头上制定防止拖欠农民工工资的具体措施，提前化解矛盾，并及时付诸实施，既保证了中央城建设按计划平稳推进，又以实际行动减少了不稳定的社会因素。

针对当前房地产市场出现的回暖现象，侯培勇说，这是前期调整过程中被压抑的需求暂时得到部分释放、房价理性回归的反应。随着市场供求关系、开发商竞争形势及消费者消费意识的不断改变，伴随着利好政策的推动，其他各行业的复苏，消费者收入预期的信心提升，观望情绪将会逐步减少，购房意愿转化为购房行为的状况也会逐步提升，而房地产市场将在调整的洗礼中，优胜劣汰，理性而平稳地前行。

谈及芜湖的投资环境，侯培勇说，芜湖良好的投资环境为开发企业谋求发展提供了保障。政府反应快捷，政策出台及时，服务效率很高，对房地产企业的关注和支持力度都很大，这些都为企业发展创造了良好氛围。

“我们今年的重点是：一如既往地保障酒店项目的建设和继续平稳有责任地实施住宅和商业项目的开发工作，这也是股东单位和董事会对我们项目公司的明确要求。”立足现实，侯培勇信心十足，展望前景，更是激情满怀。他表示，要以崭新的姿态，加倍地努力，高效运作，踏实推进，用责任全力将中央城打造成最佳人居环境的芜湖“城中央”。

2009.6

05

第五乐章

平　和

搏击市场竞风流

——安徽非常道地产营销策划公司发展纪实

“三分天注定，七分靠打拼，爱拼才会赢……”

20世纪80年代，《爱拼才会赢》这首歌一经推出，便立即走红大江南北，成为人人上口的国民之歌。而这首歌正是对安徽非常道地产和董事长鲍林的真实写照：善观时变，顺势而为；敢冒风险、爱拼会赢；团结协作，豪爽义气。

捕捉机遇　在拼搏中赢得市场

时光荏苒，回首到2015年，芜湖的房地产市场形势较为严峻，市区二手房和新房的成交量达到近几年的低谷，纵观当时的市场，大量的经纪人和地产从业机构濒临倒闭的边缘。就连江边的部分高端项目通过降价和其他促销活动，也很难达到快速清盘和销售的目的。

正当很多项目都一筹莫展的时候，安徽非常道地产董事长鲍林看到了前所未有的商机，对于一个刚刚进入行业的新团队来说这不就是最好的契机吗？于是鲍林和他的团队通过充分论证，多方位思考，并到苏浙沪等拥有成熟市场的地区考察，之后得出结论：通过大量经纪人导客、线上线下结合的方式来进行销售。

说干就干，鲍林和他的团队通过第一个公寓商业项目“张家山领秀城”充分论证了这一点，团队初创当时仅有七八个人，要从客户谈判、渠道拜访、线上获客等多方面入手，基本上这几个人都是白天夜里连轴转，写方案、做论证、跑渠道、谈客户，通过3个月的努力，终于换来回报，作为2016年度芜湖商业销售冠军的项目在他们手上操盘成功，获得了开发企业和同行的一致好评，线上线下渠道模式获得了成功，也为团队后续的发展奠定了基础。

到2017年，通过短短两年时间的发展，公司具备操盘楼盘销售经验的专业化渠道及代理公司，团队总人数已达到30人的规模，承接电商、分销、代理、渠道项目共计12个。当时承接了“张家山领秀城鼎湖1876商业”、“绿地缤纷城商业”“中央城”“名流印象”等商业项目，团队士气和人数达到芜湖同行业领先规模。

厚积薄发，努力向前。后续在2018至2019年，公司在无为、铜陵、芜湖县建立分公司。无为项目有“中俊理想城”“中俊花溪渡”“红星美凯龙商业”“绿城玫瑰园”“隆兴御龙湾”，公司是无为项目最多的代理公司。芜湖县项目有“东湖望族”“1912商业”项目等。

“专业渠道，深度分销。”这是我们的口号。地产渠道发展到今天，已由原先的单一派单，到现在的多元化、多维护渠道。所以，公司从线上线下渠道整合方面入手，把原有的单一渠道拓展到多元化渠道，并且加大对渠道人员的管理力度，使其一方面能具备拓客渠道管理能力，另一方面具备现场销售签约揽客能力，这大大增强了公司的创新优势，也使得客户的满意度大大增加。

商者无疆 在挑战中勇往直前

在这几年的从商生涯中，鲍林常常用这句话鞭策自己。

星光不负赶路人，时光不负有心人。经过四年的发展，到了2020年，公司已经成为芜湖地产渠道和代理业的标杆企业，团队的人数和规模均有所成熟，也得到了地产开发企业进一步认可。

2020年，南京易居进驻芜湖市场，第一时间找到非常道地产，通过深入的交流讨论，该公司将在芜湖扩大市场规模的重任交到了鲍林和他的团队手中。于是，再一次的扩大规模架构提上日程。经过一年多的发展，易居的垫资垫佣业务顺利整合，为践行“商者无疆，诚者无域”再一次打下了坚实的基础。

同年，经过资源整合，鲍林和他的团队又与星空传媒进行合作，接管运作芜湖房地产交易网，继续与芜湖市住建局、芜湖市房地产业协会合作，参与运作官方媒体平台——芜湖房地产公众号，进一步提升舆论导向的影响力，拓展线上线下渠道的发展思路，促进房地产市场平稳健康发展。

2021年上半年，鲍林和他的团队又重磅推出“深度文化”这一策略品牌，从开发企业拿地开始到品牌文化传播，再次让开发企业感受到专业的策略服务和推广服务。

当谈及从业中感觉最难的事是什么的时候，鲍林坦言:“商者无疆，诚信无价。信誉是第一位的。”

但凡成功者，除了身怀独特本领之外，更是有着不一般的优秀品质。鲍林在平常做事之中，总是奉行着“人品第一”的原则，诚实、友好、和善对待每个人每件事。“做人做事都要有底线，尤其是做生意，不能把利益看得过重，义利之间，以义为先。要让利于人，该人家得的就给人家，大家携手才能共赢。”这也是他从业以来最大的感悟。

这几年房地产行业的形势发生了翻天覆地的变化，就是在这种变化之中，太多的公司、太多的团队急功近利，产生了各种诚信的问题。鲍林和他的团队始终以诚信谋发展，受到社会各界的广泛好评。

众所周知，房地产由于是不动产交易，做不到一手交钱一手交货。更多的规则和制度体现在诚信的原则之上，行业流传着这样一句话：地产从业者打一枪换一个地方。因为承接着上下游的产业链，很多开发企业不能兑现承诺，导致下游无法兑现或者干脆跑路的情况屡见不鲜，而鲍林和他的团队在这方面可以说是从无一例类似事情发生。很多从业者做着做着就隐姓埋名，因为无法兑现合同和约定，诸如此类的事情很多，因为开发企业的兑付能力影响到下游的从业经纪人。而鲍林和他的团队承诺就是：“无论开发企业是否兑现，都会100%兑付承诺。”这一点也深深影响着与他们合作的机构和个人。现在，很多经纪人都说，在这两年风云变幻的地产行业，诚信，刻在非常道人的心中。

砥砺前行　在创新中谱写华章

对一个男子汉而言，38岁，事业才刚刚开始，以个人能力和个人素养为基石，鲍林以不懈的努力和追求构筑美好家庭和事业的梦想。他的激情和责任感，对团队、对企业、对家庭、对社会，都充分体现了徽商精神和人生价值。

鲍林说，未来的非常道地产，将会继续秉承为房地产客户服务、为购房客户提供满意的购房体验为目标和宗旨。将会为全省各楼盘提供差异化服务，并在代理、策略、渠道、分销四个方向努力，提供线上资源、线下整合的销售模式，力争为各客户项目带来丰厚的回报和巨大的客源。

有理由相信：经过风雨的洗涤、岁月的磨炼，正在发展中的鲍林和他的团队，一定会在奉献中走向完美，成为地产销售行业的知名企业和行业标杆，并在城市不断走向更靓丽、更宜居的进程中，谱写新的炫丽华章。

2021.7

“华欣1818”助你开启“靠铺”人生

一间好商铺需要的条件有哪些，相信每位买铺的人都会给出自己的答案：品牌、地段、人气、规划……拥有其中的一项优势，便算是有了好商铺的潜质，那如果同时具备了多项优势，更是不可多得的好商铺。位于三华商圈之芯、保定新城旁的华欣1818城市商业广场，就拥有这样集多项优势于一体的黄金商铺。

“华欣1818城市商业广场”，于三小路和经五路交会处，总用地面积23317平方米，总建筑面积37307平方米。规划1幢5层商业综合体、4幢商业街区，业态涵盖全面，包括零售百货、亲子体验、婚庆喜宴、教育培训、电影院线、菜市场等。

大品牌　有前途

购铺最重要的考量之一就是看品牌，以强大的品牌做背景，在无形中让客户增加信任度，同时，品牌的力量也将在后期逐渐凸显。安徽华欣地产成立于1995年，作为安徽地产行业的引领者，历经二十余载岁月耕耘，先后开发了多个项目，以其卓越的品质，得到业主们的一致认可。

作为“华欣1818城市商业广场”的开发者，华欣地产承载着使命和责任。从项目一开始，即投入了相当的人力、物力，以确保项目顺利、安全地进行，势必将其打造成三山最时尚、最潮流的一站式购物天堂。

聚人气　旺财富

“华欣1818城市商业广场”位于三华商圈之芯、保定新城旁，周边有各类商户1500余家。随着城市的蓬勃发展，区域价值将日益凸显，亟须一座包罗万象的商业广场来填补市场空白，“华欣1818城市商业广场”应运而生，享受三华商圈带来的无限商机，坐享城市发展澎湃红利。

项目可享受三华商圈所带来的大量人潮。三华商圈囊括三华—兴隆街沿线、公路街沿线、小康路沿线3条商业街，三山建材城、三山农副产品交易中心2座大市场，以及9家银行（13个网点），聚合周边庞大消费客流，流量和人气的加持，投资前景不言而喻。

大交通　大前景

根据规划远景，在不远的未来，三山区域将拥有3条过江通道：龙窝湖过江隧道、华电大道过江通道和已建成的长江公路二桥。2017年底，芜湖长江公路二桥开通，将南沿江高速与北沿江高速连成一体，从三山驾车前往京福高铁无为站仅40分钟车程，这让三山市民体验到了“大桥时代”的便利。

未来伴随龙窝湖过江隧道和华电大道过江通道的建成，必将快速推动三山区城市化进程，为发展中的三山新城，添上浓墨重彩的一笔，也将吸引更多目光的聚焦。交通建设为三山发展提速，空间将进一步拉近，经济快速融合发展，带来更多的人口流动，未来将为华欣1818城市商业广场输送大量的消费客群。

优配套　更便捷

民以食为天，作为老百姓日常菜篮子的来源，菜市场的重要性不言而喻。“华欣1818城市商业广场”内规划配建一座约4500平方米现代化大型菜市场，替代现有的临时菜市场，为周边居民的生活提供更为便利的体验。

且不惜成本投资建设约15000平方米地下车库，彻底解决停车困难、通行不便的交通困境，为消费客群提供了安全便捷的停车选择。

多业态　潮流地

作为三山区域内的一座现代化综合性商业体，华欣1818城市商业广场集吃喝玩乐购学多元业态为一体，满足各年龄段客群的消费需求。

为顺应时代潮流，打造标志性商业旗舰，华欣1818城市商业广场打造以餐饮、购物、文娱、教育、休闲为主的主题购物街区，将成为新一代网红打卡地。一站即享的畅快体验、一应俱全的缤纷业态，尽在华欣1818城市商业广场。

大商家　大未来

华欣1818城市商业广场，目前已成功签约入驻全国知名连锁超市——好又多超市、三山区域首家影院——太平洋影城、2100平方米观景大平层——天阳大酒店、1000平方米专业文化辅导机构——优越教育等四大品牌商家，在为周边居民提供了前所未有的购物、消费体验的同时，也让商家看到了未来繁华的经营场景。

同时，华欣1818城市商业广场聚焦居民生活的方方面面，以购物、餐饮、文娱、休闲等业态打造时尚主题商街，用全新业态填补市场空白，加之品牌商家强强联手，必将启幕时代璀璨商业。

优规划　促发展

“华欣1818城市商业广场”，采取专业运营、招商团队对人员招聘、店铺形象等进行统一管理，省去了投资客户及经营者在管理方面的精力及成本。作为投资客户，统一运营在实现租金收益最大化的同时还能有效规避自行出租带来的商铺空置期。

项目采取统一规划管理、统一招商运营的模式，有效规避了自营管理投资的市场风险抵抗力不强的劣势。同时，还有多项政策支持，做经营户的强大后盾，让商铺经营走上财富的快车道。

2021.8

金建国：江城社区“喜来乐”

“喜来乐”，是根据北宋名医刘守真的原型改编的悬壶济世的民间郎中的故事，成为千古美谈。在江城芜湖三山里小区附近，流传着一位中医民间高手用一双神奇的双手，通过独特的推拿按摩高超技艺，为当地乃至省内外数以千计群众解除多年难治的顽疾、热情播撒健康幸福种子的许多感人故事。这位民间中医高手名叫金建国，因为姓金，被众多患者尊称为“金手指”“金大师”，人们更是称赞他是江城社区“喜来乐”。

传承中医瑰宝　立志济世救人

说起金建国从医的故事，可有一番不同寻常的传奇经历。他原是一名企业工程技术人员，早年在芜湖冶炼厂设计研究所做科研工作，先后参与和组织了一批重大生产项目的研究与开发，在国内科学期刊上发表10多篇科技论文，在省内外冶炼行业产生了较大影响。

20世纪末，他所在的企业陷入困境，金建国和大多数职工一样，买断工龄后成了下岗人员。作为四十多岁的他，又是上有老下有小的年纪，重新就业不容易，他很早受到老中医岳父的影响，想到通过跟随老岳父学习推拿按摩技术，来实现自我就业，也满足埋藏他心中多年立志济世救人的愿望。岳父当时是弋矶山医院的中医科的主任医师，知道他有这个想法后很是高兴，家传的医学造诣很深，岳父也很乐意后继有人，希望祖传技艺能传承下去。但是岳父告诫他，推拿按摩不是揉揉捏捏就能治病的，要懂得人体解剖和经络。要学就要学好，学艺不精只能坏了传统医学的名声，并要求他从最基本的理论学起。

从那以后，金建国牢记岳父的教诲，开始从原先研究的金属冶炼和化学反应的领域，快速转入到中医济世治病的崭新事业中，已经42岁的他重新走进安徽中医专科学校，做了康复保健系的一名旁听生，整整三年时间，系统学完了中医骨伤与人体解剖知识，把在校生要学的基础理论课全部学完。此后，他还去过多地系统地学习推拿按摩技法。经过系统的学习和苦练，加之岳父的倾力相授，金建国的技艺进步神速，经考试很快获取了芜湖高级职业技能证书和国家二级按摩师证书，一跃成为可以独立对外接受患者治病的按摩医师。

在金建国的刻苦学习中医的道路上，还有一位始终陪伴在他身边的志同道合的伴侣，就是他的爱人柴承平女士，她很早子承父业，是一位在城区医院工作多年的中医师，长期的临床治疗，让她积累了丰富的经验。夫妻二人经常在一起学习交流，共同联手治病，很快使金建国的中医疗法和技艺更加如虎添翼。

拜名师练技术 只为手到病除

学成之后，金建国独自一人到浙江临安开了一间按摩诊所，一年不到的时间就在当地名声大振，吸引了当地许多患者纷纷慕名前来看病。就在他的业务越来越红火时，家中年迈的老母亲生病需要照顾，他不得不将诊所关闭。

回到芜湖家中后，金建国一边照顾母亲，一边在家中接治病人。金建国有个特点，不管做什么事都很投入，追求做到最好。为了提高技术，他四处拜访名师，为此曾经去过江苏、上海、北京、山东等地。只要听说哪里有高手，就登门求教。2017年春节刚过，金建国就独自去北京拜访了一位按摩高手。原来，春节期间他听朋友介绍说，北京有位民间高手会整脊术，通过推拿手法缓解治疗腰椎类的疾病很有效，他家的祖上是专门为皇宫内的达官贵人推拿治疗的御医。因为基本功扎实，仅用了两天时间，金建国就学会了整脊椎术，回到芜湖立马用于治疗，效果很好。

推拿按摩是一种物理疗法，依靠手法的力度和力的方向实施治疗。其治病的基本原理是，纠正解剖位置的失常，改变有关的系统功能，通过信息调整，达到舒筋通络、理筋整复、活血祛瘀的治病效果。推拿对营卫气血和内脏功能均有调整作用，故能达到治病和保健的目的。

在长期的实践和学习中，金建国意识到，推拿治病光靠技巧还不够，还需要有内力才能使力道达到病灶处。为此，他坚持天天练太极、练气功、抓石锁，以增加内力。由于手法到位，许多患者反映，金建国治病往往是立竿见影，一番推拿按摩，病人部位疼痛立刻得到缓解，正所谓“手到病除”，有口皆碑。

3年前，本市一位退休老人中风后瘫痪在床，生活不能自理，在芜湖某大医院做康复治疗数月也没见效。老伴打听到三山里有个被称为“金手指”的金医生，四处打听登门恳求上门治疗。金建国为他治疗8个月，患者不仅可以下地走路，还能每天自己到赭山公园锻炼身体，知情者都说是奇迹。金建国自豪地说，这个病人之所以我能治，是因为社会上有很多按摩师为人做推拿时，由于没有内力，只能按在皮肉外表，虽能让人感到舒服放松，却不能治病。

专攻疑难杂症　独创“三联疗法”

金建国与他的爱人柴承平女士在临床治疗中，发现西医往往对许多疑难杂症束手无策，长时间治不好，严重困扰着人们的工作和生活，于是他们把精力集中在专攻疑难杂症上，独创了“三联疗法”治疗手段，并为众多的患者解除了久治不愈的苦恼。

颈椎病是中老年人的常见病、多发病，而且颈椎病的危害很大，可以引发几十种并发症。民间有句顺口溜，“四十颈椎五十瘫，六十难过鬼门关”，说的就是颈椎病的可怕之处。很多患者往往因求治无门，长年饱受颈椎病的折磨。为给这类患者解除病痛，他在总结前人经验的基础上，独创“三联疗法”的治疗手段，并在大量临床实践中取得良好的治疗效果。某报一位记者长期被颈椎病困扰，头晕、失眠、耳鸣、记忆力下降等，严重到不能正常工作，有一次还晕倒在公园里，他在芜湖看了多家医院，做了许多检查，结论均是“没病”。一次偶然机会，他认识了金建国，由于这位记者的病情较重而且病情较复杂，金医生用三联疗法为他连续治疗了三个月，其身体状况大为好转，现在可以像正常人一样工作和生活了。

2016年春节过后不久，一位看上去长得很壮的中年人捂着脸走进金建国家，原来他得了面瘫，嘴歪眼斜流口水，眼不能闭，腮不能鼓，说话也不利索。这位患者姓周，是个厨师，发病时有人让他去找金医生，但他不相信按摩能治病，去了某大医院，接诊的医生也是信心满满，表示完全可以治好，然而治疗了两个多月，又是挂水又是针灸，钱花了不少，治疗却没有明显改善。此时他才想起了别人曾推荐的“金手指”，登门求医。金建国仅用了20天就治好了他的面瘫。

这种独特的“三联疗法”，就是推拿、艾灸加中药，实施内外兼治、联合发力，这在此后的金建国夫妻大量临床治疗中收效非常明显，受到众多患者的普遍欢迎。随后，金建国夫妻二人经常联手用这个方法治病，许多患者反映这种疗法的疗效比单一疗法效果更好。前不久，一位意外受伤严重、导致大量湿气下沉引起双腿浮肿不能行走的病人慕名找到金建国夫妻，他们连续一个星期用推拿、艾灸加中药的方法，快速给病人清除湿气和病毒，让病人的身体一天比一天好起来。很快，这位病人精气神大振、行走自如，恢复如初，逢人便夸“金手指”名不虚传。

辨证循因治病　根除患者病痛

金建国依据传统中医理论，整合多年的临床经验，研究出辨证循因治病的方法，就是从一些病例的表面征象入手，辨证分析循因，找出产生这些问题的根本原因，从而对症下药治疗，一举根除患者的病痛。

金建国在常年实践治疗中，敏感发现颈椎病是眼睛、咽炎等120多种慢性疾病的根源，颈椎一旦发病，必然会影响到心脑血管及中枢神经，就会发生各类颈源性疾病并发症的产生，势必会引起高血压、糖尿病、眼病、咽炎、失眠、健忘、手麻、烦躁、焦虑、抑郁、头疼及眩晕等症状的发生。

本地某小学有位女教师，长期有头晕、失眠、手麻、记忆力下降、膝关节疼痛影响行走等症状，严重影响工作和生活。多年来，她看了许多医生，针灸、拔火罐、推拿按摩、火针等能尝试的治疗她都用了，但没有一点效果，她自己对各类治疗方法也失去了信心。听别人介绍金医生有独特的办法，当即乘车来到当地三山里小区附近查找，问了当地许多居民，最后才找到金医生的家。金建国在认真观察了解病情的基础上，凭着多年的临床经验，分析了病人的多个症状都与颈椎有关，于是对症下药，采用三联疗法综合施治，一段时间后，她的病情大为好转。她感慨地说："不是推拿按摩治病不行，而是没找对人。"

做公益传爱心　让更多人受益

20多年来，熟悉金医生的人都知道，他不仅中医医技高超，而且医德高尚，每天乐于做公益活动，他通过随时随地现场义务推拿按摩、抢救路倒病人、宣传防病治病科普知识，在社会上传递一片爱心，让更多的群众受益。

不管是在游人如织的公园，还是人来人往的公共场所，凡是他经过的地方，金医生总要以一颗博大的医者仁心去关心帮助周围的人们，不管是男女老少，还是是否认识的，只要看到身体患有关节、颈椎、腰椎、手臂疼痛的中老年人，他总是主动上前询问，现场义务帮助推拿按摩。一些困难患者找到他，金医生有求必应，尽最大力量给予帮助，并不收分文。

一次，金建国去公园锻炼时，看到一位正在运动的年轻人突然倒在地上，不能动弹。说时迟那时快，金建国三步并作两步，冲到倒地的那位年轻人面前，用他的中医穴位方法紧急进行抢救。很快，路倒的年轻人苏醒了，再三感谢金医生的救命之恩。类似这样的感人事情，至今数不胜数。

随着手机和电脑的普及，近年来颈椎病的发病率逐年上升，"低头族”的增加也让颈椎病患者越来越年轻化。在金建国治疗过的病人中，有不少都是20多岁的年轻人，他们对颈椎病往往一无所知。为了普及颈椎病预防知识，金建国在繁忙的工作之余坚持笔耕不辍，写了许多医疗保健科普文章，发表在《大江晚报》《芜湖日报》《芜湖建设·芜湖房地产》《绿色芜湖》等相关杂志上。去年以来他就发表了《枕头不是越低越好》《颈椎有病别乱动》《锻炼不得法偏瘫难康复》《人体三处须春捂》《三联疗法治面瘫》《膝关节炎为何女性高于男性》等文章，让更多的群众受益。目前，金建国正在将自己多年的经验积累全部写成文章，并打算出版成书。他希望能将祖国的传统医学发扬光大，并流传下去，造福社会和人民。

为了预防多发的颈椎病，他还依据中医学理论和人体颈椎的解剖生理结构，发明了一种集牵引与按摩和药疗相配合的“硬型”防治颈椎枕，并自己亲自动手制作，一般常见颈椎病患者使用1至2个疗程即可康复。他先后在六七年时间里制作了1500多个，很受患者喜爱，时间不长就全部用完。为了让广大颈椎病患者受益，他还申请了发明专利。目前已有一家私企联系金建国，想买下这个专利。金建国说，他愿意转让，毕竟企业可以批量生产，能给社会与颈椎病患者带来更多的福音。

2021.1

芜湖苏商激情融入第二故乡

在喜庆中国共产党百年诞辰的美好时刻，和朋友们分享的主题是：芜湖苏商，激情融入第二故乡。

带着江苏大地泥土的芳香，怀揣扬子江水奔腾的梦想，我们——芜湖苏商，来到这美丽怡人的地方。皖江明珠芜湖哟，我们可爱的第二故乡。

沐浴共和国的阳光，我们来自江苏的四面八方——徐州、淮安、连云港、南京、苏州、镇江……为了追求美好生活，我们奋斗在滨江山水之城江南鱼米之乡。

伴随共和国的成长，我们初心不忘，工作战斗在各行各业——工农兵学商。城市建设中挥洒汗水，人杰地灵里耕耘希望。

曾有美妙的时刻，我们终生难忘。2013年10月芜湖苏商会应运而生，我们牢记使命，承载会员期望。融通乡情的广场哟，凝聚着浓郁无穷的力量。

曾有生动的情景，我们心潮激荡。城市工地上大干快上，建设大军比学赶帮。在芜湖苏商会会员中，涌现出多家上市公司老总、一大批劳动模范、行业的榜样。火热生活精彩哟，指引我们前进的方向。

曾有真诚的责任，我们凸显风尚。光彩公益事业的队伍中，鲜活跃动着我们苏商。会长孙海龙、名誉会长于泳涛带领会员们关心留守儿童，慰问困难群众，奋战抗洪抢险现场。肖红会员多次向敬老院、灾区群众捐献服装近千件。据统计，七年多来芜湖苏商会向社会捐款捐物价值500多万元。芜湖苏商会坚持理念帮扶与一对一精准扶贫相结合，与无为县洪巷乡双丰村龙泉村结成对子，帮助群众奔向小康。责任彰显大爱哟，真情回报第二故乡。

曾有政治的引领，我们胸有阳光。我们把践行党的宗旨、凝聚苏商智慧、成就会员梦想当作行动的指南和前进的方向。在云岭纪念馆，在周恩来故乡，在井冈山上，我们缅怀先辈，启迪思想，弘扬正的能量。名誉会长于泳涛获得“安徽省优秀建设者”称号，党支部书记宋建平获得“基层优秀党务工作者”称号。一大批会员在不同的岗位默默奉献，为江城建设添彩增光。

曾有艺术的陶冶，我们心花绽放。我们苏商会坚持以活动为载体，凝聚会员力量。不论是节日还是平时，诗歌演讲比赛、棋牌比赛、文艺会演、自娱自乐等活动已成常态。以会员顾高勇为团长的江声艺术团，集聚了一批艺术人才，经常送戏下乡，活跃在基层，活跃在军营，活跃在社区，活跃在养老院，活跃在工地上，尽情表演歌唱。会员心中的歌儿献给伟大的祖国，献给亲爱的党。

曾有可贵的荣誉，我们倍感荣光。芜湖苏商会被评为“芜湖异地商会5A级社会组织”，被评为“全国四好商会”“安徽省四好商会”，芜湖苏商会党支部被评为“优秀党组织”。荣誉激励我们砥砺前行，给我们赋予幸福快乐增添力量。前进风帆鼓满哟，我们前进的脚步永远在路上。

2021.6

央视聚焦："房票+超市"实践中的芜湖房市去库存之路

2016年6月18日中央电视台新闻频道的"新闻直播间"栏目，以"发力供给侧：去库存"为题，大篇幅报道了芜湖加速房地产去库存的做法，并对其典型意义进行了深入分析。

房票+超市　快速去库存

报道认为，对于三四线城市来说，究竟应该怎样去库存，因为各地情况不同，恐怕很难有统一的办法，这两年安徽芜湖房地产去库存效果明显，其中很重要一点是棚户区改造。具体做法可以总结为：一个房产"超市"加一张"房票"。

一大早，钱大爷就去了超市，最近他总来这里逛，不过这个超市里卖的只有房子。几个月前，钱大爷住的城中村拆迁，一家四口在80平方米的老房子里住了30多年，这次他想在市中心买个大房子。在芜湖，棚改居民买商品房政府会发一张房票，持房票来超市买房子有多重优惠，钱大爷就在这里选了个大房子。

安徽省芜湖市镜湖区棚改居民钱富龙说："138平方米，每平方米是6280元，市场价。给了我好几个优惠条件，七算八算算下来，我只要付5200元一个平方米，就能买到这样的房子。”选好房子，出示房票就可以和开发商签合同。钱大爷说，旧房拆迁政府给了62万元补助，新房子优惠下来只要68.8万，算上其他费用，钱大爷只需付8.5万元的差价就把大房子带回家了。

安徽省芜湖市城市房屋综合开发管理办公室主任刘平说：“契税，咱们是先征后返。（进驻超市的房产）开发公司让利在2%以上，优惠政策全部在这里面，拆迁房款也在这里。只要补齐差价，签订完合同，其余的款项由政府来帮他结账。”2015年芜湖市在全国率先开创了房产超市，全市成规模的房地产企业进驻并集中展示房源，产权登记、税务、公积金和银行等相关服务部门也搬进现场办公，作息时间和普通超市一样，晚上周末都不打烊。刘平说：“老百姓买个房，一般来说大概要半年时间，甚至更长，现在大大缩短了，快点大概一周时间，大部分两个月时间就成交。这样缓解了政府的财政支付压力，去化了空置的商品房，另外通过这张房票把这个商品房的购买力就消化在本市了。”

“房票+超市”的模式让芜湖的棚改居民这边出了棚户区那边很快就住进了新房子，三年来芜湖市通过棚改消化的存量房地产23225套，占同期商品房销售总量的37.5%，商品住房去化周期由2013年末的25个月下降到目前只有9个月。

公积金改革破解农民进城买房难

鼓励农民工进城购房是当前化解三四线城市房地产库存的普遍做法，但实际情况是农民购房却面临重重阻力。除了房价高，贷款也是个问题，因为银行贷款需要提供收入、社保等证明。但农民进城务工大多是临时性工作，收入不稳定很难办理商业贷款。对此，芜湖也推出了相应的破解办法。董洪武的家在安徽泗县的一个乡村，14年前，他离开老家辗转杭州等地打工，一直过着漂泊的生活，对于买房这件事，他连想都不敢想。几年前，董洪武来到芜湖县一家电动车企业打工，突出的业绩让他不断加薪升职，慢慢地有了在这里落地生根的念头。可让董洪武犯愁的是，没有贷款，哪来这么多钱买房子。董洪武认为，对于一个外地打工者来说，申请商业贷款不可能。

就在这个时候，芜湖市在全国第一个成立了住房金融公司，进城务工农民只要一次性缴纳六个月住房公积金，就可以从这里申请公积金贷款。同时政府发放农民进城购房补助，推动承包土地合理流转，让农民进城购房无后顾之忧。看到新政策，董洪武选了一套100平方米的房子，交了1万多元公积金和10万首付款，很快贷款就下来了。董洪武说："总共办下来也就是三天时间，如果用商业贷款的话利率要五点几，用住房公积金贷款利率要三点几，政府有补贴，补了一万块钱，总共省了三万块钱，这个钱就够我们简易装潢的了。"

有了房子，董洪武把妻子和孩子也接来城里，今年4月一家三口已经开始装潢新房了。目前在芜湖县已有300多户像董洪武这样的进城务工农民工成为政策受益者。芜湖县公积金管理部主任林军说："最多的一户能少付利息九万多块钱，将近十万块钱。2016年芜湖县1—5月总共销售商品住房是1700多套，农民购房是1400多套，占到总销售量的80%，消化去库存政策起到很大的促进作用。"芜湖市住建委副主任骆红旗说："一方面我们利用公积金政策，让农民有资金渠道去购房；第二就是对进城居民租房或者购房可以落实户籍，包括教育、医疗都享受市民同等待遇。这样让他们留得下，而且安心创业。"

在芜湖市自2015年推出这项政策改革以来，进城就业农民购房已达9000套，占芜湖商品房销售量近五分之一，今年全市将把政策的受益范围扩大到4000户，并在各县全面推广。

把人留住加速去库存

去库存的核心在于人，把人留住了房子也就消化得快。近几年，芜湖大力推行人才补助政策，通过住房的大幅优惠吸引高端产业人才来芜湖。不仅带动了去库存，也促进了产业结构的调整升级。

曹博士是芜湖一家机器人产业研究院的技术总监，一年前他提前结束在新加坡国立大学的博士后工作，来到芜湖，虽然在这里只工作了一年多，但今年他已经把家人都接到芜湖来，有了一套90多平方米的新房子。曹博士说："政府补贴30%，占总房价的30%，就是付了十几万的首付，然后剩下来主要走贷款，房子问题解决之后，其实对我来讲就没有什么后顾之忧，就是说可以更安心地把更多的精力、时间投入到工作中去。"

近几年芜湖对受过高等教育的毕业生、专业技术人才按学历等提供不同程序的买房补贴。目前在芜湖商品房销售中，外地购房人的占比达到36%，这其中就包括很多像曹博士这样的高端人才。市住建委副主任骆红旗说："对高端人才在芜湖安家补助，最高的可以补贴50万。我们对人才的结构也做了分析，大概60%以上是大专、本科以上的人员在芜湖购房，包括机器人、通用航空、轨道交通等方面的人才。"安徽师范大学法学院副教授沈向华说："房地产的发展跟产业的高端化，跟经济结构转型发展是密切关联的。从供给侧改革方面说，土地供应规模逐年减少，特别是2014、2015年，芜湖市每年只有2000多亩土地面向市场的供应。必须围绕着新兴产业、养老产业、文化产业和体育产业等来供地，促进产业的集聚效应，同时只有经济进一步发展了，人才才能留得住，市场的需求量才会进一步增大。所以，我们认为要综合施策来去库存。”

化解房地产库存要化还要解

芜湖通过对棚改居民、进城务工农民和高端人才采取了不同程度的购房的便民和优惠措施，在房地产去库存方面取得了很好的效果。但在非住宅商品房方面去库存压力依然不小，对这种情况，我们请教中国国际经济交流中心经济研究部部长徐洪才。

经济学者徐洪才认为，芜湖市的做法还是有创新、有典型意义的，就是在棚户区改造这块，做了一些改革，采取一种“房票+超市”这样的做法，实际上，它是创造新的住房需求，提升了老百姓的购买力。过去，我国有很多积压在三四线城市的库存，现在通过一些新的居民，特别是农民，还有低收入群体给他进行补贴。政府的补贴大概占了百分之八九十，在这个基础上，农民或者新的购买者可以补一点差价就可以住上好的房子，实际上一方面是减少了新的供给，另一方面扩大了新的需求，问题就迎刃而解了。与此同时我国许多城市也采取了一系列的配套措施，针对不同的情况，因地制宜采取差异化的、多样性的配套措施，比如说对于一些高端人才采取补贴的形式，直接补贴吸引这些人才落户，这样可以提升产业的城市发展竞争力。还有像在公积金贷款方面，采取一些措施，降低老百姓的一些债务成本等综合施策，最终把库存消化了。但是现在非住宅这一块也在采取一些积极措施，未来可能还是要采取产业转型的形式，改变现有的库存的用途，同时盘活存量，提升资源的配置效率。

徐洪才还认为，未来的这种走势，恐怕还是要两极分化，有的时候可能会出现“冰火两重天”。那么一线城市依然火爆，需求很旺盛，主要原因是因为它提供了一些公共产品服务，像教育的资源、医疗的资源比较多，同时，商业、产业发展机会也比较多，因此产生了吸引力，所以一线城市未来可能还是我们调控的重点。可以采取一些必要的措施，比如说传统的限购、限贷手段必要的时候还是要采用，另外还需采取一些配套的措施，就是要扩大公共资源、公共产品的供给，对三四线城市在去库存的同时，考虑未来的城市化建设以及产业布局的合理发展，让新进来的这些人能够找到新的就业机会，有收入，有工作岗位，将来他们就有可能在三四线城市入户。我们必须采取一系列措施分流、减轻一线城市的压力，同时控制一些投机性的需求，这样从供求两个方面，有针对性的、差异化的定向调控，最终能够保证一线城市的房价不过热，三四线城市也不过冷，采取一种平衡，稳定发展，实现这样的目标。

2016.6

辉煌在浦江

——外地进沪建设大军风采录

上海，是全国人民的上海。

上海，作为国际大都市，以其骄人的成就举世瞩目。

今日浦江两岸，那游弋地下的长龙，那凌空飞架的彩虹，那拔地而起的高楼，显示了上海人民的智慧和风采，更凝聚着全国人民的深情和奉献。

当我们走进一个个外来建设者的工地时，无不感受到一种豁达自强的精神、创业浦江的情感迎面扑来，令人感动，使人振奋。

这些外来建设者们把上海作为他们的第二故乡，演奏了一曲曲精彩的凝固音乐，谱写了一支支动人的奉献之歌。

铁军精神扬威浦江

1994年12月7日，上海市政府1号工程内环高架路通车典礼在漕溪路立交桥上隆重举行。上海市委书记黄菊指着参加通车剪彩的5名建设功臣中的一位，对前来参加典礼仪式的国务院副总理邹家华说："他是铁三局华海工程公司总经理张连生。""又是铁三局的！"邹家华副总理高兴地握着张连生的手说，

“我在山西偏关引黄入冀工程现场见到过铁三局的队伍，干得不错，现在又见到铁三局的同志，而且是上海建设功臣，铁三局不愧是一支‘铁军’啊!”

的确，进沪不过十来年的铁三局华海工程公司，自1985年进沪起，先后参加了沪宁高速公路，南浦、杨浦、徐浦大桥，地铁一、二号线和内环、南北、逸仙、延安高架路，浦东新区金桥立交，国际机场主进场路，浦东大道等20余项国家、上海市重点工程建设，创出国家市政工程金奖、建设部样板工程奖、上海“白玉兰杯”奖多项，连续四年荣膺“上海市优秀公司”称号。

伴随着一个个重大的建筑项目，“铁军”也走过了一段段艰苦创业的历程。

1994年8月，内环高架路施工正在紧张进行，按计划全线上下部结构应在国庆节后贯通，但上级要求，争取在国庆节前贯通，而当时铁三局华海工程公司的工地上，还有1000多片钢梁未架，任务紧急。为了保质保量，“生命工程之仗必须打胜!”公司总经理张连生发出了动员令。于是，一场攻坚战开始了！张连生与书记王明志、副总经理佟荣义整天和工人们一起“泡”在工地上，模板制梁从2个点扩大到11个点昼夜生产，运梁夜间进行，架梁连续不停。渴了，喝几口白开水；饿了，吃一点快餐饭；酷暑蒸、蚊虫咬全然不顾，他们只有一个心愿，把工程“抢”上去。终于，铁的意志创造出沿线钻孔桩桩基、上部结构、下部结构质量第一的成绩。

人们常说，每逢佳节倍思亲。而对于长年离乡背井的建设者来说，这种渴望阖家团圆的愿望更加强烈。然而，华海工程公司的干部职工，几乎都给亲友讲述过一番“舍小家为大家，舍亲人为市民”的道理，他们经常自觉放弃每年一次回内地探亲休假的机会，无须做工作，只要需要，总是无怨无悔地拼搏在建设工地上。去年末，华海工程公司承担的外环线莘庄立交、逸仙路高架、地铁二号敞开段、浦东国际机场进场路等工程同时进行，任务重、工期紧、要求高，为确保工期，公司又一次作出了元旦、春节期间坚守生产岗位决定，掀起施工高潮的部署。原本打算春节前赶回各自家乡完婚的莘庄立交4.1项目经理部的王振辉、罗丽等4对恋人，虽说家里望儿盼孙心切的父母，曾三番五次来信来电敦促，但为了加速上海市政建设，他们毅然说服了亲人，相约在为之洒满心血汗水的工地，举行简朴意深的集体婚礼。今年元月18日上午，在欢快的《婚礼进行曲》和喜庆鞭炮声中，四对伉俪匆匆脱下工装，换上新婚礼服。相依相伴在工地上尽情抒发他们相恋的感受。为了让他们的婚礼同样也留下永久的纪念，项目经理部决定将莘庄立交4.1标段的最后四孔桥梁命名为“夫妻梁”，由四对新人亲手启动按钮，指挥架设。那一刻，工地沸腾了，沸腾之声吟诵着恋人们爱情、志向、追求与全国最大的城市立交桥永久凝结的诗篇。27日是大年三十，市委书记黄菊专程来到工地，他握着四位新人的手向他们拜年，并祝他们比翼双飞为上海市建设作出新贡献。

1997年10月9日，浦东新区远东大道管道防腐剂保护层喷涂施工的一家公司，在施工中有四名民工被毒气熏倒，当时正在附近工地作业的华海工程公司职工蒋光勇，义无反顾地与几名青年职工一起，冒着生命危险下到20米深的井底，相继将中毒民工营救上井，而蒋光勇却中毒倒地，经抢救才脱离危险。闻讯赶来的新区城建局长藏新民等领导紧紧握住他们的手说：“感谢你们做了一件大好事，立下了一个大功劳。”10月下旬，工程指挥部召开见义勇为表彰大会，表彰他们“抢险救难，铁军风采”。于是，又一个学先进、讲文明、树新风热潮在建设工地上掀起。

不只是普通职工，华海工程公司的领导也都身先士卒。常言道，儿行千里母担忧，总经理张连生虽已50出头了，但在95岁的老母亲面前还是个孩子。一连几年春节未回家，老人家的思念之情与日俱增，去年春节，老人家实指望儿子能回去吃一顿团圆饭，叙一叙母子情，可当时正是延安高架西段施工的关键，结果，老人又未能如愿，令老人望眼欲穿。后来还是上海东方电视台的帮助遂了老人愿，东方台记者专程前往张连生的家乡洪泽湖畔的淮安去看望老人，带去了上海人民的问候，同时又将张连生的电视镜头放给老人看，老人高兴了，对着话筒和镜头深情地对千里之遥的儿子说："连生啊，你一辈子走南闯北，很少回家，我现在好好的，你要放心在上海好好干啊！"此情此景，春节前夕在电视台"共度好时光"节目中播出，感动了无数上海人。除夕那天，上海市市长徐匡迪专程来到工地慰问，并长时间握着张连生的手，默默无语。而张连生心里明白，这是铁三局华海工程公司与上海人民的一段不解的情缘。

奋力拼搏高奏凯歌

"当你走过一幢幢拔地而起的高楼大厦时，当你坐在宽敞明净的写字间时，当你和亲朋好友欢聚一堂时，你可曾想到，在这豪华楼宇的背后，有多少勤勤恳恳的建设者，他们牺牲了与亲人的团聚，他们转战大江南北，将青春年华默默奉献给了建筑事业。"刊登在中建三局一公司（沪）宣传期刊上的、该公司国际网球中心项目部职工成海洪的一篇《浦江思绪》，抒发了他作为建设者的后代又加入建设者行列亲情离别的感受，情真意切，感人至深。他还说道："常有老一辈建设者望着一幢幢高楼说：'这是我们建造的！'那自豪的神态溢于言表。作为新一代的建设者，更应继承这种奉献精神，矗起更多更高的大厦。”

成海洪的思绪体现了建设者的共同心声。

作为一级施工企业的中建三局一公司（沪），1986年4月进沪，10多年来，承建的上海太平洋大饭店、上海国际贸易中心大厦、上海国际网球中心、浦东银都大厦、金桥大厦、良友商厦、世界广场等，都是具有“高、大、新、尖”特色的工程，优良率达到97%，其中，太平洋大饭店等两项工程获建筑业最高奖——鲁班金像奖。

用该公司党委书记徐秋明的话说，是职工们艰苦创业、奋力拼搏，才铸就了今日的业绩。

因为每个工程，都有一串生动的故事。

1986年，当时年仅26岁的夏强，就负责了上海太平洋大饭店的施工。太平洋大饭店是外商投资的一家五星级酒店，不仅质量要求高、工期短，而且工艺复杂，造型为当时建筑设计中极为独特的圆弧形。其施工质量的好坏、施工进度的快慢，不仅决定中建三局一公司在上海能否站稳脚跟，还关系到中国建筑队伍施工水平在国外的影响。在这样的工程中，如采用传统地翻模工艺施工，会因建筑物造型独特而无法达到工期要求。是迎难而上？还是知难而退？夏强毅然选择了前者。为寻找解决问题的办法，他夜以继日地翻阅图纸、查找资料，反复比较和研究各种施工工艺，并与伙伴们多次探讨论证，终于设计出“爬——飞模”施工工艺，经模拟试验获得成功，作为一项先进施工工艺为高层建筑的施工提供了经验。这一工艺成果获得了当年建设部科技进步三等奖。1994年，夏强又与科技人员一道刻苦攻关，经过110多个日日夜夜，2000多组反复试验，硬是用砂石和普通硅酸盐525水泥研制出高强度大流态的C60泵送混凝土，用于工程施工，又一次填补了我国建筑行业的空白，此项成果被选送到美国参加国际建筑科研成果博览会。

夏强全身心地“泡”在工地上，妻子远在深圳工作，正在身边上学的孩子又需要他照顾，其艰难程度可想而知。幸好夏强的母亲心疼儿子，干脆来到工地为儿子洗衣烧饭，她说：“只要儿子工作干好了，我心里就高兴了！”

1997年元月29日，一个寒冷的日子。浦项广场项目经理朱国华和支部书记方先俊带领49名先头部队赶到工程现场，开始了新的攻坚战。进场的准备工作千头万绪，他们马不停蹄地清理现场，打混凝土路面。恰巧天公不作美，雨雪交加。为赶工期，他们昼夜奋战，尽管天寒地冻，却没有一个人退缩。工长何永兴说：“经理带了头，我们紧跟争上游。”于是，何永兴身先士卒，哪里艰苦哪里上，当工人们诙谐地喊他“兔子工长”时，他总是呵呵一笑。一番奋战，硬是在春节期间把准备工作完成了。虽然舍弃了与家人的团聚，但看到工程的顺利推进，个个心里乐滋滋的。

也是这年春节，上海国际网球中心工地上同样激战犹酣，五支青年突击队较着劲，手冻红了，搓搓再干；身上沾满了雪花，拍拍继续干。刚出校门的邓黔川，担任木工工长，凭着一股钻劲，硬是把工程干上去了；蒋天灏，发烧39度，仍坚持加班；蒋国标，将父亲病重的电报“揣”进口袋，仍拼搏在施工现场……那面“突击先锋”的流动红旗在工地上流动，流出了主体工程的优良。机器的轰鸣、拼搏的身影，奏出了他们昂扬的旋律：寒风，我们不怕；雨雪，挡不住我们前进的步伐！

成功的花环绚丽迷人，可是每一个成功的背后都有一条艰辛的坎坷路，都有一种精神信念在支撑。如果说中建三局一公司（沪）罗军从一个普通工人成长为总经济师是一条成功之路的话，她的成功也蕴含着说不尽的酸甜苦辣。她和丈夫长年战斗在上海建筑工地上，女儿张毅借读在就近学校。罗军至今珍藏着几年前女儿班主任寄来的一封信，也不知看了多少遍。一提起此事，她就流泪，感到内疚。这封信寄来的时间是1994年9月19日，信是这样写的——

张毅同学的家长：

你们好！下面是你们女儿的周记，请认真读一下，并体会一下孩子的心情。

“中秋节就要到了，这是一家人团圆的日子。可我并不感到高兴，也许当别人一家团圆围坐着吃月饼的时候，我家却冷冷清清。因为我父母都是工作上的忙人，他们为了努力工作，为了建设国家，天天奔忙着，没有休假，没有休息，不停地工作。这可苦了我，天天回家自己泡面，自己吃，自己写作业，我很少能和父母一块吃一顿饭，当我已入梦乡时，他们才带着一天的辛劳回来。记得去年的中秋节，我独自在家，面对寂静的空房子，独自点起蜡烛，自己祝福自己：节日快乐！然后，含着眼泪又一次从那箱鸡味面中抽出一包，默默地吃，昏暗的烛光下，一颗颗晶莹的泪滴在桌上，心里满是委曲……就这样过了中秋佳节，美好的愿望成了泡影，时时想起，不由害怕中秋节，真希望我的愿望也能圆。”

你们的孩子很懂事，能体谅你们的辛苦。我希望你们在百忙之中留点时间给孩子，特别是节日。如有困难，可托于老师。

女儿班主任的这封信，常常在罗军的心中掀起阵阵波澜。多懂事的孩子，多善解人意的老师。这些都激励着罗军，更加珍惜她和孩子的每一分钟，更加踏实地迈出以后的每一步。

血浓于水奉献赤诚

1997年4月9日，对于浙江象山二建人来说，是一个难忘的日子。

这天下午，国务院副总理李岚清，中共中央政治局委员、上海市委书记黄菊等，兴致勃勃地来到他们承建的获得“白玉兰杯”奖的泗塘教工广厦工程现场考察。那漂亮和谐的外观设计、别致新颖的结构、色泽光洁的面墙、流畅挺括的轮廓，给领导们留下了深刻的印象。李岚清副总理赞扬他们这个工程干得好，并勉励他们再上一层楼。这一天，浙江象山二建像过节一样兴奋。

令他们兴奋不已的，不仅仅是副总理的一番赞扬，而是他们品尝到了辛勤耕耘带来的丰硕成果。董事长赖振元心里比谁都清楚：泗塘教工广厦工程，凝聚着干部职工多少心血和汗水啊！赖振元记得，1996年初，正当工程结构封顶转入内外装饰的时候，从家乡象山传来该项目负责人赖尤明妻子和孩子同时病倒的消息，赖尤明心急如焚，因为该工程采用现在不常见的外墙水刷石工艺，绝对离不了他，无奈，他只好派人把患病的母子俩接到上海长征医院住院，自己从凌晨赶到工地，工作到晚上八九点，再赶到医院陪伴妻子孩子。半个月下来，样板工程终于获得好评，妻子孩子的病情也有了好转，唯有他自己却瘦了10多斤。每每讲到这些，赖振元的话语总有些激动。

是的，浙江象山二建正是靠这种精神走出了一片新天地。经过进沪15年的努力，现已成为实力雄厚、装备精良的建筑一级、市政一级、装饰一级资质的施工企业。公司共同完成施工总产值46亿元，承建高层建筑80余幢。创白玉兰杯、浦江杯、优质结构工程等奖项60多项。

用职工们的话说，这些成绩的取得，是闯出来的，是拼出来的，是干出来的。

职工们从来没有忘记那创业的艰辛——

1984年初，赖振元带着百来个象山“泥腿子”初闯上海滩。说起来令人难以置信，那时，他们住过浴室、猪棚草棚，甚至住过废弃的“火葬场”！承接的第一个工程——宝钢打桩建造防渗墙工程时，连一台像样的打桩机也没有，硬是凭着坚强的意志，用一台老式机械，在滔滔大江打下了第一根桩、第二根、第三根……为此，赖振元又赶回象山老家，组织起一支由木工泥匠拼凑起来的民间建筑队，几个月后二闯上海滩。奔波几个月，只承接过几个几万元的小业务，几十万、上百万的工程根本轮不到他们。也是这一年，机会终于来了，上海建筑市场开始公开招标制，允许外地工程队参加招投标。有一天，赖振元突然接到了一份通知，原来是上海毛纱厂一座1100平方米的厂房公开招标，通知他们参加投标。“机会难得，一定要想方设法夺标！”赖振元兴奋得一夜未合眼。可是就在这个时刻，象山老家来了一封急电：父亲病危，速归。怎么办？赖振元在家里是个孝子，要是往常，他会马上赶回去尽孝心。但这次，他考虑再三，还是决定留下来，等投完这标再回去！谁知第三天，第二封电报又传来慈父病故的消息。家乡的领导也专程赶到上海，叫他立即回家料理后事，他只好放弃手头工作匆匆赶回。由于多种原因，这次投标最终没有中。失去慈父的悲痛和投标不中的失望，曾使赖振元寝食难安！他毕竟是条硬汉子，决意在上海一搏。

当上海第二教育学院理化楼工程招标的消息传来，赖振元又抖擞起精神，再次投入夺标之竞争，几经艰苦角逐，他们终于中标了。动工那天，赖振元带着大家来到现场，你看看我，我瞧瞧你，没有多余的话语，在这无声的开工仪式之后，赖振元手一挥，职工们就大干起来。大家憋足了一股劲，一定要干出名堂来。

这年冬天，下了一场大雪，对农民来说，也许“瑞雪兆丰年”，而对建筑工人来说，或许就是“雪上加霜”，但是，他们有吃苦的心理准备，再恶劣的环境也能顶住。记得是在宝钢防渗墙施工工程中，当时环境糟透了，但工期要求紧，施工难度大，尤其是施工要抢潮汐，因此，只要潮水一退，三九严寒也得干。每次，当工人们从半人深的江水中爬上来，衣服都挂满了冰屑。他们就是靠这种拼劲赢得了信誉，赢得了市场，赢得了发展。

红花绿叶扶，众志方成城。是众多工人和技术人员的智慧汗水，描述了艰辛创业的历程。203工程队队长潘仁林话虽不多，干起事来却一步一个脚印，大伙都叫他“老黄牛”。201工程队队长赖忠士，在宝钢的各项工程中，带领大伙艰苦作业，终于站稳脚跟，承建的宝冶职工俱乐部还被评为全优工程呢。在逸仙路高架和地面道路的前期准备工作中，象山二建的队伍顾全大局，不计较自身损失，三改门卫室和围墙，积极配合动迁指挥部的部署，行动迅速，配合默契，得到了指挥部的表彰。

“我们长年生活、学习、工作在第二故乡，实际上，我们的命运已和上海紧密联系在一起。”象山二建总经理赖朝晖这样说。的确，象山二建人已和上海人心心相印，仅是去年，就有200多名职工主动参加上海的义务献血活动，那鲜红的血液，不正是外来建设者的一片赤诚吗？

“兵”的意志勇创一流

今年初，当江苏南通四建上海公司搬入宁国路新办公楼时，经理沈毅、书记翟德祥的心情久久不能平静。他们激动地说，现在总算有个“窝”了。

回想10多年走过的风风雨雨，是何等的不易啊！20世纪80年代初，他们刚进上海时，仅仅是几支打工型的“游击队”，干到哪里，就在哪里搭个临时工棚，干完了再换个地方。“铁打的营盘流水的兵，反正我们都习惯了！”沈毅、翟德祥这两位部队大学校锻炼出来的老兵经常这样调侃。

如今，当年的“游击队”已发展到拥有6000多名职工、国家一级资质的施工企业。承建了安泰大厦、高荣新村、市政大厦等一系列工程，多次获得“鲁班奖”和“白玉兰杯”奖。

然而，无论他们走到哪里，都洒下一路汗水，留下一流工程，献出一片赤诚。

1990年，沈毅带队伍实施上海毛巾三厂厂房和曹杨路仓库的施工，竣工时，发现厂房墙面、库房地面有细小裂缝，如果糊一糊也能过得去，但他们没有护短，硬是重新搭起脚手架干了一个多星期，使工程顺利通过验收，树立了企业形象。

信从诚中来。紧接着，他们承建了上海804研究所试验楼工程，出色的工程质量，最终为他们赢得了“白玉兰杯”奖。甲方高兴了，于是主动为他们介绍了上海理光厂工程。如何使工程质量更上一层楼？面对一片农田的作业现场，沈毅的动员令只有一句话：“一定要努力再创优质工程！”副经理陈宝书坐镇指挥，一公里的便道铺设与施工准备三昼夜就完成了。制桩打桩时雨水不断，他们只得挖沟排水，但为保护周围农田不至于水土流失，还专门摊铺了塑料薄膜。工程高效率运作，快速度推进，项目负责人黄坚庭、姚付新整天带领工人交叉流水作业，家属孩子病了都无法回去照顾。他们硬是拼出了一个优质工程，捧回了“鲁班奖”。此后，上海日立厂车间厂房、大润发高级超市等相继在他们的手中诞生。

“干一流工程，建一流队伍，创一流企业”的宗旨，在南通四建上海公司已成了建设者的自觉行动。也许因为公司的经理、书记是军人出身的缘故，公司各项目部施工现场，实行的是军事化管理。到过他们公司的，无不感受到一股军营气息扑面而来，且不说职工宿舍洗漱用品排列整齐、毛巾浴巾挂放有序、行包衣箱摆放统一、面盆脚盆放置合理，就拿文明工地建设来说，处处体现出“军”爱民的作风。每到一个工地都推出一系列的便民措施，职工们主动为民办好事。锦江高层等工地还派人参加当地联防队，共同维护当地的社会治安。金陵外贸、东田公寓等工地职工，主动无偿为附近居民做信报箱、打扫卫生、修缮房屋，受到所在街道的表扬，居民群众还写来了热情洋溢的感谢信。1995年3月23日晚，上海江苏大厦工地职工张圣涛值班时，突然听到有呼救声，发现附近有两名歹徒持刀抢劫一名出租车司机，他顾不得个人安危，冲上去与歹徒搏斗，甚至连手指被歹徒折断也全然不顾，终于制服了歹徒。张圣涛也因此被有关部门评为“东方勇士”和“见义勇为积极分子”。

申城“天府”共绘宏图

“江头江尾两全其美，申城天府共绘宏图。”1986年4月，当时的四川十二建上海公司田林小区工地临时工棚，一切都十分简陋，唯有墙上的这副对联，豁然醒目，显示了陋室主人们富有的精神情感。

在这农田河沟、沼泽草地的环境中，当时的公司经理、现任华西集团总裁的李纯刚，带领100多名建设者开始了创业历程。几块砖搭上铁锅，煮上面条，就算解决了伙食问题，不管风吹雨打，无论困难重重，他们只有一个信念，在上海干出点名堂来！

后续队伍陆续赶来，施工高潮此起彼伏。面对6栋18层高14.4万平方米的商住楼，他们明白，首战的成功与否决定着公司在上海市场的成败，他们憋足了劲，集中优良的技术装备和人力物力投入紧张的工程施工，严格的管理、过硬的技术、高效的运作，赢得了甲方好评和管理部门的称道。

两年的拼搏，他们打了一个漂亮仗，进一步鼓舞了士气。随后又相继承建了宝钢住宅小区、浦东云台小区、虹古银鑫公寓、杨浦“又一村”住宅、航天部615研究所、漕河泾新兴技术开发区工业厂房、闸北政务中心信息大楼、珠氏宾馆等多项工程。

建一个工程，树一块丰碑。在航天615研究所工程施工中，当时已年过50的项目经理张六男，发誓要拿下一个样板工程，他和年轻人一道吃住在工地，干在工地，他严格的质量要求和严谨的工作作风，使大家不能有丝毫懈怠。每一道工序、每一个环节都严格把关，不行的坚决推倒重来。张六男还精心设计了大门厅外喷水池与池底马赛克拼花图案，雅致大方，令人耳目一新。与此同时，在抹灰，外墙、基础等方面亲手示范，手把手地教，哪怕是一点一滴。功夫不负有心人，这项工程荣获了“白玉兰杯”奖。如今，张六男虽然过了花甲之年，仍带领工人战斗在闸北区政府职工住宅楼工地上。

四川十二建上海公司进沪12年，经理从李纯刚到缪和金、程文涛、程宗林，换了四任，就像长跑接力赛一样，后继有人，事业蒸蒸日上。

榜样的力量是无穷的。在公司里，领导干部与职工晴天同样一身汗，雨天同样一身泥，所以，职工们毫无怨言。不要说男同志，就是女同志也一样努力，甚至付出得更多。四川十二建上海公司安装分公司的女经理潘锡维，1989年来上海时，还带着7岁的儿子，她和大伙儿一道干活，难以照料孩子，有几次差点丢了儿子。最后没办法，只好把儿子锁在房间里，待下班回来时儿子已哭成了泪人，做母亲的心疼啊，但为工作，又有什么法子呢？行政科长兼会计张国荣是大家公认的好后勤，长年为施工队伍服务，她也常常为不能回四川照顾丈夫和儿子感到内疚。在十二建上海公司的工地上，还可以看到一道美丽的风景线，那就是由主动来队自愿组成的家属贤内助义务服务队，她们不仅洗衣做饭，有时还主动参战呢！

据有关方面统计，目前，外地进沪的建筑施工企业有900余家，超过30万人。多好的一支浩浩荡荡的建设大军啊！

他们以真诚奉献第二故乡——上海，第二故乡的人民也给了他们真诚的回报。如今，他们正与上海的建设大军汇合成巨大的洪流，奔腾在浦江的东西南北，争取再创辉煌！

（1998年10月《城市导报》）

芜湖市重大项目扬子学院建设推进记

惠风和畅，绿荫如屏。2020年5月16日上午，芜湖市重大项目集中开工现场推进会在安徽扬子职业学院举行。此次开工项目共19个，作为全省深入实施长三角一体化发展国家战略暨第五批贯彻“六稳”重大项目——安徽扬子职业技术学院申本工作推进项目是其中投资规模最大的项目。

芜湖市相关领导、扬子学院董事长陈强虎等与重点企业代表共同参加了活动。

此次活动的顺利推进，将大力推进安徽扬子职业技术学院二期建设，促进本科院校建设的顺利落实，为地方经济发展和教育事业发展作出更大贡献。

据了解，安徽扬子职业技术学院是经安徽省人民政府批准，教育部备案，纳入国家统一招生计划，颁发国家承认学历的全日制高等职业院校。学院坐落于芜湖市三山区东望大学城，西临经开区，南迎沿江高速，北接龙湖风景区和奔腾浩瀚的万里长江。作为“G60科创走廊签约项目”和“安徽省大新专项目（省重点项目）”，学院总投资人民币6.2亿元，占地909亩。一座碧水环绕、湖光潋滟、花香流溢、胜诗胜画的现代化生态典范校园已展现在人们面前。

安徽扬子职业技术学院师资队伍不断壮大，教育教学设备不断完善，先后获得了“安徽省教学成果特等奖”和“安徽省校企合作示范基地”称号，受到了主管部门和社会各界的广泛好评，初步具备了国家设置本科院校所必需的基本条件。目前安徽扬子职业技术学院已经启动申本项目，并纳入长三角G60科创走廊签约重点项目和安徽省“大新专”项目（省重点项目）。

一年多时间过去了，扬子学院建设推进情况如何？国庆期间，记者专题进行了追踪采访。

扬子学院副院长付应东告诉笔者，从去年5月16日以来，学院已建成2#实训楼、6#实训楼、9#科技楼、11#学生宿舍、2#院系综合楼、灯光球场等。学院目前在建工程有学生活动中心、学术交流中心、4#实训楼、12#学生宿舍，即将开工建设的有体育馆、游泳馆、体育场看台、3#实训楼、7#科技楼和2#学生食堂等。

针对安全环保工作，扬子学院专门成立了安全环保工作组，对全校在建工程的安全环保工作进行专项管理。学校要求包括主体建设和附属工程建设在内的所有基建工程签订施工合同的同时，必须签订《安全环保承诺书》。

质量建设方面，从设计环节就严把质量关，设计严格遵照行业标准。招标中采用邀标的方式，层层筛选，优中选优，对施工单位的资质、业绩、项目经理的建设经验均进行考察。同时选择资质符合、业绩良好的监理单位对现场工作进行监督。施工中，校方委派有建设经验的现场负责人作为甲方代表常驻项目部，对施工进行全过程监督，严格按照住建部门的要求，执行上岗考勤打卡制度。

环保工作方面，为支持和配合国家环保工作，学校实训楼设有国控检测点。日常工作中，学校基建管理工作人员，每日会对环保数据进行实时的检测和反馈，施工期间要求每日定时进行洒水降尘，并要求甲方代表严格依照《安全环保承诺书》的要求对项目进行监督，针对出现的污染环境的行为依照承诺书及合同要求进行处罚。

在工程建设中，采取了一次规划、分批建设的原则，没有把整个项目集中发包给一个建设单位，而是通过对单项工程分别招标的形式，通过对建设中出现的问题不断的分析和总结，优化招标标准和合同的权责。也通过对在建工程不同施工单位的施工情况进行横向的对比和监督。好中选优，选取了海螺水泥、马鞍山钢铁、芜湖建昌、芜湖大宇、荣怡混凝土、上海恒赛环氧地坪漆等品牌企业参与建设，优化了建设工作的开展，达到保质量、保安全、保进度、节成本的综合目的。

学校十分重视环境保护，树立环境育人的办学理念，坚持“搞不好卫生，不要办学校；搞不好秩序，不要办教育”的原则。在校园规划建设中，设置教学区、行政办公区、生活区、运动区等功能区，校园内有100余亩的水系，贯通校园，将各个功能区自然分开。基础建设过程中，积极配合政府将芜湖市环保检测国控点设置在校内实训楼顶部，主动接受国家环保监测。凡涉及动土工程，施工中避开高温、大风天气，施工后做到裸土及时覆盖；校内建筑墙体及室内外装修材料均使用符合长三角地区推荐使用的环保材料和涂料；校园周边环境建设坚持“凡土必绿，显校露水”的原则，校园内种植近百种植被，做到了绿化、美化和校园植物多样性的充分结合。

谈及扬子学院的发展前景，复旦大学芜湖校友会名誉会长、扬子学院董事长陈强虎信心十足地表示，作为芜湖市的重大项目形象工程，将以一流的规划设计，优质的建设质量，高效率运作，快速度推进，将扬子学院建设成为碧水环绕、湖光潋滟、花香流溢、胜诗胜画的现代化生态典范校园，为滨江山水之城芜湖增光添彩，作出积极的贡献。

2021.10

十五的月亮

——芜湖洗涤剂厂供销人员内助家属座谈会侧记

农历正月十四，下午。

市洗涤剂厂会议室。

一阵鞭炮过后，全场百余名供销人员、供销人员内助家属、厂领导等欢聚一堂，畅所欲言，互相问候，互相勉励，气氛和谐热烈……洗涤剂厂党委、厂部、工会正在这里举行全厂供销人员内助家属元宵节座谈会。

面对资金紧张、原材料缺乏、销售困难、市场疲软的氛围和气候，洗涤剂厂上下齐心协力，艰苦奋斗，克服重重困难，去年完成产值4318万元，销售收入7000万元，实现税利800万元，在全市轻工系统中名列前茅。最近该厂又跃入大型企业的行列。

全厂的干部职工明白：这些成绩的取得，不仅凝聚干部职工的心血，也凝聚着干部职工内助家属的心血，特别是凝聚着那些长年累月出差在外的供销人员内助家属的心血。党委书记、代理厂长王太烨、工会主席吴志高等向内助家属们问候致谢，把成绩的一半归功于内助家属，反映了全厂干部职工的共同心愿。同时，首次举行这样的活动本身，也表达了对供销人员及内助家属们给予的殷切厚望。

是啊！为了企业的货畅其流，不管是春光明媚，还是赤日炎炎；也不管是秋风萧瑟，还是冰封雪飘，供销人员迎难而上，去北国，赴南疆，上高原，下海关，奔波在大江南北，活跃在黄河上下——捕捉信息，狠抓原料，推销产品……大家清楚，是这些内助家属们孝敬父母，爱护子女，料理家务……才使供销人员无后顾之忧，去走南闯北。多少理解，多少支持，多少离别，多少寂寞……他们都是为了一个目标：振兴企业！

此景此情，此时此刻。销售科长倪建华的妻子李碧洋、供应科长何泽广的妻子贾湘玲等内助家属们异常激动，他们纷纷表示，要再接再厉，团结协作，互相支持，互相尊重，互相理解，继续发挥“半边天”的作用。为完成上级下达的“1990年实现产值4400万、销售收入7200万元、税利300万”的任务而共同奋斗。

一位贤内助借《十五的月亮》曲调新填了一首词，其中有这样的话：“……我守在婴儿的摇篮边，你奔波在祖国海北天南；啊！丰收果里有我的甘甜，也有你的甘甜；功劳簿上有你的一半，也有我的一半……我为孝敬父母任劳任怨，你为了企业辛苦洒热汗……啊！企业兴盛有你的贡献，也有我的贡献；振兴企业是我的心愿，也是你的心愿……”

在这热烈和谐的氛围中，从干部职工自信的表情上，从内助家属们的态度决心里，使我们更加深刻地认识到：人是生产力诸要素中最活跃的因素，人心齐、泰山移，只要领导之间、干群之间、群众之间、家庭之间……多一些理解和支持，多一些关心和爱护，就会产生激发力，加大凝聚力，增强自信力。有理由相信：洗涤剂厂一定会得到更大的发展。

座谈会结束了，但那位贤内助新填词的《十五的月亮》，那动人的旋律，却一直萦绕在我们的心际……

（1990年获全国地市报好新闻奖）

附中共芜湖市委办公室抄告单

芜湖日报社：

现将金庭柏同志二月十三日在当日《芜湖日报》头版头条“十五的月亮”一文上的批示抄告你们，望你们遵照金书记的批示，今后多登此类的好文章。

金庭柏同志批示：

“这个头条抓得好，这篇通讯也抓得好。它通过一个企业举行供销人员家属座谈会这一具体的活动，反映了企业在治理整顿中加强销售，开拓市场，以求摆脱困境这样一个主题，同时也宣传了洗涤厂把思想政治工作做到家属的经验，并且反映了当代妇女的精神面貌。这篇通讯，适应当前形势的需要，反映了市委的指导思想，又不一般化。希望今后能更多地看到这样好的头条新闻。”

中共芜湖市委办公室

一九九〇年二月十四日

生命赋

——记英年早逝的机床专家芜湖重型机床厂高工朱崇年

生命短促，只有美德能将它留传到辽远的后世。

——莎士比亚

1991年8月20日10时，芜湖重型机床厂研究所第一设计室主任高级工程师朱崇年因病久治无效，不幸逝世，享年51岁。

噩耗传来，全厂悲恸。

8月22日，厂里举行了隆重的遗体告别仪式。在摆满鲜花与花圈的灵台上，挂着朱崇年的大幅遗像：满头黑发，四方脸儿，面带微笑，一双闪烁睿智光芒的眼睛透过黑色眼镜框深情地瞧着大厅里垂泪的人们。哭泣声和哀乐声融汇成一支悲壮的歌，那凄怆动容的旋律久久萦回，飘向远方……

灵台两侧挂着的挽联，就是朱崇年生命价值的真实写照：鞠躬尽瘁献身科技，高风亮节为人楷模。

一年过去了，芜湖重型机床厂党委又作出了《关于进一步开展向朱崇年同志学习的决定》，广大干部职工以各种不同的方式悼念这位机床专家，他那全心全意为人民服务的崇高精神、鞠躬尽瘁为科技献身的可责品质、用实际行动报效祖国的重大贡献，留给人们的是无穷无尽的深深思念……

“TH6380”作证……

当一台台机床交到用户手中，转化为生产力的时候，职工的心情则格外难受，他们说，朱崇年是为设计制造机床活活累死的啊！

又一台标有“TH6380”字样的大型机床制成了，它静谧地矗立在厂房中间，显得庄重肃穆，似乎在诉说着一个动人的故事。

在20年的技术研发工作中，朱崇年成功地完成了8个品种的机床设计工作，同时主管设计多个产品。1985年他担任TH6380卧式加工中心的主管设计工作，他和同事们经过半年拼搏，终于试制成功安徽省当时水平最高的机电一体化产品，1990年通过部级鉴定，权威部门的专家评价：“它的质量、性能达到80年代中期国际同类产品水平，比现在推广的数控机床还高一个技术档次。”

为了开发这一高新技术产品，朱崇年和同事们呕心沥血，奋力拼搏。1986年他率领一个小分队来到燕山脚下的北京密云机床研究所学习取经，进行调研和设计工作。当时厂里正处困难时期，他们为缩短设计周期，节约经费开支，夜以继日地努力，忘我地赶时间、抢进度、求水平。在联合设计的半年时间里，没有抽出一点时间去浏览一下京城的风光，却完成了零部件图纸1500张、装配图纸35张、资料目录纸150张。他们的行为令北京同行刮目相看，权威的专家们审视着图纸，啧啧称赞设计具有独创性、先进性和合理性。

1987年5月1日，芜湖日报社在“学习劳模比贡献，四化征途齐奋进”——市1986年度部分劳动模范剪影栏里，刊登了朱崇年的照片和事迹。

设计成功，TH6380进入紧张的试制阶段，朱崇年拖着消瘦和憔悴的身躯，和工人师傅们整日整夜地战斗在一起，工人身上有多少油，他身上也就有多少污。哪里有施工难题，他就出现在哪里。有的零件需要返修，他不管三七二十一，扛起零件就去找有关部门和操作者，给予及时处理……长时期伏案工作和过度劳累，身体状况已渐渐难以支撑，但他仍坚持每天骑自行车赶10里路程上下班，同事们劝他中午在厂里吃饭，休息休息，他总是以笑作答。只有他爱人知道，他每天中午是要回去喝一次中药的。他上腹疼痛已有好长一段时间了，中医说是“胆囊”的毛病，后来才知晓是肝病被误诊了。看着丈夫虚弱的病体，妻子泪流满面，心急如焚。她想了个办法，每天早起把中药煎好，装进保温杯让他带着，又给他买了把躺椅，并交代他中午喝了药在躺椅上休息一会儿。

功夫不负有心人，TH6380卧式加工中心装配完毕，试车成功。这是一种带自动换刀装置的卧式数控铣镗床，可三轴联运，工作台能自动分度，工件在一次装夹后，可自动连续地完成多个侧面铣削；机床是T型床身结构，立柱移动；分度工作台采用高精度鼠牙盘，并加辅动工作台，独立的链刀库，借助于NC软件实现就近任选刀。这种机床的诞生可提高工效数倍，它标志着芜湖重型机床企业已跨入科技密集型企业的行列。

“TH6380”成功了，而“第一功臣”朱崇年却躺在病床上。

得知朱崇年病倒的信息，原厂长曹佳凡、党委书记董家志、现厂长刘博文等厂领导来了，同事们来了，工人们来了——

大家噙着泪水安慰他安心治病，他连声说：“谢谢，谢谢。”枯黄的脸上露出了宽慰的笑容。

病情略有好转，朱崇年又投入新的战斗。1989年5月，TH6380卧式加工中心参加了上海首届中国国际机床工具博览会，与中外最先进的机床同台展出。朱崇年始终站在机床旁边，向客户和外商讲解机床的性能、规格和特点。前来询向的用户，络绎不绝。

此时此刻，朱崇年出现了肝腹水的明显症状：肚子鼓胀，两腿浮肿。领导、同志们劝他休息，他就是不肯。博览会结束，一回到芜湖，他不得不住进医院，化验单和诊断书无情地写着：肝腹水、肝硬化。

经一段时间的治疗，朱崇年又迫不及待地投身到工作中。

1991年3月，朱崇年再次被肝病击倒，厂领导全力安排抢救，尽管经皖医附院、安徽医学院附院、中国人民解放军八一医院专家教授会诊治疗，但这次他再也没有爬起来……

“人世间的最大遗憾，莫过于痛失良才”

朱崇年的逝世，震撼着人们的心灵。曾任芜湖重型机床厂厂长的曹佳凡在一篇悼念文章中写道：“人世间的最大遗憾，莫过于痛失良才。”

厂研究所副所长汤克固没有忘记：在北京密云机械研究所的日子里，大家在朱崇年的带领下，夜以继日地工作，连星期天也不放过。有时候，朱崇年看到大家工作太累了，就劝同志们去外面活动活动，而自己却仍然伏在图板上继续工作。在进行设计工作的同时，朱崇年还经常和同事们交流思想，提高对新产品设计的认识，反复研究修改设计方案，苦心钻研范本，虚心向兄弟单位学习。

朱崇年徒弟，被授予1991年度部级有突出贡献的优秀科技青年桑芾生清楚地记得：在密云的半年时间里，最辛苦的是朱崇年，早上第一个走进工作室的是他，夜晚最后一个离开的还是他。也许是水土不服的关系，他的牙痛得厉害，牙龈发肿，馒头、干饭不能吃，只能喝点稀粥。叫他去医院治疗，他硬是不去。而当桑芾牙痛不能吃饭时，他硬是把小桑送进医院。

厂研究所设计室主任杨朝鑫深情地谈到，在厂机床研究所里，象朱崇年这样学历硬、资历深、能力强、成果丰的设计人员并不多，但他并不认为自己有什么特殊，总是平易近人、乐于助人、忠厚为人。他为了深入研究镗床产品最重要的部件主轴结构，平时很注意细心搜集、整理分散的、零星的主轴资料，日积月累竟汇成厚厚的一大本，他把这些倾注了自己无数汗水和心血的宝贵资料，无私地完整地呈现到大家面前，以自己一人的辛苦给了大家的方便。

厂工程师刘必琪经常忆起这样一件事：上海博览会上朱崇年不顾病魔的缠扰，不停地在展厅里收集大量的国内外厂家有关加工中心珩磨机、精镗床等宝贵资料，再次用心血为工厂今后的产品设计制造积累了一笔财富。

厂研究所高级工程师桂扶万和技改办主任王太龙头脑中抹不掉这样的情景：设计制造“TH6380”期间，中午片刻休息，朱崇年靠在躺椅上，喝着开水，啃着大馍和咸菜，手里抱着机床书籍或外语书籍，那高高鼻梁上架着的那副近视眼镜下面，总是射出智慧思考的光芒。

病重住院期间，他的床头堆着许多专业书刊，医生不让他看书，可一转身他又掀开书页。厂里的领导和同事来看他，只要一扯到技术问题，他就来了精神，留住他们不放，有一次竟长谈两个小时。

朱崇年病危之际，厂研究所同志去看他，顺便向他了解有关加工中心的情报资料，他仿佛有种不祥的预感，强打精神谈了自己的看法，并交代了他收集的全部资料存放的位置。

厂研究所副所长杨时寿，当时任空调车间副主任，有一件事使他终生准忘；在“TH6380”试制过程中，朱崇年非常谦虚随和，认真听取工人师博意见，吸收工人师傅的经验。工人师傅觉得鼠牙盘部件设计方案定位不太合理，建议朱崇年予以改进，朱崇年乐意地接受了这个意见。

厂生产科副科长韩宁、空调车间技工杨文虎怀着沉痛的心情回忆着紧张试制时的情景：在车间里，有些工人对新的形位公差和复杂的装配图不太熟悉，拖着病体的朱崇年耐心地、深入浅出地、形象地讲解，直到工人师傅完全弄懂为止。工人们都亲切地喊他“朱师傅”。

厂研究所工程师刘世明哭诉着：美国西宝公司曾请芜湖重型机床厂按照他们提供的图纸生产两台C6121B型K铣头，在生产过程中，朱崇年对美国西宝公司提供的图纸提出了许多修改建议被对方采纳，美国西宝公司老板感慨地说：“朱崇年真了不起!”1991年3月，美国西宝公司正式高薪邀请朱崇年去美国工作一段时间，除提供往返的路费，还答应为工厂提供一笔费用。此时的朱崇年正处病危状态，真是遗憾啊？朱崇年，你走得太早了!

研究所党支部书记续传圣和空调车间党支部副书记张克明在党员活动时，反复忆起朱崇年的两件事：朱崇年作为主管设计的“TH6380”获奖者，本来他应多拿点奖金，但他硬是让凡参加人员平均分配。去上海参加博览会时，朱崇年要了一个五等舱票，同事要给他换个四等舱的，他硬是不肯。

革命导师马克思曾说过，如果我们选择了最能为人类福利而劳动的职业，我们就不会为它的重负所压倒，因为这是为全人类所做的牺牲。那时我们所感到的将不是一点点自私而可怜的欢乐，我们的幸福将属于千万人，我们的事业并不显赫一时，但将永远存在，面对我们的骨灰，高尚的人将洒下热泪。

马克思的这段名言正是朱崇年生平的最好概括，也深刻地表达了朱崇年的生前心愿。

生命是一首诗，对朱崇年来说，是一首昂扬悲壮的诗；

生命是一首歌，在朱崇年身上是一支激动人心的歌。

同志情　夫妻情　儿女情

朱崇年把毕生精力和心血倾注在机床设计制造上，为企业的技术进步和发展作出了突出贡献。然而这个新中国培养的优秀知识分子，从来没有想到要为自己铺就一条坦荡宽阔、绚丽多彩的人生之路。

朱崇年1940年8月出生于江苏淮阴，1965年以优异成绩毕业于合肥工业大学机械系，分配在上海师范学院任教，7年后他从上海调到芜湖，与妻子团聚。他本可驾轻就熟地继续在大学任教，但他钟爱机床，选择了工厂。

1981年朱崇年在一份科技小结上谦虚地写道："从学校到工厂，一切都是生疏的，无论在理论还是实践方面，都感到很缺乏。""在同志们帮助下，在领导的培养下，现在我基本上有了独立工作的能力，能够独立分析问题和解决问题了。"

在工厂，朱崇年和同事们相处得如同兄弟姐妹一般。他渊博的学识、精湛的技术、严谨的作风、无私的奉献精神、崇高的理想境界赢得了全厂同志对他的尊重和爱戴。

朱崇年被肝病击倒后，厂领导安排他住进干部病房，并配合医院全力抢救治疗，他神志略清醒一点后，就硬是央求着住进普通病房，他知道厂里还困难，不能添过多麻烦。他对医生说："请不要给我用贵重药品。"

李崇年的病情越来越恶化，医生还是决定给他用"人体蛋白"，一次静脉点滴已经打上了，他发觉后伸手去按针头，被爱人李玉珍阻止，他大发脾气："厂里状况不太景气，你说我能用这样昂贵的药吗？"李玉珍哭泣着跪下哀求他："不要拔，不要拔了，打完这一针不打了还不行吗？"

看到这种情景，厂里同事和医护人员无不热泪盈眶。他们见到过的许多病人中也有这样的病人：本来没有什么大病，一进医院首先向组织、向院方提出种种条件，打针要技术娴熟的护士，看病要经验丰富的医生，治疗要用价格最高的药品。这是多么鲜明的对照！

给朱崇年看病的医生十分敬佩说："我们看了这么年的病，还没有见过哪位病人拒绝用好药，病情那么严重，却吵着要出院，我们从他身上学到了许多可贵的精神品质。"

可怕的病危通知书发到家属手里，在上海交通大学读书的儿子朱浩东接到电报，火速赶到父亲身边，朝夕相伴。朱浩东噙着泪水诉说着当时的情形："走进闷热的房，其时正是七月酷暑，我几乎不能相信自己的眼睛，这难道就是曾经总吃我和妹妹不吃的肥肉在家中最胖的爸爸吗？惨白的布单上蜷曲着干瘦的身躯，蓬松头发掺杂丝丝灰白，额头上渗出十几滴细小的汗珠，灰黄的面色泛着可怕的青绿，塌陷的双颊使颧骨显得很高，外面包着一层没有光泽的皮肤。爸爸似乎睡着了，我不忍再看了。'崇年，儿子来看你了……'妈妈轻声地呼唤，良久，爸爸缓缓睁开双眼，艰难地发出微弱的声音：'东东，爸爸不行了，以后要好好照顾妈妈，妹妹还小……爸爸现在知道了，身体很重要，你要努力学习，又要注意身体，学习知识，将来……'爸爸吃力地嗫嚅着，只有把耳朵贴得很近才能隐约从模糊的声音中辨清：'爸爸一生中没有什么爱好，现在在医院里就想听听广播，你给我买个半导体收音机吧，但你一定不要找妈妈要钱买，你可以去借，将来工作了再还……这就算你送给爸爸的纪念品吧……’当傍晚我把买到的上海产伯龙九波段收音机交给爸爸时，爸爸眼角挂着泪花，那天晚上他整整摩挲了一夜，费力地从这个频道换到那个频道，爱不释手……这只收音机他仅仅用了十几天就永久告别了……”说着说着，朱浩东泪如泉涌。

朱崇年女儿朱浩露在日记中清楚地记着这样一件事：“我上小学五年级那年，电视台正播放电视连续剧《射雕英雄传》，爸爸偶然有一天晚上欣然离开书桌去看电视，须臾，他发现我和哥哥从门缝中在偷看，于是爸爸重又凛然地坐在书桌中间，一声不吭地专心看起机械书来，见此情况我和哥哥只得回到桌前，心里却恨坏了：‘人家爸爸每天想干什么干什么，就你整天看书。’爸爸对我们说：‘不刻苦就不会有成功。’这就是身教重于言教啊。”

朱崇年读书，爱人李玉珍还受过一次小委屈。那年冬天，李玉珍趁丈夫伏案夜读，李玉珍借着灯光为他织件毛衣，十多天后他穿了新毛衣，妻子本想听到丈夫几句赞语，哪晓得他过了若干天仍若无其事，直到妻子生气了，他才摸摸身上穿的，恍然大悟。

朱崇年弥留之际，有一天，他把爱人李玉珍叫到床前，抚摸着她的手，断断续续地说：“我不行了……往后孩子就交给你了……你要多保重，但请你一定不要向单位提什么要求……”妻子哭成了泪人。

朱崇年逝世后，他的同学、现在在合肥无线电四厂工作的赵传璧悲痛之情难以言表，他在给朱崇年大哥信中写道：“在学校时，他像牛一样勤奋。记得1986年中秋前，他从北京来，顺道看我，风尘仆仆，又黑又瘦，面容憔悴。送别后我曾以《秋光》为题调赋词一首：

秋光如练，霜华渐染，镜里同苍。忆弱冠旧事，朝劲夕奋，瀚海穷经，切磋铿锵。手不名文，心怀天下，常想西北射天狼。酒酣处，向京华底事，壮志怎偿？

到底百代过客，洗尽天下英雄肠。念铮铮铁汉，化为憔悴，书生意气，富贵无方。万里乾坤，千秋大计，而今可图亦可长。君对曰：‘廉颇老矣’，公教儿郎。

原想把这首词寄给他，怕引起伤感，遂罢。想不到苍天不假英年，崇年兄连儿郎也来不及教育，竟撒手而去，怎不令人心碎！”

朱崇年，这位九次被评为先进工作者、五次获得“优秀共产党员”称号的知识分子、芜湖市和省机械系统劳动模范，就这样匆匆地走了……

在朱崇年生前战斗的地方，长江水浩浩向东，日夜不停地诉说着这个感人肺腑的动人故事。厂区内松柏葱郁，不断升华着激人奋进的不朽精神。

常青藤爬满工厂的墙壁，美化着厂区环境：数不清的无名小花默默开放，散发出清新的阵阵幽香……

生命的诗激越。

生命之树常青。

（1992年《芜湖日报》）

附短评：

让生命之树常青

生命是宝贵的，生命的价值在于奉献。

本报今天发表的《生命赋》，让我们看到了一个宝贵的生命年华在奉献中闪耀出的熠煜光彩。

朱崇年是新中国培养的优秀知识分子，他为了设计制造机床耗尽了毕生精力和心血，为企业的技术进步和发展作出了突出贡献。他以渊博的学识、精湛的技术、严谨的作风、无私的奉献精神、崇高的思想境界赢得了人们的尊敬和爱戴。

当前，我们正在乘芜湖被国家批准为开放城市的东风，深化改革，向更高层次开放的目标奋进。解放思想，发展经济，振兴芜湖，其关键在于人才。只有充分招揽人才，挖掘人的潜能，调动起人的主观能动性、积极性和创造性，才能形成凝聚力，产生激发力。因此，学习朱崇年具有极其重要的意义。

学习朱崇年，就是要学习他全心全意为人民服务的革命精神，学习他鞠躬尽瘁为科技献身的高贵品质，学习他用实际行动报效祖国的思想境界。人的生命是有限的，但为人民服务是无限的。高尚的言行必然体现出可贵的精神品格。人的生命与党的利益、人民的利益、社会的利益紧密地联在一起，以英勇拼搏去报效祖国，以个人的苦去换取众人的甜，为了中华的振兴，做默默奉献的蜡烛，才能让中华民族的伟岸风范、崇高美德在行动中得到体现。

让我们学习朱崇年的精神品格，积极投身改革开放的大潮，顽强拼搏，敢想敢干，敢闯敢试，为芜湖经济发展、重振雄风、再度辉煌、贡献力量。

让生命之树常青！

一个特等残废军人和他的妻子

红花要有绿叶扶，没有绿叶扶持的红花，将是颓然逊色的。

曹文林——1950年赴朝参战，在一次坚守阵地的战斗中失去四肢，被评为特等残废军人。如果说他是一朵鲜艳的红花，那么他的妻子何秀英——一个和失去四分之一躯体的人共同生活32年的女人，便是一片傲霜的绿叶。

一片绿叶

1953年中秋节，在桐城荣军院里，特等残废军人曹文林和当地官桥乡妇联主任何秀英举行了婚礼。荣军院院长为他们主婚，省委、省军区的领导特来祝贺，婚礼异常热闹。然而，他俩的新婚之夜却缺少欢乐。第一次看到文林卸掉假肢的模样，秀英伤心得哭了。何秀英是个农村姑娘，热情大方、勤劳能干，五十年代担任乡妇联主任。1952年，她去县参加宣传新《婚姻法》的会议，县妇联组织她们到荣军院慰问参观，何秀英热心地当上了红娘，先后介绍了十一位姑娘和残废军人结婚。县领导看她心地善良，便把特等残废军人曹文林介绍给她，她一听愣了，随后又重重地点了点头同意了。如今，真要厮守没有手脚的人过一辈子，姑娘脸上失去了笑容。

然而，英雄自有英雄骨，曹文林努力刻苦学习，加强锻炼身体，和他乐于助人的精神深深感动了何秀英，她想，这样的英雄不爱，爱谁？她又一次哭着抚摸着曹文林的残肢说："我要照料你一辈子。"她主动向荣军院领导提出："照顾老曹的两位服务员不要派了，服务工作我一人包下了。"秀英不光照顾自己的丈夫，还主动服侍同院的六名病员。

结婚时，院领导发给她50元做衣服，她只用了15元做了一套平蓝布衣，剩下的退给了公家。别人说她傻，她说："我们国家还很穷，再说，我也不需要那么多。"

在荣军院，曹文林六次被评为"模范休养员"，出席过省、市、县军模大会。何秀英被评为"模范家属""优秀护理员"，多次受表扬奖励。在每次卫生检查中，她们的宿舍门上总是贴上"最清洁"字样。

丽质芳心

1965年，何秀英离开自己的家乡桐城县，支持曹文林离军转休，回老家泾县落户。离家十多年，曹文林踏上故土，感慨万分，我还能为家乡人民做点什么呢？他望望自己的假肢，痛楚地责问自己。"爸、妈，你看，家乡多好玩啊！"不懂事的孩子，仍然朝着爸爸直乐。秀英连忙把孩子拉到身边，对孩子说："小喜子，我们不是来家乡玩的，是你爸爸为了向家乡尽一份心，才带着你来的。你长大了，要记住为家乡出力，你爸爸才高兴。"曹文林感激地望着妻子，紧锁的双眉舒展了。多年来，无论丈夫遇到什么难解的心思，秀英总是设法安慰帮助他。

在当地政府关心下，他们在茂林安了家。曹文林看到家门口孩子上学经过的路很脏，他每天用一双断臂夹着扫帚，清扫从家门口到学校去的100多米的巷道。秀英心疼他，总是抢在他前头去扫。曹文林常为青少年做光荣传统报告，秀英便帮他绑假肢换军衣、戴上军帽，目送他出门。星期天，老师把学生们带到家里来了，便给他们端凳、倒茶、递水，不厌其烦地带他们参观，给他们讲曹伯伯的故事。

这对英雄夫妻，抱着对党的坚定信念，在“十年动乱”的冷色调日子里，仍默默无闻地尽自己最大的努力，做着极其平凡而又高尚的事，像一对红烛，给人们送来暖色。

在秀英的帮助下曹文林1966至1977年，十多年间捡猪粪130吨，献给了十几个生产队。曹文林捡破烂，五年共捡价值150元，全部支持了困难户。茂林末桥村吴象满生病，她们送去30元；他们帮奎峰村退伍军人徐新春出点子致富，支援他猪粪40担；他们听说贫困户吴玉宜栽双晚缺尿素，立即买了30斤送去。何秀英还经常给附近三位孤寡老人送新鲜蔬菜、柴火和木炭。

他们给周围群众的无私的帮助，可是他们自己生活并不宽裕，何秀英担水种菜，养猪挑粪样样都干。上级领导和地方政府多次对他们照顾，都被她谢绝。老曹说：“我们已经让国家负累了！”秀英说：“你们少为我们操心，老曹心里反倒自在些。”1983年4月，老曹病倒了，县委书记陶显斌、县长邓本忠和其他领导同志，赶来看望他们，何秀英很过意不去。民政局花45元专门请一人来服侍老曹，何秀英谢绝了。她说：“我们老了，不能为国家干什么了，也不能给国家添麻烦。”1984年，她和老曹商量，搬到县城与大女儿家住一起。

这些，不正是家乡赤诚之子的心灵深处迸发出的火花吗？所闪现出英雄的丽质，更包含了何秀英——一个普通妇女的寸寸芳心。

秋菊郁香

32年来，在和英雄共同生活的家庭生涯里，何秀英不仅是主妇，还是称职的医生和护士。老曹身体虚弱，晚年又患了高血压病，何秀英便请医问药，掌握了十几种中西药方和一般性卫生常识，为老曹防病治疗。还学会了多种推拿按摩，老曹经常全身痉挛，只要经她一按摩，病症马上就消失了。老曹病重卧床后，她不分白天黑夜，不停地给老曹按摩推拿，减少他的病痛。

32年来，何秀英用心灵的清泉，浇灌着英雄的花朵，用绿叶般深沉的爱，抚慰着人民的骄子。曹文林的生活不能完全自理，何秀英从早上给他刷牙、洗脸、穿衣、穿裤，到晚上解纽扣、卸假肢，从吃到穿样样精心周到，体贴入微地侍奉老曹，使他享受到一个正常人的生活和幸福。老曹一旦病倒，生活就完全无法自理，他大小便，秀英扶上挽下，多少个日夜，何秀英守候在老曹的身边，随叫随应。一次，她在上厕所，听老曹叫她，便走急了，一脚绊在门槛上，摔得鼻青脸肿，她没有埋怨老曹一声。今年62岁的何秀英左眼失明，右眼视力只有0.3，还患有风湿病。但是，何秀英为了支持儿女们一心一意干好工作，仍然坚持摸索着，日夜服侍老伴，一步也不愿离开。曹文林常常感激地对老伴说："你为了我这个没手没脚的人，吃了一辈了苦，受了一辈子累，我真对不住你啊……"秀英听了总是笑着说："只要我能对住你，我这辈子也没白活呀！"何秀英心里常常叨念着：老曹是为国家、为人民残废的，我照顾好他，就是对国家、对人民尽了一份心。

32年来，何秀英把侍奉英雄视为自己崇高职责。只要老曹幸福，她就高兴。1983年秋，曹文林躺在病床上，床头柜上放着一盆盛开的菊花，曹文林爱花，尤其喜爱菊花。秀英便托亲找友，弄来各种花籽、花苗栽种在院子里，连山上的金银花和那些不知名的花草，她也挖回家，栽在院墙边。天长日久，她家的院子里，一年四季，生机盎然，堪称“家庭花园”。

春天，秀英扶伴着老曹在园中赏花漫步；

夏天，秀英让孩子早早把躺椅搬到园中，熏走蚊子，让老曹纳凉；

秋天，秀英唤来家门口的孩子，伴着曹爷爷在园中讲故事，把小花儿分放在每个孩子的手里；

冬天，秀英把躺椅安放在园中朝阳处，然后把老曹背来，让他晒太阳，读报纸。老曹累了就听听鸟语，看看鲜花，享受天伦之乐。

那清丽质坚的文竹，那郁郁喷芳的秋菊，不正象征着主人的品格么！

我爱红花，更爱绿叶！

（1986年9月《宣州报》）

06

第六乐章

尾　声

文心诗情书华章

——时云福《城市音符》读后感

羊慧明

时云福和我是大学同班同学。数月前，我去芜湖拜望他，他正在忙着整理自己过往发表的一些文稿，准备编辑出版他的第二本书《城市音符》。我知道从20世纪90年代开始，他就一直在做城市建设领域的媒体，是资深的城市建设和城市经济方面的媒体专家，在华东地区业界颇有影响力，《城市音符》集纳了他这些年发表的一些力作。云福要我为他的新著写跋。我就试着写一篇对作者的了解和读后感吧。因为我更想向读者朋友分享的是我所了解的他的为人与为文。

军人本色：四十多年未变之纯真与初心

1978年春天，云福和我同时踏进复旦校园，成为复旦大学新闻系七七级同班同学。我们都是从部队参加恢复高考后的首届高考进入复旦的，穿着军装上学。既是同学，还是战友，多了一层缘分。现在回想起来，见他第一面的印象，有点像后来王宝强饰演的军人形象：憨厚、刚直、淳朴。他是诗人，进复旦前就发表过诗作。课堂讨论或班级活动，兴致来了，他会即兴大声朗诵他现场创作的诗歌。在他的新闻作品里，也洋溢着诗情赋韵，多了几分文采。

1982年初，我们从复旦毕业，部队去的学生按规定要回到部队工作。他回到芜湖军分区，在那里成家立业。他一直以来的梦想是做记者，后来转业到地方，先后在芜湖日报社、上海城市导报社等媒体单位供职。他非常热爱新闻工作，不管在哪家媒体，也不在乎岗位职级头衔、物质条件，能做记者编辑他就很开心，在哪里都干得很起劲。虽然是在地方区域媒体，他仍能写出在全国产生较大影响的报道和评论，出的成果不少。

他的文章，也凝结着他的个性。从进复旦相识的四十多年中，云福和我联系交流较多，我深感云福身上最可贵的就是他还保持着当年在学校念书时的军人学生本色，还是四十多年前那个样子：爽朗、通透，一点都不装，不世故，甚至还拥有少年时的稚真。这是非常难能的，恰恰也是这种性情给了他阳光快乐的人生和职业气质。他生活淡泊，拥有乐天的性格，欲求少，快乐多，知福惜福。从他身上我更能感受到：何为幸福的人生？我向来认为，幸福不是名头、权力、地位、财富那些东西决定的，一个人只要能去做他（她）感兴趣喜欢做的事情，并从中享受到乐趣，就是快乐幸福。云福是我们班级同学中喜乐最多的一个，总是乐呵呵的，并把开心快乐带给周围的人。这些，也都洋溢在他的作品字里行间。真乃文如其人。

职业精神：坚守道义责任，为劳动者鼓与呼

新闻记者、编辑是信息传播者，被称作“媒体人”，也归类为社会工作者，是为社会服务的。新闻职业道德准则不仅要求坚守新闻

的真实性，更需要肩负起维护社会道义的责任，为社会的进步鸣锣开道。

从云福新作《城市音符》一书的内容可以看到作者的职业精神，云福全心全意做新闻，少有杂念和功利，因而敢讲真话实话，只要他觉得这件事报道出来对社会有正能量，对国家、民生有利，就绝不瞻前顾后，敢于直面问题，深挖细刨，坦荡抒怀，直笔评论，当然他也很注意分寸的把握和正面影响。

这些年，房产交易市场规模越来越大。房产过户纠纷在各地都时有发生。芜湖大桥镇购房者夏永庆、韦宗芳夫妇，买了房子十几年，房产证一直未能过户，深受困扰，打官司也没能解决。于是抱着试一试的心情找到时云福主编的《芜湖建设·芜湖房地产》月刊编辑部。云福和同事认真研究了购房者提供的资料，主动出面多方协调，很快就让购房者拿到了过户的房产证。夏永庆、韦宗芳带着孩子专程给编辑部送来一面锦旗，锦旗上绣的铭文是："铁肩担道义　妙手著文章"。时云福和同事们为群众办了很多这样好事。媒体的功能是服务群众，服务社会。记者需要深入社会，了解群众生活，关心群众疾难，为群众办实事。

在时云福的《城市音符》中，我读到多篇为基层劳动者立传的文章。特别是长篇报道"辉煌在浦江——外地进沪建设大军风采录"，堪称讴歌建设者的鸿篇大作。从时云福牵头采访这组系列报道的过程，亦可以看出他的情操与价值观。上海是世界上发展最快的超大都会，拥有世界上最多的摩天大楼。时云福在上海城市导报社工作期间，每天穿行在林立的高楼中间，不时看到耸入云霄的塔吊转动和脚手架上忙碌的建筑工人，不禁顿生敬意：一座伟大城市的崛起，不就靠这些每天辛勤劳动而默默无闻的建设者吗？而他们大多是远离家人的外地劳工。新闻媒体最需要采访报道点赞的对象，就应该是他们。媒体应该引导人们热爱劳动，尊重劳动者。于是，他牵头与同事策划了这组系列报道，带着记者风里来雨里去，奔波在黄浦江两岸，现场采访了几十家建设机构、上百个工地、几百位建筑工人和管理者，写下这篇洋洋万言气势恢宏的报道。那些施工队从未享受过这种报道待遇，看到报道他们事迹的报纸后，争相传阅，有的施工队把报纸贴在墙报上，或复印珍藏。

专业素养：理性引领市场情绪，为政府和业界当好参谋

时云福大学毕业后，先后在芜湖、上海两个城市工作生活。他与这两个城市有缘，也深深热爱这两个城市，这从他的笔下可见一斑。在上海城市导报社工作期间，以他的专业见解，为上海的城市建设和管理找问题，建言献策，诸如如何解决上海停车难问题、如何完善城市环境卫生管理等等。

正因为深爱着芜湖这座城市，时云福后来从上海被城市导报社派驻安徽记者站任站长，现任《芜湖建设·芜湖房地产》杂志主编。他的新闻职业生涯大部分时段是做城市领域的专业媒体，可以说他是干一行、爱一行、专一行。自从有了微信后，我经常从他的朋友圈看到他分享的每一期《芜湖建设·芜湖房地产》杂志的主要内容和主办的活动。每期杂志的卷首语，都出自云福笔下，每篇文章都散发着诗人的激情与文思、对这座城市的深情，还有专业、理性的分析。当房地产市场“发高烧”时，他会给业界和市场浇凉水，呼吁理性；当市场转冷业界悲观情绪蔓延时，他又会给市场和业界打气，引领当地房地产市场平稳健康发展。正如他写的述评：“让理性之光沐浴市场”。这些年芜湖房地产市场少有大起大落的剧烈波动，多少也与《芜湖建设·芜湖房产》这本杂志的引领有关。

媒体专业、理性的解读和分析，对政府部门和业界具有一定参考价值。

随着这些年各地房地产市场起起落落，一些特大城市的城建、房地产领域的专业媒体都办不下去而停刊了，而《芜湖建设·芜湖房地产》杂志至今仍办得红红火火，在当地政府部门和业界、读者中都很有影响力。靠的就是主管部门及云福和他的同事们的专业素质与服务精神。专业素养和全心全意为群众和业界服务而不功利的精神，使《芜湖建设·芜湖房地产》杂志在当地政府部门、业界和市场各方主体中都有较高威信，时云福也成了颇受芜湖业界敬重的暖男，他的朋友遍业界。

只要用心，不分大小媒体，都能做出成就。是金子，在哪里都会发光。《城市音符》，是云福四十年新闻生涯的结晶。期待这本新作早日付梓。

（**羊慧明，2021年6月写于成都浣花溪**）

羊慧明，1982年毕业于复旦大学新闻系，曾任新华社军事记者，经济日报社记者，现系独立经济学家、美国问题专家、作家。出版著作20多部。

真诚是一种美德

王　荣　吕云飞

一位熟悉时云福的老领导评价时云福最大的特点是“讲义气”。对于这个评价，我们觉得还是比较中肯的。

我们和时云福老师在一起合作编辑两份期刊十多年了，一开始就感觉他的朋友人数多、层次也多。有当市委书记的不只是一两个，也有拉板车的、干个体户的、三教九流的都有。当时认为是搞宣传工作接触人多，没有在意，后来才渐渐明白不仅仅是这个原因，这个“讲义气”特点很关键的。因为工作关系接触人多不一定成为朋友，起码要有交情、有友情、有互动、才能叫朋友。要能带感情、互相关心，互相帮助，真诚待人，朋友才会越处越多。我们认为他“讲义气”主要就是这些方面做得好，优于常人，所以朋友多些。能够坚持几十年如此这样做，动力还是源于他内心坚守待人处事必须真诚的道德底线。

2002年考古发现位于我省巢湖市含山县的凌家滩遗址，把中国城市历史向前推进了一千多年，引起时任城市导报社安徽记者站站长时云福的关注。他立即组织深入采访、挖掘研究相关资料，形成大篇幅的报道在《城市导报》刊出。很快，又引发国内外多家媒体转载，产生了巨大影响。当时，在巢湖市担任市委书记的是他的一位老朋友，觉得这是很好地宣传了地方，扩大了地方影响力，很是赞赏和感谢。但是他还要感谢巢湖市的相关联系人支持帮助完成了一项有意义的工作。熟悉他的人知道，不是作假是出自真心，他就是这样的人，特别就特别在这个地方。对领导如此，对一批富朋友的房地产开发商也是如此，不贪私利但很重友情，不是所有人都相信和理解的。对于穷朋友，他是热情帮忙跑腿办事情，成功率很高，穷朋友也多。总之吧，他是对朋友热情、理智、不吝啬，多记得好处少记住过节的。

20世纪90年代刚开始，芜湖洗涤剂厂为加强销售促进生产，别出心裁召开一次销售人员家属贤内助座谈会，以此慰问和鼓励销售人员更加努力工作。云福发现这个创意很好，以《十五的月亮》为题报道出来，很快获得市委书记表扬。这个事情发生的前后过程形成了一个独特的新闻佳话，涉及的人都乐意经常在一起回味，又聚成了一个朋友圈，大家自娱自乐，十分开心。如此这般，朋友圈大，新闻源多，好新闻也多。新闻宣传工作很重要，但搞好此项工作需要多方面的重视和努力，可以说云福同志比一般人更精通这个道理。

《芜湖建设》《芜湖房地产》两个期刊是个小媒体平台，但是与城市规划建设管理、房地产市场调控和管理联系在一起，可做的文章很多，就看你能不能做好。党的十八大以来，芜湖市在房地产政策调整、商品房去库存宣传方面几次受到央视和《人民日报》等大媒体的关注和肯定，实属不易。最近，芜湖市房地产物业纠纷人民调解中心工作经验介绍又受到省、市政法委领导和社会各界的关注肯定，也是很有意义的事情。能做到这些，与时云福同志的能力和努力分不开，更与他真诚做人做事有密切关系。

真诚是一种美德！

2021.8

新闻的力量

——向时云福记者致敬辞

徐明熙　何　瑾

带着苏北大地泥土的芳香，
怀揣扬子江水奔腾的梦想，
一九七五年你穿上绿军装，
来到皖江明珠芜湖，
这美丽可爱的第二故乡。
军营里，你锤炼意志陶冶思想。
演兵场，你摸爬滚打磨靓钢枪。
一九七七年，你走进恢复高考的考场，
考进复旦，你用新闻理论武装头脑，
复旦新闻，圆了你记者生涯的向往。
阡陌田畴中绿波荡漾，
农耕阿哥阿妹播撒丰收的芳香，
建筑工地奏响华厦腾飞的乐章，
你以高昂的激情，
将精彩生活书写成行。
世界进步的潮流浩荡，

社会发展步履铿锵。
人们在变革里校正方向，
时代在前进中诗意绽放。
走笔新闻使你焕发向上的力量。
城市音符的旋律悠扬，
真诚责任彰显记者风尚。
你针砭时弊弘扬正义，
你抒怀扬善集聚新闻的力量。
铁肩担道义，妙手著文章。
赭山之峰上绿色飘扬，
诗意镜湖里碧波荡漾。
双江塔影流光里溢彩，
鸠顶泽瑞大城中向上。
理想风帆鼓满哟，
指引你前进的方向。
啊，江城芜湖，魅力无比的美好城邦，
一派充满生机活力的美好景象。
啊，媒体平台，是你实现梦想的广场，
你激情笔耕为城市化进程放声歌唱。
在你的新著《城市音符》正式出版之际，
我们由衷祝愿你抖擞精神再创美好时光！

2021.9

努力2021

一元伊始时，
万千气象聚。
2020，抗疫奋进，已经过去。
2021，迎着晨曦，再迈步履。
筑梦在追求中升华，
开拓在创造中继续——
房子是用来住的，
不是用来炒的！
着力营造良好市场氛围，
让全体人民住有所居。
净化发展环境，
规范市场秩序。
大自然分明四季，
市场中风风雨雨。
宜居之城芜湖哟，
因城施策脚踏实地。
保障供求平衡举措有力，
稳定市场运行民众预期。

漫游在幻想的天宇，
不如行走于现实的土地。
合抱之木生毫末，
万众归心凝聚力。
绿色发展谋多赢，
打造品牌担道义。
登山不以艰险而止，
则必臻乎峻岭矣。
美好蓝图需要精心设计，
梦想实现要靠夯实根基。
善作善成久久为功，
万丈高楼平地而起！
新时代的朝阳明丽，
现实中的竞争加剧。
大江浩浩向东去，
百舸争流凭借力。
高山流水唱新曲，
努力2021。

2021.1

鼓足牛劲驾起舟

璀璨繁星靓丽宇宙，
明月嫦娥尽舒广袖。
我们在耕耘兼程中辞旧迎新，
我们于朝阳沐浴中吟歌演奏。
筑梦在追求中升华，
步履在务实中行走——
滴翠赭峰绿色竞秀，
碧波镜湖荡起轻舟。
鸠兹广场山水拥抱鸠顶泽瑞，
千年宝塔大江东去百舸争流。
经济发展与城市建设的良性互动，
滨江山水园林城市彰显宜居之秀。
徽风皖韵旋律悠悠，
人杰地灵尽显风流。
高雅品牌楼盘把靓丽风景打造，
幸福美好生活靠奋斗拼搏铸就。
房子是用来住的不是用来炒的，
理性的光芒引领人们前进的节奏。

大城崛起美不胜收，
藏风聚气矢志以求。
幻想在缥缈的天空中漫游，
不如在现实的土地上行走。
善作善成方可久久为功，
开拓创新需要撸起膀袖。
不忘初心梦想依旧，
播种春天收获在秋。
锦绣蓝图需要夯实根基，
平地方可拔起万丈高楼。
鼓足牛劲驾起舟，
步履铿锵争上游。

2021.2

以新闻的名义

——复旦大学新闻学院九十华诞

花红柳绿的景致，镶嵌在美丽的图画里。
百鸟和鸣的旋律，伴奏着昂扬的进行曲。
神州在方兴未艾的宏大建设中成长，
人们在脚踏实地的辛勤耕耘里进取。
日月光华兮，旦复旦兮。
复旦新闻九十载风生水起。
一代又一代新闻人不忘初心牢记使命，
妙手著文章，铁肩担道义。
站在王中教授的铜像前，以新闻的名义。
当年导师那亲切的教诲萦回在我们的心里。
刚直不阿彰显先辈人格的魅力，
弘扬正义构筑人生梦想的希冀。
信步复旦校园的南京路，呼吸新鲜的空气。
油然而生当年恢复高考入学时的美好记忆。
六号楼的灯光如今依然明亮，
课堂上琅琅读书声令人心旷神怡。
光阴荏苒岁月交替，活跃着我们的思绪。

精彩纷呈的世界不断上演出发展的好戏。
新闻理论在与社会实践中升华境界，
记者生涯的探索诠释着美好人生的真谛。
漫游在幻想的天空，不如行走在现实的大地。
没有播种的春天就不能有收获的秋季。
草萤有耀终非火，荷露虽圆岂是珠？
久久为功善作善成方可好风凭借力。
传统现代媒体的融合，焕发出无限生机。
信息爆炸的新时代将价值的时尚蕴藉。
让我们藏风聚气共筑美好梦想，
让我们抖擞精神迎接新一轮朝阳升起！

2019.11